Rockstar Bachelors

Angel & Penny

von Vivian Hall

Rockstar Bachelors – Angel & Penny

Bildquellen Shutterstock:
Stockfoto ID: 2146850405, JCPhotography13
Stockfoto ID: 1086707171, LightField Studios
Stockfoto ID: 1700473483, Piotr Piatrouski
ISBN: 9798854369084

Klappentext:

Über unerwiderte Liebe wurden seit Jahrhunderten Lieder geschrieben, aber mein Leben war keine seichte Liebesballade, sondern bittere Realität. Es war dumm, in einen Rockstar verliebt zu sein. Noch dümmer war es, für ihn zu arbeiten und jeden Tag zu sehen, wie er ein Groupie nach dem anderen vernaschte. Für mich war es unvorstellbar, dass jemand, der so weit außerhalb meiner Liga spielte, mich jemals begehren könnte, und doch landete ich mit dem in meinen Augen heißesten Rockstar der Welt im Bett. Ein Traum mit einem bösen Erwachen, und jetzt stand ich da, mit einem positiven Schwangerschaftstest in der Hand und dem Wissen, dass Angel Turner sich niemals mit nur einer Frau zufrieden geben würde.

Surprise Pregnancy-Romance

Musiker wollen die laute Stimme für so viele stille Herzen sein

Billy Joel

Prolog

Penny

Mein schlimmer Streit mit Angel lag nun fast eine Woche zurück. Am nächsten Tag waren die sozialen Medien voll mit Bildern von Angel und den beiden Frauen. Wie sie feierten, wie sie sich aneinander klammerten und offensichtlich auf Tuchfühlung gingen und wie er mit ihnen den letzten Club mit unbekanntem Ziel verließ. Ich wusste, wohin er sie gebracht hatte. In sein luxuriöses Domizil mit dem riesigen Bett, wo er sich vermutlich für die ganze Zeit der Abstinenz entschädigt hatte. Ich war nicht stolz darauf, sagen zu müssen, dass ich danach nicht mehr in der Lage war, ihm gegenüberzutreten. Ich rief Keith an und sagte ihm, ich sei krank und würde die nächsten Tage zu Hause bleiben. Das war nicht einmal gelogen. Es ging mir wirklich schlecht. Nicht nur psychisch, sondern auch physisch. Als hätte Angels Verhalten einen Schalter in meinem Körper umgelegt, reagierte er nun jeden Morgen mit massiver Übelkeit und ich hing mehr oder weniger ständig über der Kloschüssel. Ich ahnte den Grund und plünderte die Apotheke. Nun saß

ich wie betäubt auf dem Badewannenrand und starrte auf das Ergebnis des Schwangerschaftstests in meiner Hand. Ein kalter Schauer lief mir über den Körper. Es kam mir so unwirklich vor, obwohl es nach dem Ausbleiben meiner Periode eigentlich keine Überraschung sein sollte. Ich war schwanger.
Am Anfang hatte ich noch Hoffnung, dass alles gut gehen würde. Ich redete mir ein, dass dieses eine Mal ohne Gummi und zu einem halbwegs sicheren Zeitpunkt nicht gleich zu einer Schwangerschaft führen würde. Außerdem war mein Zyklus schon immer unberechenbar. Das hatte ich auch Angel erzählt, als er mich vorsichtig auf eine mögliche Schwangerschaft angesprochen hatte. Die Erleichterung, die sich daraufhin auf seinem Gesicht abzeichnete, hatte mich tief getroffen. Er wollte weder mich noch ein Kind von mir. Damit musste ich mich abfinden und nun standen wichtige Entscheidungen an, denn in wenigen Monaten würde ich Mutter werden.
Im Grunde wusste ich schon, was ich tun würde. So wie er reagiert hatte, würde ich ihm vorerst nichts von dem Baby erzählen. Ich wollte Angel seine Freiheit lassen, er sollte nicht an mich und unser Baby gebunden sein. Vielleicht würde ich das in ein paar Tagen anders sehen, aber jetzt schien es mir für meinen Seelenfrieden klüger, Angel außen vor zu lassen. Aber ich musste meinen Job in der Band aufgeben, um irgendwo in Ruhe das Baby zu bekommen.
Mühsam schluckte ich den Kloß in meinem Hals hinunter, Tränen sammelten sich in meinen Augen. So einsam und verlassen wie in diesem Moment hatte ich mich noch nie gefühlt. Der Gedanke, ein Kind ohne einen starken Partner an meiner Seite großzuziehen, überforderte mich, machte mir sogar Angst.
Wie sollte ich die kommenden schlaflosen Nächte überstehen, das ständige Wickeln, Füttern, Baden oder die Unsicherheit, weil es mein erstes Kind war und ich sicher nicht alles auf Anhieb richtig machen würde? Und wer würde mir beistehen, wenn ich mit meinen Kräften am Ende war und die Zukunft

ungewiss und beängstigend erschien?
Zitternd umklammerte ich den Schwangerschaftstest fester und machte mir Mut. Ich war stark und hatte in meinem Leben schon ganz andere Dinge gemeistert. Schließlich hatte ich die Enttäuschung meiner Eltern, meiner Schwestern und auch die unerwiderte Liebe von Angel überstanden. Warum sollte ich das nicht auch schaffen? Ja, verdammt, ich würde mein Baby mit allem, was mich ausmachte, beschützen und lieben und ihm ein liebevolles Zuhause geben.
Etwas zuversichtlicher strich ich mir über den Bauch. „Hab keine Angst, mein kleiner Schatz. Mama ist immer für dich da. Wir brauchen niemanden, der uns immer wieder enttäuscht, weil er sich nicht binden will.“

Kapitel 1

Penny

Wie alles begann …

Wie jeden Morgen betrat ich die Eingangshalle von *Morton Records*, einem der größten Plattenlabels der Musikindustrie. Hier zu arbeiten war zweifellos ein Privileg, aber nach der anfänglichen Euphorie, hier einen Job ergattert zu haben, war die Aufregung in den letzten Wochen massiv abgeklungen. Ich war nur ein kleines Licht unter vielen, überarbeitet und unterbezahlt. Was zumindest für den Anfang in Ordnung war. Obwohl ich für meinen jetzigen Job eigentlich überqualifiziert war, konnte ich es nicht erwarten, die Karriereleiter zu erklimmen. Erfolg musste man sich hart erarbeiten. So dachte ich zumindest in meiner Naivität. Dumm gelaufen. Schon nach wenigen Tagen hatte ich die Mechanismen hier durchschaut. Die wichtigen Leute hier bei *Morton Records* saßen nicht wegen ihrer Qualifikation auf ihren Posten, sondern weil sie jemanden

Wichtiges kannten, der ihnen den Job verschafft hatte. Trotz meines guten Abschlusses zerplatzten meine Träume wie eine Seifenblase, denn ich merkte, dass ich hier bei *Morton Records* noch so gut und hart arbeiten konnte, es würde mich nicht weiterbringen. Ohne jemanden, der mich weiterempfahl oder als eine Art Mentor fungierte, würde ich in diesem Laden für den Rest meines Lebens eine Kaffee kochende und Anrufe entgegennehmende Bürofee bleiben.

Hin und wieder bekam ich etwas anspruchsvollere Aufgaben, aber das Lob dafür steckte sich immer meine Vorgesetzte ein, was mich sehr frustrierte. Dabei war ich gerade mal ein halbes Jahr hier. Frisch von der Uni mit einem Abschluss in Medienwissenschaften und Marketing saß ich bei Morton Records fest und wusste nicht, wie ich aus dieser Sackgasse herauskommen sollte, ohne zu kündigen. Das kam bei der derzeitigen Arbeitsmarktsituation einfach nicht in Frage. Schließlich musste ich von etwas leben und konnte nicht auf die Unterstützung meiner Eltern hoffen, nachdem ich sie mit meiner Berufswahl so enttäuscht hatte.

Kein Wunder also, dass meine anfänglich sprudelnde Energie von dumpfer Langeweile erstickt wurde. Ohne große Begeisterung durchquerte ich die elegante Eingangshalle von *Morton Records*. Die Absätze meiner Schuhe verursachten ein deutlich vernehmbares Klappern, sobald die Metallkappen im gleichmäßigen Rhythmus meiner Schritte auf den hellen Marmorboden trafen. Auf dem Weg zum Aufzug ließ ich meinen Blick halb interessiert über meine Umgebung schweifen. In der großen Eingangshalle tummelte sich wie immer ein buntes Völkchen. Allesamt jung und attraktiv, gut gekleidet und in angeregte Gespräche vertieft. Es waren Mitarbeiter aus verschiedenen Abteilungen, keine Schreibkräfte wie ich, sondern in interessante Projekte eingebunden, über die sie sich wohl gerade austauschten und versuchten, sich gegenseitig zu übertrumpfen. Endlich erreichte ich die Aufzüge,

von denen sich einer gerade schloss. Ich schlüpfte rechtzeitig hinein und drückte den Knopf für den Bürotrakt. Sofort glitt der Aufzug sanft nach oben. Wenig später erreichte ich meinen Schreibtisch in dem offenen Büro mit den niedrigen Trennwänden. Meine Vorgesetzte, Mrs. Krueger, saß natürlich in einem geschlossenen Büro. Na ja, das stimmte nicht ganz. Sie verbarrikadierte sich regelrecht darin und ließ sich nur dann blicken, wenn sie mir über den normalen Arbeitsablauf hinaus etwas zu tun gab. Hatte ich schon erwähnt, dass sie die Tochter von Calvin Mortons geliebter Cousine war und außer ihrer Verwandtschaft mit dem Chef von *Morton Records* keinerlei Qualifikation für diesen Job vorweisen konnte? Weder ein Studium noch etwas Vergleichbares.
Diesen Gedanken verdrängte ich schnell. Es half mir nicht, mich ständig darüber zu ärgern, dass diese Frau für ihre Position eigentlich ungeeignet war und sich nur dank Leuten wie mir und einigen anderen Kollegen, die sich in einer ähnlichen Situation befanden, auf ihrem Posten halten konnte. Sie nutzte unser Know-how, um sich ins beste Licht zu rücken.
Mein Platz war direkt am Fenster mit einem atemberaubenden Blick auf den Central Park. Daran hatte ich nichts auszusetzen. Diese Aussicht, während der Arbeit zu genießen, entschädigte ein wenig für die traurige Tatsache, dass ich trotz meines guten Abschlusses nicht viel mehr als eine Schreibkraft war. Kaum saß ich auf meinem Stuhl, startete ich meinen Computer und verschaffte mir einen Überblick über die für heute anstehenden Aufgaben. Das dauerte nicht allzu lange, ich war in der Regel sehr gut organisiert. Dann holte ich mir noch einen Kaffee, der herrlich nach frisch gemahlenen Bohnen duftete, bevor ich mich an die Arbeit machte. Nach dem ersten Schluck vertiefte ich mich in eine der aktuellen Marketingkampagnen. Auf meinem Bildschirm erschienen zahlreiche Grafiken einer Meinungsumfrage zu musikrelevanten Themen, die ich analysieren und auswerten sollte, bevor ich sie an jemanden weiterleitete,

der aus den Auswertungen einen Marketingplan erstellte, um die Künstler und ihre Musik bestmöglich zu promoten. Dafür war ich eigentlich ausgebildet und ich hatte so viele Ideen. Aber meine Ansätze wurden im Keim erstickt, wenn ich es wagte, Vorschläge zu machen. Oder meine Ideen wurden einfach von meiner Chefin übernommen und als ihre eigenen ausgegeben. Das war mir schon zweimal passiert, und ich würde es nicht noch einmal zulassen, dass dieses unfähige Miststück sich mit meinen Ideen schmückte. Trotzdem versuchte ich das Beste aus meiner Situation zu machen und hoffte, in naher Zukunft eine echte Chance zu bekommen. Ungefähr zwei Stunden später fiel ein Schatten über meinen Arbeitsbereich und ich blickte leicht irritiert auf, nur um ein genervtes Stöhnen zu unterdrücken. Vor mir stand Mrs. Krueger und lächelte mich herablassend an. „Penny, wie immer fleißig bei der Arbeit, wie ich sehe."
Gott, ich hasste diese süße, schleimige Art, die sie immer an den Tag legte. Das bedeutete, dass sie wieder eine Aufgabe für mich hatte, die sie eigentlich selbst erledigen sollte und auf die sie keine Lust hatte.
„Mrs. Krueger, was kann ich für Sie tun?", fragte ich förmlich und ihr Lächeln gefror augenblicklich. Die unterkühlte Miene passte viel besser zu ihrem Wesen. Wie immer war sie tadellos gekleidet in einem maßgeschneiderten dunkelblauen Hosenanzug, der ihre schlanke Figur betonte. Ihr blondes Haar war perfekt frisiert und sie trug ein dezentes Make-up, das ihre klassisch schönen Züge betonte. Sie strahlte Eleganz und auch eine gewisse Autorität aus. Letztere beruhte allerdings eher auf ihrer Herkunft und ihren Beziehungen als auf ihren Fähigkeiten.
Sie legte einen Stapel Unterlagen vor mich hin. „Hier sind die neuesten Pressemitteilungen und ruf bitte den Musikredakteur von „*Vibes & Music*" an. Sorgen Sie dafür, dass die doppelseitige Anzeigenkampagne rechtzeitig zur Veröffentlichung des Albums erscheint, und schlagen Sie ihnen Möglichkeiten vor, wie sie das neue Album von *Hopeless Minds* bewerben können.

Danach möchte ich einen detaillierten Bericht über das, was ihr besprochen und vereinbart habt. Schicken Sie mir die Ergebnisse per Mail, ich muss noch zu einem Auswärtstermin."
Ja, wahrscheinlich zum Nägel machen, dachte ich frustriert und war kurz davor zu schreien. Im Prinzip machte ich ihre Arbeit und trotzdem schaffte sie es, mir das Gefühl zu geben, nicht gut genug zu sein.
„Penny? Hören Sie mir überhaupt zu?"
Mrs. Kruegers irritierte Nachfrage riss mich aus meinen düsteren Gedanken. Ich lächelte gequält.
„Entschuldigung, ich bin bereits die Möglichkeiten in meinem Kopf durchgegangen", log ich, aber sie lächelte zufrieden.
„Wunderbar. Bis später."
Sie ging und hinterließ bei jedem Schritt eine Parfümwolke. Eigentlich sollte ich sie auflaufen lassen, aber am Ende würde sie es so drehen, dass ich als Schuldige dastand, also fing ich an, ein paar Vorschläge aufzuschreiben. Nichts Aufregendes, nur das Übliche. Dann rief ich bei „*Vibes & Music*" an und ließ mich mit dem Redakteur verbinden, in der Hoffnung, dass er gerade erreichbar war und sich ein paar Minuten Zeit nehmen konnte. Eine halbe Stunde später legte ich auf. Das Magazin hatte selbst ein immenses Interesse daran, *Hopeless Minds* zu promoten. Die Jungs gehörten seit geraumer Zeit zu den interessantesten und beliebtesten Bands in den USA und Interviews mit ihnen sorgten für hohe Auflagen. Das wussten die Redakteure, und so konnte ich Mrs. Krueger eine ganze Reihe von Maßnahmen vorschlagen. Ein großes Interview mit einem der Topjournalisten des Musikmagazins, nicht nur als Print-, sondern auch als Online-Artikel. Jonathan Bailey galt als einer der renommiertesten Journalisten in der Musikbranche und würde *Hopeless Minds* auf Wunsch der Redaktion auch in Baileys Podcast platzieren. Außerdem würde es Rezensionen zum aktuellen Album geben und der ersten Single-Auskopplung, um die Aufmerksamkeit weiter zu steigern. Nicht, dass das wirklich nötig gewesen wäre.

Ich selbst war ein Fan der ersten Stunde und kaufte blind alles, was sie herausbrachten. Wie fast alle Fans der Band. Sie hätten sich auf die Bühne stellen und mit Waschbrettern, Tassen und Töpfen Musik machen können, und es wäre ein Hit geworden. Bei solchen Ausnahmebands schien ein Flop unmöglich. Aber man sollte nie etwas dem Zufall überlassen, und weil ich *Hopeless Minds* wirklich vergötterte - vor allem den Bassisten -, hatte ich mich beim Redakteur entsprechend ins Zeug gelegt. Nach dem Telefonat listete ich die besprochenen Details für meine Chefin in einer Datei auf und schickte sie ihr per E-Mail. Mir war klar, dass ich von ihr zu diesem Thema nichts mehr hören würde. Meine Arbeit war getan, der Rest ging mich ihrer Meinung nach nichts mehr an.
So war es schließlich auch. Sie kam am frühen Nachmittag zurück ins Büro und schloss sich ein. Die Datei hatte sie sicher schon gelesen. Mit Dank oder einem simplen „gut gemacht" rechnete ich erst gar nicht.
Etwa zwei Stunden vor Feierabend klingelte das Telefon und ich nahm ab. „Hallo, hier ist Penny Evans aus der Marketingabteilung von *Morton Records*. Wie kann ich Ihnen helfen?"
„Da habe ich ja gleich die Richtige am Apparat", meldete sich eine Frauenstimme. „Ich bin Susan Reid, die Sekretärin von Keith Krighton, und ich wollte Sie fragen, ob Sie vielleicht nach der Arbeit in sein Büro kommen könnten. Er würde gerne mit Ihnen sprechen."
Völlig überrascht saß ich auf meinem Schreibtischstuhl und hielt diese Bitte für einen Scherz oder ein Missverständnis. Keith Krighton war mir durchaus bekannt. Wie sollte es auch anders sein. Schließlich war er der Manager von *Hopeless Minds*. Außerdem war er so etwas wie eine Lichtgestalt unter den Musikmanagern und ging bei *Morton Records* ein und aus. Bei diesen Gelegenheiten hatte er mich nie eines Blickes gewürdigt und mir höchstens einmal höflich zur Begrüßung zugenickt. Ich konnte mir also beim besten Willen nicht vorstellen, was

jemand wie er mit jemandem wie mir zu besprechen hatte. Ich war ein kleines Licht, sozusagen das unterste Glied in der Hierarchie.
„Das muss ein Irrtum sein. Ich bin nur eine Angestellte. Sie meinen sicher meine Vorgesetzte Mrs. Krueger. Sie leitet die Marketing-Abteilung des Labels. Ich stelle Sie gleich zu ihr durch ..."
„Nein!", rief Susan Reid prompt. „Mrs. Krueger interessiert Mr. Krighton nicht. Er möchte mit *Ihnen* sprechen. Passt es Ihnen heute?"
Was für eine Frage! „Das lässt sich sicher einrichten, aber ich muss noch mindestens zwei Stunden arbeiten, bevor ich hier wegkann."
„Das macht nichts. Er ist sehr beschäftigt und wird den Abend sowieso im Büro verbringen. Wissen Sie, wo das ist?"
„Ich habe Zugang zu den Kontaktdaten", versicherte ich rasch.
„Wunderbar, dann kommen Sie, sobald Sie können."
Ich räusperte mich. „Das werde ich, aber ... könnten Sie mir vielleicht sagen, worum es geht? Ich bin ehrlich gesagt etwas irritiert, dass er mich sprechen will."
„Es tut mir leid, aber es steht mir nicht zu, ihm vorzugreifen."
„Okay", murmelte ich und nach einer kurzen Verabschiedung legten wir auf. Ehrlich gesagt wusste ich nicht, was ich davon halten sollte, gleichzeitig mischte sich in meine Unsicherheit eine aufkeimende Aufregung. Normalerweise hatte ich mit so hochrangigen Leuten nichts zu tun.
Die letzten zwei Stunden vergingen wie im Flug und meine Angst wich. Stattdessen machten sich Hoffnung und Vorfreude in mir breit. Schließlich hatte man in meiner Branche nicht oft die Gelegenheit, einem so bekannten Musikmanager von Angesicht zu Angesicht gegenüber zu sitzen. Nichtsdestotrotz erledigte ich meine restlichen Aufgaben für diesen Tag so gewissenhaft wie immer, auch wenn meine Gedanken wiederholt zu dem bevorstehenden Treffen abschweiften. Als

der Feierabend näher rückte, machte ich mich auf den Weg zur U-Bahn-Station. Krightons Büro befand sich zwar in Manhattan, aber zu Fuß würde es viel zu lange dauern, und ich wollte ihm auch nicht völlig erschöpft und verschwitzt gegenübersitzen.

Nachdem ich an der entsprechenden Station ausgestiegen war, erreichte ich nach einem etwa zehnminütigen Fußmarsch das Gebäude, in dem Krighton arbeitete, und betrat das elegante Foyer. Mit dem Aufzug fuhr ich in die entsprechende Etage und stand schließlich vor der Glastür, auf der in edlen Lettern Krightons Name prangte. Dahinter lag das Vorzimmer, und ich erhaschte einen Blick auf eine rothaarige Frau in mittleren Jahren, die an ihrem Schreibtisch saß. Das war vermutlich Susan Reid. Sie blickte auf, sah mich stehen und erhob sich, um mir zu öffnen.

„Penny Evans, nehme ich an", begrüßte sie mich freundlich und ich nickte. „Kommen Sie, ich bringe Sie gleich zu ihm."

Mein Herz klopfte, als ich Krightons Büro betrat und ihn hinter seinem Schreibtisch sitzen sah. Er wirkte konzentriert und schwer beschäftigt. Sein Gesichtsausdruck veränderte sich kaum, als er mich erblickte, und ich spürte, wie sich meine Wangen erhitzten.

„Penny, wie schön, dass Sie es heute noch einrichten konnten. Setzen Sie sich doch."

Keith Krighton war ein äußerst einschüchternder, dunkelhaariger Mann Anfang dreißig. Er lächelte mich unpersönlich über seinen Schreibtisch hinweg an und deutete auf den Stuhl. Mein Herz raste, als ich Platz nahm und die Hände auf meinem Schoß verschränkte, damit sie nicht zitterten. Gott, nun wurde ich doch unruhig.

„Ich will nicht lange um den heißen Brei herumreden", begann er und lehnte sich ein wenig zurück. In seinen tiefblauen Augen lag etwas Abschätzendes, unter seinem Blick fühlte ich mich wie ein bemitleidenswerter Frosch auf dem Seziertisch. Sofort

wünschte ich mir, etwas weniger unscheinbar zu sein, etwas modischer und nicht so verdammt langweilig. Sicher, an meinem dunklen Hosenanzug mit der schlichten weißen Bluse darunter war nichts auszusetzen. Ich ging zur Arbeit und nicht zu einer Modenschau. Aber da ich es vorzog, meine Haare während der Arbeit im Nacken zusammenzubinden, damit sie mir nicht ständig ins Gesicht fielen und mich störten, und hin und wieder eine Brille mit dunklem Gestell trug, gehörte ich nicht unbedingt zu der Kategorie Frau, nach der man sich auf der Straße umdrehte. Aber ich wollte mit meinen Fähigkeiten glänzen, nicht mit meinem Äußeren, auch wenn man damit auf der Karriereleiter natürlich viel schneller nach oben kam, während ich trotz meines Fleißes immer noch ganz unten stand.
Aber ich mochte es einfach und praktisch. Es machte das Leben leichter, und da ich mit all den Püppchen, die im Label herumliefen und alle Blicke auf sich zogen, sowieso nicht mithalten konnte, versuchte ich es gar nicht erst. Ich war sozusagen unsichtbar, und das war okay für mich. Es sei denn, ich saß jemandem gegenüber, der mich mit seinem Röntgenblick durchbohrte und garantiert jeden Makel bemerkte, den ich hatte.
„Wie lange arbeiten Sie schon für *Morton Records*?"
„Etwa ein halbes Jahr, Sir", antwortete ich und setzte mich automatisch etwas aufrechter hin.
„Sind Sie mit Ihrer Arbeit zufrieden?"
War das eine Fangfrage? Worauf wollte er hinaus und warum interessierte es ihn, ob ich mich in meinem Job wohlfühlte? Für mich ergab das keinen Sinn. Mit der Marketingabteilung des Labels hatte er normalerweise wenig zu tun, es sei denn, es ging um eine PR-Aktion für *Hopeless Minds* oder eine der anderen Bands, die Keith betreute.
„Natürlich, warum wollen Sie das wissen?", antwortete ich vorsichtig und hielt mich bedeckt.
„Nun, weil ich Ihnen einen Job anbieten möchte und es für mich von Vorteil wäre, wenn Sie offen für etwas Neues wären."

Heiliger Strohsack, meinte er das ernst oder war das eine Art perfider Loyalitätstest des Labels? Er schien meine Verwirrung und Skepsis zu spüren. „Das ist kein Test, falls Sie das befürchten. Ich will ehrlich zu Ihnen sein. Ich befinde mich gerade in einer prekären Situation, weil die persönliche Assistentin von *Hopeless Minds* leider gekündigt hat, aus ... nun, sagen wir ... persönlichen Gründen."
Übersetzt hieß das wohl, dass sie sich mit jemandem aus der Band eingelassen und sich mehr erhofft hatte. Die Jungs waren bekannt dafür, dass sie nichts anbrennen ließen. Man sah sie ständig mit Models, Schauspielerinnen oder bekannten Influencerinnen. Die Frauen lagen ihnen quasi zu Füßen. Ich selbst vergötterte Angel in einem fast ungesunden Maß, wenn auch nur heimlich, denn ich fand, dass es sich für eine erwachsene Frau nicht schickte, sich öffentlich über ihren Schwarm auszulassen. Ich wollte nicht, dass meine Kolleginnen im Label mich auslachten oder gar bemitleideten. Trotzdem war ich total verknallt und hatte mir im Schutz der Dunkelheit schon mehr als einmal die Hand in den Slip gesteckt, während ich von ihm fantasierte. Natürlich wäre ich die Erste, die ihm freudig in die Arme springen würde, wenn er auch nur das geringste Interesse an mir zeigen würde. Deshalb war ich auch die Letzte, die über diese Frauen urteilen durfte. Aber ich konnte mir vorstellen, dass es für Krighton ein Problem darstellte, wenn die Bandmitglieder ständig ihre Angestellten vernaschten. Dann schoss mir ein schrecklicher Gedanke durch den Kopf. War ich deshalb hier? Weil Keith Krighton davon überzeugt war, dass Angel, Miles, Nix und Drew keinen zweiten Blick auf mich werfen würden?
Der Gedanke war gar nicht so weit hergeholt, und so schmerzhaft es auch sein mochte, ich musste die Wahrheit über Krightons Motive erfahren. Ich straffte mich innerlich, bereit, die bevorstehende Demütigung zu ertragen, falls Keith meine nächste Frage so beantworten würde, wie ich es vermutete.

„Wollen Sie mich für den Job, weil ich nicht hübsch genug bin und keiner der Jungs freiwillig mit mir schlafen würde?“
Sein Gesichtsausdruck war unbezahlbar! Eine Mischung aus Verlegenheit, Entsetzen und schlechtem Gewissen, weil ich offensichtlich ins Schwarze getroffen hatte. Ich musste fast lachen, weil es mir offensichtlich gelungen war, Keith zu überrumpeln. Er räusperte sich, das Unbehagen stand ihm ins Gesicht geschrieben und er schien seine nächsten Worte genau abzuwägen. Wahrscheinlich hatte er Angst, dass ich ihn verklagen würde oder so. Heutzutage gingen die Leute wegen viel weniger vor Gericht.
„Penny, Sie sollten mir keine Worte in den Mund legen. Ich würde Sie gerne als persönliche Assistentin für die Band einstellen, nicht wegen Ihres Aussehens, sondern weil Sie einen sehr kompetenten und loyalen Eindruck auf mich machen. Außerdem scheinen Sie sich nicht für die oberflächliche Glamourwelt zu interessieren, in der sich die Jungs bewegen. Ich habe mit einer ihrer Kolleginnen gesprochen. Sie beschreibt Sie als einen bodenständigen Menschen, der nicht leicht zu beeindrucken ist.“
Diese Aussage überraschte mich. „Eine Kollegin? Warum haben Sie nicht mit meiner Vorgesetzten gesprochen?“
Er grinste spöttisch. „Ich bitte Sie, Penny. Wir wissen doch beide, dass Mrs. Krueger null Ahnung von Marketing hat und sie niemals gehen lassen würde. Wer sollte dann ihre Arbeit machen? Ich dachte, es wäre besser, mit jemandem zu sprechen, der weniger voreingenommen ist, und ich bin zu dem Schluss gekommen, dass Sie die Qualitäten haben, die man braucht, um die Band auf Kurs zu halten. Kurz gesagt, Sie müssen den Jungs die ganze organisatorische Arbeit abnehmen und dafür sorgen, dass sie nicht zu viel Unsinn anstellen.“
Er konnte noch so sehr darauf bestehen, mich wegen meiner Zuverlässigkeit einstellen zu wollen, ich wusste es besser. Krighton war sich sicher, dass niemand in der Band auch nur

im Traum auf die Idee käme, mit jemandem wie mir ins Bett zu steigen. Fleiß und Loyalität waren keine Eigenschaften, die aus Mitgliedern einer Rockband sexhungrige Monster machten. Genau aus diesem Grund hielt Keith mich für die perfekte Besetzung, und wahrscheinlich hatte er sogar recht. Aber war ich pragmatisch genug, um zu akzeptieren, dass Angel Turner nie einen zweiten Blick auf jemanden wie mich werfen würde? Aus der Ferne war das möglich, aber was würde es mit mir machen, wenn ich das jeden Tag vor Augen geführt bekäme? Abgesehen davon gab mir auch sein letzter Satz zu denken.

„Heißt das, dass ich in erster Linie eine Art Babysitter sein werde?"

„Nein, nein, so dürfen Sie das nicht sehen. Sie sollen den Jungs das Leben leichter machen, damit sie sich voll und ganz auf die Musik konzentrieren können. Und wenn Sie sie dabei von Dummheiten abhalten, ist das ein positiver Nebeneffekt."

„Ich weiß nicht ...", presste ich hervor und stellte mir vor, wie ich Angel Tag für Tag heimlich anschmachtete, während er quasi durch mich hindurchsah. Anscheinend hatte Keith nicht damit gerechnet, dass ich bei einem solchen Angebot nicht sofort vor Begeisterung vom Stuhl kippen würde. Seine sonst eher gefühllose Mimik zeigte Spuren von Ungeduld, aber er klang ruhig und beherrscht, als er weiter auf mich einredete. „Hören Sie, ich weiß, dass dieses Angebot etwas plötzlich kommt, aber es ist eine unglaubliche Karrierechance für Sie. Sie würden die Band in jeder Hinsicht unterstützen, unschätzbare Erfahrungen sammeln und Kontakte in der Branche knüpfen. Es wäre ein tolles Sprungbrett. Auch meine Management-Agentur wächst und ich kann nicht alle Bands persönlich betreuen. Wer sich bei *Hopeless Minds* bewährt, hat in ein paar Jahren die Chance, selbst eine Band zu managen, die bei mir unter Vertrag steht."

Das waren verlockende Aussichten und würde einen unglaublichen Sprung nach vorne bedeuten. Auch finanziell. Also beschloss ich, meinen nutzlosen Stolz herunterzuschlucken und

mein ohnehin nicht sehr ausgeprägtes Ego hinten anzustellen. Schließlich war ich es gewohnt, übersehen zu werden, und in diesem Fall war das vielleicht ganz gut so. Selbst wenn Angel sich dazu herablassen würde, mich zu verführen, wäre das nicht von Dauer. Rockstars liebten die Abwechslung, und er würde mir nur das Herz brechen. Er war leider eine männliche Schlampe, das ließ sich nicht schönreden. Da erschien es mir menschlicher, still und heimlich zu leiden, mich nach ihm zu sehnen, aber das alles, ohne am Ende verletzt zu werden. Angel würde mich nie begehren, mit der Zeit würde ich mich daran gewöhnen und meine heimlichen Gefühle tief in mir verschließen. So wie ich es mit meinen Eltern gemacht hatte und mit allen anderen, denen ich so, wie ich war, einfach nicht genügte. Obwohl mich eine innere Stimme warnte, dass ich früher oder später mehr als nur meinen Stolz verlieren würde, wenn ich diesen Job annahm, hörte ich nicht auf sie und lächelte Krighton an. „Vielleicht könnten Sie etwas genauer auf meine Aufgaben und die Bezahlung eingehen."
Krighton verzog den Mund zu einem triumphierenden Lächeln, weil er ahnte, dass ich zustimmen würde. „Sehr gerne."

***

Einen Monat später holte mich Keith in seiner schicken Limousine ab und lächelte mich sogar an, wenn man das kurze Hochziehen eines Mundwinkels überhaupt als Lächeln bezeichnen konnte. Aber wenn man ihn etwas besser kannte, merkte man schnell, dass dieser Mann normalerweise keine Miene verzog. Das war nicht nur eine Haltung für die Außenwelt, er war wirklich so. Manch einer fragte sich, ob in seinen Adern Blut oder eher Eiswasser floss. Aber seit ich sein Angebot angenommen hatte, behandelte er mich mit ausgesuchter Höflichkeit, und damit konnte ich gut leben. Ich hatte nicht vor, eine lebenslange Freundschaft mit ihm einzugehen, er war einfach mein Chef. Apropos Vorgesetzte. Mrs. Krueger hatte meine Kündigung nicht gut aufgenommen. Zuerst hatte sie versucht, mich einzuschüchtern und angekündigt, sie würde persönlich dafür sorgen, dass Krighton mich wieder auf die Straße setzte. Danach, so schwor sie mir, würde ich nie wieder einen Job in dieser Stadt bekommen. Als diese Drohung nicht fruchtete, verlegte sie sich aufs Betteln und Schmeicheln. Sie bot mir mehr Geld, mehr Verantwortung, wollte mich zu ihrer rechten Hand machen, aber ich blieb standhaft. Meine Tage als ihre Vollzeitsklavin waren ein für alle Mal vorbei, und selbst wenn Krighton mich nicht mehr wollte, würde ich lieber Toiletten schrubben, als mich weiter von ihr ausnutzen zu lassen.

Ich ließ mich auf den Beifahrersitz gleiten und schnallte mich an.

„Na, bereit für die Jungs?“, fragte Keith und warf mir einen flüchtigen Seitenblick zu, während er sich in den Verkehr einfädelte.

„Ich bin mir nicht sicher“, antwortete ich ehrlich und hörte ihn leise lachen.

„Wenigstens sind Sie ehrlich. Das ist mal eine erfrischende Abwechslung. Aber keine Sorge. Die Jungs sind in Ordnung, im Moment sind sie wegen des Ruhms ein bisschen abgehoben, aber wer wäre das nicht an ihrer Stelle. Aber sie beißen nicht und werden Sie anständig behandeln. Falls nicht, kommen Sie sofort zu mir und ich kümmere mich darum.“

Als ob ich beim ersten Problem zu ihm rennen würde, um zu petzen. Da konnte ich ja gleich meine Kündigung einreichen.

„Ich schaffe das schon“, versicherte ich schnell und sah aus dem Fenster. „Wo fahren wir eigentlich hin?“

„Zum Proberaum“, informierte mich Keith bereitwillig. „Sie üben gerade einen brandneuen Song ein und wir treffen sie dort.“

Nach ungefähr zwanzig Minuten Fahrt hielt Keith vor einem

eingezäunten Industriegebäude. Die Fassade wirkte verwittert, an einigen Stellen wucherte Efeu.
„Hier probt die Band?“, fragte ich und konnte den erstaunten Unterton in meiner Stimme nicht unterdrücken. Ehrlich gesagt war es schwer vorstellbar, dass sich die Band freiwillig in diesem alten Kasten aufhielt. Sie besaßen Millionen, sie hätten sich leicht eine viel luxuriösere Umgebung zum Proben leisten können.
„Es sieht nur von außen so heruntergekommen aus“, sagte Keith gelassen. „Innen ist alles eingerichtet. Niemand würde erwarten, dass die Jungs ausgerechnet hier proben, und sie schätzen die Privatsphäre. Ich brauche wohl nicht zu erwähnen, dass auch Sie absolute Diskretion wahren müssen.“
„Natürlich, Mr. Krighton“, versicherte ich ihm und erntete ein zufriedenes Nicken.
„Gut. Und nennen Sie mich Keith. Ich hasse diese überflüssigen Förmlichkeiten.“
„Wie Sie wünschen, Keith.“
Wir verließen den Wagen und standen kurz darauf vor einer stabilen Metalltür. Daneben befand sich ein in die Wand eingelassener Öffnungsmechanismus. Keith schob eine Karte durch den Schlitz, es surrte und mit einem leisen Klicken öffnete sich die Tür.
„Nach Ihnen, Penny.“ Galant ließ er mir den Vortritt. Gleich darauf betrat ich einen Flur mit Neonröhren an der Decke. Von irgendwoher drang gedämpfte Musik an mein Ohr, und mein Magen vollführte einen kleinen Salto. Die Band war tatsächlich hier und probte. Auf dem ganzen Weg hierher war es mir irgendwie surreal vorgekommen, dass ich heute zum ersten Mal die Jungs von *Hopeless Minds* treffen und bald ein Teil ihres Lebens sein würde. Aber es passierte wirklich und diese Erkenntnis ließ mir für einen winzigen Moment den Atem stocken. Meine Anspannung stieg merklich, bevor ich mich zusammenriss und Keith folgte, der nun mit großen Schritten vor

mir herlief. Er blieb vor einer Metalltreppe stehen. „Der Proberaum ist oben", erklärte er und nahm die ersten Stufen. Ich folgte ihm, das Metall quietschte unter unserem Gewicht. Die Musik wurde lauter.

„Es ist der letzte Raum am Ende des Ganges", informierte mich Keith, als wir das Stockwerk erreicht hatten, und lief erneut voraus, bis er vor der entsprechenden Tür stehen blieb. Mein Inneres und der Boden unter mir vibrierten förmlich. Keith stieß die Tür auf und befahl mir mit einer stummen Geste, vor ihn zu treten. Ich tat, was er wollte, und als ich im Raum war, wurde ich von der Präsenz der Band und dem ganzen Drumherum förmlich erschlagen. Überall standen Instrumente herum - Gitarren, Bässe, Drummer Nixon saß hinter einem Schlagzeug, auf dem er selbstvergessen herumtrommelte. Die Jungs waren so in ihre Probe vertieft, dass sie uns zunächst gar nicht bemerkten, obwohl Keith sich keine Mühe gab, besonders leise zu sein. Sie sprühten vor Kreativität und Liebe zur Musik und schienen alles um sich herum auszublenden. Ich war überwältigt. *Hopeless Minds* so zu erleben, fernab von allem Trubel, einfach konzentriert auf das, was sie am besten konnten, berührte mich auf seltsame Weise. Ihre Hingabe bewies auch, dass sie mehr waren als nur muskelbepackte, tätowierte Sexsymbole. Hinter ihrer Musik steckten ehrliche Gefühle, sie war nicht nur eine Aneinanderreihung von Klangakkorden und gefälligen Texten. Auch die schönsten Zeilen mussten mit Leben gefüllt werden, und das gelang Leadsänger Miles bravourös. In seiner Stimme lagen Sehnsucht und Leidenschaft, sie klang wie rauer Samt, war voller Gefühl und Intensität, und er schaffte es, mit jeder Zeile eine besondere Atmosphäre zu schaffen, die sofort auf mich übersprang. Aber es war der Anblick von Angel mit seiner Bassgitarre, der mein inneres Selbst buchstäblich aus den Angeln hob.

Sobald mein Blick auf ihn fiel, war ich nur noch auf ihn konzentriert, alles andere wurde zur Nebensache und ich spürte

umgehend, wie sich eine angenehme Gänsehaut auf meinen Armen bildete und mein Atem zitterte.
Angel stand ein wenig im Hintergrund, seine langen Finger glitten geschickt über die Saiten. Seine goldblonden Haare fielen ungebändigt in sein markantes Gesicht. Jedes Mal, wenn der Bass durch den Raum vibrierte, spürte ich den Rhythmus tief in meinem Bauch. Seine Präzision am Instrument beeindruckte mich, und dann geschah etwas, das ich mein Leben lang nicht vergessen würde. Er schaute in meine Richtung und unsere Blicke trafen sich. Es war so unglaublich leicht, die Kontrolle über mich abzugeben und mich in seinen dunkelblauen Augen zu verlieren. Tiefer als ein Ozean brannte in ihnen ein Feuer, das seine Leidenschaft für die Musik widerspiegelte. Meine Gefühle spielten verrückt und ich musste all meine Selbstbeherrschung aufbringen, um nicht zu vergessen, warum ich hier war und was meine zukünftige Aufgabe sein würde.
Das war leider leichter gesagt als getan. Ich brauchte Angel nur anzusehen und ein erregendes Kribbeln durchlief mich. Sein Körper war perfekt, die geschmeidigen Muskeln von endlosen, schweißtreibenden Bühnenauftritten präzise definiert und übersät mit Tattoos. Kleine Kunstwerke auf goldener Haut, die ich am liebsten mit meinen Lippen erkundet und geküsst hätte.
Als ob er spürte, was in mir vorging, lächelte er mich an. Verdammt, dieser Mann wusste sofort, wann er leichte Beute vor sich hatte.
Reiß dich zusammen, du darfst dir diese Chance nicht wegen eines Mannes verbauen, oder willst du das nächste Mal deinen Eltern als Arbeitslose gegenübertreten? Dann weißt du, was du an Spott und Hohn zu erwarten hast.
Diese Aussicht genügte, um meinen rasenden Puls auf ein normales Maß zu senken. Ich wappnete mich innerlich gegen seinen Charme, so schwer es mir auch fiel, denn sein träger Schlafzimmerblick jagte ein wunderbares Kribbeln durch meine Wirbelsäule und - seien wir an dieser Stelle einfach mal ehrlich - in

meine bedürftige Pussy. Seine mit Worten kaum zu beschreibende Anziehungskraft würde mir auch in Zukunft schwer zu schaffen machen, aber ich musste stärker sein als mein primitiver Wunsch, mich nackt unter ihm zu wälzen. Was sowieso nie passieren würde, denn ich war ich.

Jetzt wurde auch der Rest der Band auf uns aufmerksam und die Instrumente verstummten. Miles zog eine seiner dunkelbraunen Brauen hoch, im Blau seiner Augen blitzten Irritation und Neugier auf. „Keith, du hast gar nicht gesagt, dass du vorbeikommen willst", sagte er statt einer Begrüßung. Dabei musterte er mich von Kopf bis Fuß und versuchte wohl herauszufinden, was zum Teufel ich hier zu suchen hatte.

„Ich dachte, ich überrasche euch", erklärte Keith und deutete schließlich auf mich. „Jungs, ich möchte euch eure neue Assistentin Penny vorstellen. Sie wird euch in Zukunft zur Seite stehen und eure treueste Begleiterin sein."

Zuerst herrschte fassungsloses Schweigen und ich hatte Mühe, keine Panikattacke zu bekommen, während die vier ungläubige Blicke austauschten und zunächst kein Wort sagten. Statt zu hyperventilieren, schossen mir Tränen in die Augen. Dass sie nicht unbedingt begeistert sein würden, einen langweiligen Niemand statt einer heißen Braut - sagten Männer das überhaupt noch? - als Assistentin zu bekommen, darauf hatte ich mich innerlich schon eingestellt, aber dass es ihnen vor Schreck die Sprache verschlug und sie keinen Ton mehr herausbrachten, damit hatte ich jetzt nicht gerechnet. Keith räusperte sich und warf ihnen warnende Blicke zu. Schließlich war es Drew - angeblich der Ruhigste von allen, aber stille Wasser und so ... -, der sich als Erster rührte und mit ausgestreckter Hand auf mich zukam. „Hey, ich bin Drew, schön dich kennen zu lernen."

Automatisch griff ich nach seiner Hand. Unter dem mitfühlenden Blick seiner dunklen, moosgrünen Augen, die so wunderbar zu seinem karamellbraunen Haar passten, fühlte ich mich gleich ein wenig wohler und blinzelte mir die Feuchtigkeit aus den

Augen. „Freut mich auch“, murmelte ich. Miles raffte sich als Nächster auf und gesellte sich zu uns. „Sorry für die blöde Reaktion, aber Keith hat kein Wort darüber verloren und wir sind einfach überrascht.“

Er zwinkerte mir freundlich zu. Nixon war der Nächste, der mich begrüßte. Sein Punk-Iro schimmerte in einem hellen Platinblond, was die dunklen Augenbrauen in seinem attraktiven Gesicht noch dramatischer hervortreten ließ. „Du bist also die Neue. Ich hoffe, Keith hat dich gewarnt und du hast einen starken Willen. Wir sind ein wilder Haufen und lassen uns nicht gerne herumkommandieren.“

Okaaaay. Nixon ging also gleich in die Vollen und stellte klar, wer seiner Meinung nach das Sagen hatte. Gut, ich war im Prinzip nur eine Angestellte, aber ich arbeitete für Keith, wenn man es genau nahm, und der hatte schon im Vorfeld durchblicken lassen, dass er nicht zulassen würde, dass die Jungs vor lauter Ruhm außer Kontrolle gerieten. Er sagte, das wäre der Anfang vom Ende.

Ich lächelte gelassen. „Herumkommandieren?“, wiederholte ich spöttisch. „Wieso sollte ich das tun? Ich bin hier, um euch zu unterstützen, nicht um euch das Denken abzunehmen.“

„Ich mag sie jetzt schon“, ertönte es aus dem Hintergrund und nun kam auch Angel dazu und musterte mich lächelnd. „Ich bin Angel“, stellte er sich unnötigerweise vor und nahm meine Hand. Einen Moment lang strich er über meine Fingerspitzen, bevor er sie schüttelte und mich wieder losließ.

„Ich weiß“, hauchte ich und trat mir insgeheim selbst in den Hintern, weil ich wie ein dreizehnjähriges Fangirl klang. Also fügte ich etwas entschlossener hinzu: „Ich freue mich wirklich, mit euch zusammenzuarbeiten.“

„Freu dich nicht zu früh“, warf Keith ein und warf Nixon einen bösen Blick zu, bevor er sich wieder mir zuwandte. „Die Jungs hier sind schwieriger zu hüten als ein Sack Flöhe. Aber du bist eine fähige Person und wirst das schon hinkriegen.“

So sicher war ich mir nicht, aber das hätte ich nie im Leben zugegeben.
„Auf jeden Fall ist Penny ein anderes Kaliber als die Assistentinnen vor ihr“, sagte Drew mit einem verschmitzten Lächeln, und ich spürte, wie mir das Blut in die Wangen schoss.
Meinte er mit Kaliber meine Figur? Ich würde mich nicht unbedingt als pummelig bezeichnen, aber ich war meilenweit von den Idealmaßen entfernt, an die diese Jungs gewöhnt waren. Mein Hintern war zu dick, meine Oberschenkel zu üppig, und die Cellulite breitete sich munter auf meiner Haut aus, ohne dass ich ihr Einhalt gebieten konnte.
Hör auf, schimpfte ich innerlich. *Deine Orangenhaut wird sowieso nie jemand von ihnen zu Gesicht bekommen.*
Keith klatschte in die Hände und unterbrach das Gespräch. „Jungs, benehmt euch. Vor allem du, Nixon.“ Der verzog bei dieser Aufforderung nur das Gesicht und war wieder sein Übliches, schlecht gelauntes, aber unheimlich anziehendes Selbst. Angel galt als der Sonnenschein der Gruppe, der mit seinem Charme fast jeden um den Finger wickeln konnte, während Miles mit seiner Stimme wie ein Rattenfänger die Leute anzog. Drew war der ruhige, nachdenkliche Typ, der nach einer sehr wilden Phase zu Beginn des Erfolges den Ruf hatte, bei Frauen extrem wählerisch zu sein.
Keith legte mir kurz die Hand auf die Schulter. „Penny, willkommen im Team. Ich überlasse dich jetzt ihrer Gesellschaft, damit ihr euch ein wenig kennenlernen und die nächsten Tage planen könnt. Wenn du Probleme hast, zögere nicht, mich anzusprechen.“
Nun, das war also der Anfang meiner Zeit bei *Hopeless Minds*. Ich fragte mich, wie lange die Jungs es mit jemandem wie mir aushalten würden.

Kapitel 2

Angel

Etliche Monate später

Rochester im Nordwesten des Bundesstaates New York war unser nächstes Ziel und die letzte Station unserer Inlandstour. Ich drehte mich in meiner Koje auf den Rücken und griff nach meinem Handy. Es war noch früh, gerade mal fünf Uhr morgens, und es würde sicher noch eine Weile dauern, bis wir in Rochester ankommen würden. Ich brauchte dringend etwas Schlaf, um vor unserem letzten Auftritt ausgeruht zu sein. Normalerweise hatte ich damit keine Probleme. Das gleichmäßige Brummen des Motors hatte eine beruhigende Wirkung, aber ich wälzte mich ständig hin und her, unfähig einzuschlafen. Außerdem brummte mein verdammter Schädel, weil ich gestern vor der Abreise auf der Afterparty zu viel getrunken hatte. Scheiße, ich wusste jetzt schon, dass wir alle dieses Besäufnis bitter bereuen würden, wenn wir heute Abend auf der Bühne standen.

Aber was mich am meisten ärgerte, war die Tatsache, dass wir dadurch bei unserem letzten Konzert nicht mehr 100 Prozent geben konnten, nachdem wir es gestern mit dem Feiern so übertrieben hatten.
Manchmal wussten wir einfach nicht, wann es genug war. Deshalb war Penny ein echtes Gottesgeschenk. Ohne sie hätte uns *Morton Records* wahrscheinlich längst rausgeschmissen. Die süße Maus konnte verdammt einschüchternd sein, wenn es sein musste, und sammelte uns regelmäßig ein, wenn wir mal wieder über die Stränge schlugen. So wie gestern. Sie hatte uns alle rechtzeitig zurück in den Tourbus geschleift, damit wir nicht zu spät in Rochester ankamen.
Nachts zu reisen hatte noch einen weiteren Vorteil. Man schlief die meiste Zeit und musste sich nicht mit irgendwelchem Scheiß die Zeit vertreiben. Gerade gegen Ende einer Tour gingen wir uns nur noch gegenseitig auf die Nerven. So sehr ich die Jungs auch liebte, weil sie Brüder für mich waren, freute ich mich schon auf die Privatsphäre meiner Wohnung. Außerdem - und das würde ich nur unter Folter zugeben - steckte mir die Tour ziemlich in den Knochen. Jeden zweiten Abend in einer anderen Stadt im Rampenlicht zu stehen, war brutal anstrengend, egal wie fit man war. Das zehrte an den Kräften, aber wem machte ich was vor? Egal, wie anstrengend es auch wurde, ich würde das Touren trotzdem vermissen und konnte die Nächste schon jetzt kaum erwarten. Von Stadt zu Stadt zu reisen, die Fans zu begeistern und unsere Musik zu genießen, gab mir ein Gefühl der Schwerelosigkeit. Das Bad in der Menge war wie Strom, der durch meinen Körper floss. Eine Achterbahn der Gefühle. Es hatte etwas Magisches, wenn das Publikum ausflippte und minutenlang Zugaben forderte. Weil sie uns und unsere Lieder liebten. Ehrlich, es machte süchtig. Aber nach jedem High kam der Absturz, sobald das letzte Konzert vorbei war. Dann dauerte es Wochen, bis wir uns wieder an eine gewisse Normalität gewöhnt hatten. Bis es wieder losging und uns der

Rausch des Rockstar-Daseins erneut packte, uns in eine Welt aus purer Euphorie und Adrenalin zog. Unbeschreiblich. Gerade diese Tour war unglaublich geil gewesen. Wir wurden gefeiert wie die verdammten Könige, jeden Tag Party, jeden Tag lagen uns die schönsten Frauen zu Füßen.
Plötzlich hörte ich aus der Koje unter mir ein sehr weibliches Seufzen, gefolgt von einem zuckersüßen Stöhnen. „Oh Gott, ja, genau da ..."
Heilige Scheiße! Trotz meines Katers reagierte mein Körper sofort mit einem gewaltigen Ständer und ich schämte mich fast dafür, denn diese Laute kamen von Penny und nicht von irgendeinem rattenscharfen Groupie. Nicht, dass ich Penny nicht hübsch fand. Sie war auf ihre Art ein verflucht heißes Ding, aber sie war wie eine kleine - aber verdammt rechthaberische - Schwester für uns. Es kam mir unangemessen vor, wegen ihr einen Ständer zu kriegen, während sie anscheinend gerade einen Sextraum durchlebte. Schließlich musste ich ihr morgen in die Augen sehen können.
Es war ein verdammtes Wunder, dass ausgerechnet einer wie ich noch so etwas wie Schamgefühl besaß. Schließlich konnte es mir beim Ficken nicht schmutzig genug werden.
Peinlich berührt richtete ich die Erektion in meiner zu eng gewordenen Boxershorts und versuchte zu ignorieren, dass sie anscheinend einen ziemlich lebhaften Traum hatte und ich quasi als Unbeteiligter daran teilhaben durfte. Normalerweise übernachtete sie im Hotel und fuhr uns mit dem Mietwagen hinterher. Für längere Strecken in die nächste Stadt nahm sie meist das Flugzeug. So war es auch diesmal geplant, wenn nicht der Fluglotsenstreik sie gezwungen hätte, mit uns zu fahren. Was sie sonst auf jeden Fall vermied, denn hier gab es keine Privatsphäre. Wir hörten und sahen alles, auch wenn wir Frauen einluden. Pennys Anwesenheit blieb also besser eine Ausnahme. Wäre sie ständig hier, müssten wir ihretwegen auf Sex verzichten, und wo bliebe dann der Spaß? Aber es gab noch

einen anderen Grund. Ich war nicht immun gegen ihren unschuldigen Charme und schon gar nicht gegen die Geräusche, die sie gerade von sich gab. Mein Körper und mein Geist befanden sich in einem ständigen Kampf, und das war absolut inakzeptabel. Aber ich konnte mich kaum dagegen wehren. Sie so zu hören machte mich geil. Mein verräterischer Schwanz ignorierte die Stimme meiner Vernunft und bettelte förmlich darum, zu ihr ins Bett zu kriechen und ihren heißen Traum wahr werden zu lassen. Obwohl sie eigentlich nicht mein Typ war, weil sie einen Hang zur Prüderie hatte, war es fast unmöglich, ihren prallen Hintern und ihre prächtigen Titten zu übersehen, die sie immer unter ihren braven Blusen und Hosenanzügen versteckte. Ihre Figur war Weltklasse. Ich wollte mich in diesen sanften Kurven verlieren, meinen Schwanz zwischen ihre Schenkel oder ihre Brüste schieben und mich an ihr reiben, bis ich auf ihrer cremigen Haut abspritzte.

Scheiße, meine Fantasie spielte verrückt. Wieder hörte ich sie seufzen, diesmal tiefer, anscheinend ging es in ihrem Traum jetzt richtig zur Sache und auch ich hielt es nicht mehr aus und zog meinen Schwanz heraus, der schmerzhaft hart in meiner Faust lag. Ich konnte nicht anders, ich musste mir einen runterholen, bevor ich völlig durchdrehte und das wahr machte, was ich mir gerade vorgestellt hatte. Das wäre ein nicht wieder gutzumachender Fehler, denn danach müssten wir uns garantiert eine neue Assistentin suchen. Wenn man diese Grenze einmal überschritten hatte, war das der Anfang vom Ende. Außerdem mochte ich Penny viel zu sehr, um sie so zu benutzen. Aber sie war eine Frau und ich ein Mann, der einfach nicht wegsehen - oder in diesem Fall - nicht weghören konnte, und so stellte ich mir unwillkürlich vor, wie sie ihre langweiligen Kleider auszog und diesen sinnlichen Körper entblößte. Für den sie sich aus irgendeinem idiotischen Grund zu schämen schien, sonst würde sie sich nicht ständig hinter ihren zu weiten Klamotten verstecken. Es war eine verdammte Schande. Wenn ich nicht solche

Angst hätte, dass sie sich in mich verlieben könnte, würde ich ihr jeden Tag sagen, was für eine Augenweide sie war. Bei dem Gedanken an ihre Brüste bewegte sich meine Hand an meinem Schwanz unwillkürlich schneller auf und ab. Ich stöhnte unkontrolliert. Der Lärm unten verstummte schlagartig. Verdammt, sie musste aufgewacht sein. Hatte sie mich gehört? Wahrscheinlich lag sie jetzt peinlich berührt in ihrer Koje, die Hand tief in ihrem Höschen vergraben, und wünschte sich, mit der Matratze zu verschmelzen, um mir nie wieder ins Gesicht sehen zu müssen. Penny konnte ziemlich zickig werden, wenn man sie ärgerte, aber im Grunde war sie ein schüchternes Ding, und ich gab ohne Reue zu, dass es zu meinen Lieblingsbeschäftigungen gehörte, sie ständig mit ihrer Prüderie zu necken. Denn ich fand es unglaublich süß, wenn sie dabei immer so rot wurde. Hatte sie Angst, dass ich mich beim Frühstück über ihren Traum lustig machen würde? Das würde ich nie tun. Auch wenn Miles immer behauptete, ich hätte keinen Filter, der die Worte, die aus mir herauskamen, kontrollierte, würde ich sie nie damit aufziehen, dass sie es sich selbst machen musste, obwohl vier gestandene Kerle mit ihr im Bus saßen. Da sie möglicherweise nicht mehr schlief, hörte ich auf zu wichsen und versuchte mich zu beruhigen. Ich zählte innerlich bis hundert, atmete so gleichmäßig wie möglich und versuchte verbissen, meinen Ständer in den Griff zu bekommen ...

„Angel ..."

Der sanfte Klang ihrer Stimme drang an mein Ohr und ich traute meinen Augen kaum, als Penny sich plötzlich zu mir in die Koje schob und ihren wunderschönen Körper aufgrund der Enge eng an meinen presste. Mir wurde fast schwindelig, als ich diese weichen Formen spürte und mir ihr herrlicher Duft nach Frau, Schlaf und etwas Blumigem in die Nase stieg. Einfach unwiderstehlich und verdammt, ich spürte, wie meine Zurückhaltung ihr gegenüber ins Wanken geriet. Ich wollte ihr das Nachthemd vom Leib reißen und mein Gesicht zwischen ihren

Brüsten verbergen. Aber ich durfte nicht. Die Jungs würden mich lynchen, wenn ich mit ihr schlief und sie dann, wie alle anderen vor ihr, wegen eines gebrochenen Herzens kündigte.
„Penny ... was ... oh fuck", entfuhr es mir, als sie ihre kleine Hand auf meine nackte Brust legte, direkt über mein Herz, das zu rasen begann, während mein Gehirn versuchte, die Situation zu verarbeiten.
„Was machst du hier?", fragte ich und hörte, wie angespannt ich klang. Ihre Handfläche glitt streichelnd über meine Brustmuskeln, ihre kurz geschnittenen Fingernägel kratzten leicht über meine Brustwarzen, und das machte mich verrückt. Mein ganzes Blut strömte nach unten und ich bekam wieder einen Ständer.
„Ist das nicht offensichtlich?" Ihre Stimme hatte einen sinnlichen, einladenden Unterton, der die Atmosphäre nur noch mehr anheizte, aber ich versuchte, das Richtige zu tun. „Penny, Liebling, du bist wunderbar, aber das ist keine gute Idee."
In ihren grünen Augen lag ein verletzlicher Ausdruck, und ich wollte sie am liebsten in den Arm nehmen. Sie weckte einen Beschützerinstinkt in mir, der sonst tief verborgen war. Dabei hatte Penny das gar nicht nötig. Eine Frau, die eine wilde Horde von Rockstars so gut im Griff hatte wie sie, brauchte niemanden, der auf sie aufpasste. Aber manchmal, wie jetzt, lag eine tiefe Unsicherheit in ihren Augen. Oft nur für einen kurzen Moment, aber der reichte aus, um mich zu fragen, was in ihrem hübschen Kopf vorging.
„Findest du mich nicht schön genug?"
Aha, das war es also. Sie zweifelte an ihrer Weiblichkeit, daran, attraktiv genug zu sein, um einen übersättigten Kerl wie mich anzulocken. Scheiße, und ob ihr das gelang! Hatte sie nicht gemerkt, wie hart ich schon war? Obwohl es ein Fehler war, nahm ich ihre Hand und drückte sie gegen die Beule. „Hast du das Gefühl, dass ich dich nicht attraktiv finde?"
Endlich verschwand die Unsicherheit und wurde durch etwas

anderes ersetzt, das ich als Verlangen interpretierte. Oder war es nur mein eigener Ausdruck, der sich in ihren Augen spiegelte? Wenn ich sie nicht in den nächsten zwei Minuten aus diesem Bett bekam, würde ich sie in die Matratze drücken und ihr den Verstand aus dem Kopf ficken. Denn das war es, was sie wollte. Deshalb war sie hier. Ihre Finger schlossen sich fester um meine Erektion, sie seufzte wie vorhin, als sie es sich selbst gemacht hatte. Dann kam sie näher und presste ihre Lippen auf meine Mundwinkel, bevor sie sich küssend zu meinem Hals bewegte, und flüsterte: „Angel, ich will mit dir zusammen sein. Willst du mich auch?"

Baby, wie kannst du das fragen, dachte ich nur und spürte gleichzeitig, wie ihre Hand von meiner Brust abwärts zu meinem Bauch wanderte. Ihre Finger umkreisten für einen Moment meinen Bauchnabel, meine Muskeln zuckten und spannten sich wellenförmig unter ihrer Berührung. Ich stieß ein heiseres Stöhnen aus, das sie ermutigte, weiterzumachen. Ihre Hand verschwand in meiner Boxershorts. Sie war längst viel zu eng geworden. Sie schaffte es gerade so, mich vollständig zu umschließen, und strich dann meine Länge auf und ab. Zögerlich und etwas unbeholfen, aber gerade das machte es so besonders. Es war klar, dass sie nicht sehr erfahren sein konnte und dass sie mich so sehr begehrte, dass sie über ihren Schatten sprang und den ersten Schritt wagte ...

Scheiße, das stellte etwas mit mir an, das ich kaum beschreiben konnte. Noch nie war ich so erregt gewesen, noch nie so heiß darauf, zwischen die Schenkel einer Frau zu rutschen und sie mit einem glatten Stoß in Besitz zu nehmen.

„Penny ..." Ich hauchte ihren Namen gegen ihre Lippen, denn sie hatte den Weg zurück zu meinen Mund gefunden, und nun schob ich alle Bedenken beiseite und küsste sie leidenschaftlich. Ihr stockte der Atem, als ich mit meiner Zunge nach ihrer suchte. Oh Mann, sie schmeckte so gut und ich wollte mehr, wollte alles von ihr nehmen, was sie zu geben hatte. Zum Teufel

mit den Konsequenzen. Man lebte nur einmal, und das Leben war einfach zu kurz für verpasste Gelegenheiten.
Nachdem wir uns Gott weiß wie lange geküsst hatten, löste sie ihre Lippen von meinen und fuhr mit geöffnetem Mund nach unten, wobei sie meine Boxershorts abwärts schob. Bevor ich wusste, was sie vorhatte, spürte ich ihren zarten Mund auf meinem Schwanz. „Ich habe gesehen, wie dir ein Groupie nach einem deiner Konzerte einen geblasen hat“, hauchte sie und drückte einen Kuss auf die Spitze. „Du hast keine Ahnung, wie gern ich an ihrer Stelle gewesen wäre. Ich wollte das für dich tun.“
Ihr warmer Atem streifte die empfindliche Haut meiner Eichel, während sie sprach. Scheiße, ich war so geil. Es gab kein Halten mehr, ich war so heiß auf sie, dass ich schon Sterne sah. Dass sie mir gerade gestanden hatte, wie gern sie mir einen Blowjob geben wollte, machte die Sache nicht besser.
„Penny, wenn wir das machen, gibt es später Ärger“, brachte ich irgendwie heraus. Vielleicht kam sie zur Vernunft und hatte die Kraft aufzuhören. Für mich war dieser Punkt längst überschritten.
„Ich ... ich will nicht aufhören.“
Jedes weitere Wort wurde von meinem Stöhnen erstickt, als sie mich tief in den Mund nahm. Ihre Zunge wirbelte über meinen Kopf, ihre Mundhöhle fühlte sich heiß und feucht und einfach wunderbar an. Penny schob sich weiter an meinem Schaft entlang und zog sich dann wieder ein paar Zentimeter zurück.
„Oh ja, du machst das wunderbar“, ermutigte ich sie und vergrub meine Hände in ihrer dunklen Haarmähne. Bereit, sie zu führen und ihr zu zeigen, wie ich es am liebsten mochte. Aber es stellte sich heraus, dass Penny ein Naturtalent war, das keine Hilfe benötigte. Technisch war sie nicht perfekt, aber das spielte keine Rolle, denn die Laute und der verzückte Ausdruck auf ihrem Gesicht waren heißer und erregender als alles, was ich je zuvor erlebt hatte.

Ich bewegte meinen Unterleib, und ihr Saugen wurde stärker, ihre linke Hand umschloss meine Hoden. Meine Hüften zuckten unwillkürlich nach oben, so dass ich noch ein paar Zentimeter mehr in ihren Mund rutschte. Diesmal ging ich so tief hinein, dass ich den hinteren Teil ihrer Kehle spürte. Sofort zog ich mich aus Rücksicht etwas zurück, gab ihr wieder mehr Raum. Unermüdlich leckte und saugte sie an meinem Schwanz und ich spürte schon das Prickeln, das langsam einsetzte und von Sekunde zu Sekunde stärker wurde. Ich war kurz davor, den Verstand zu verlieren, als sie plötzlich ihren Mund wegzog und meinen Namen rief.
„Angel ... Angel ....“
Ein heftiges Ruckeln an meiner Schulter schreckte mich auf, ich schoss in die Sitzposition und schlug mit dem Kopf gegen die Deckenverkleidung der Koje. Mein Herz raste, mein peinlich harter Schwanz sprengte fast die Boxershorts, die ich wieder anhatte. Was bewies, dass ich nur geträumt hatte. Von Penny. Die mir einen geblasen hatte. Mit diesem Traum hatte ich quasi die Büchse der Pandora geöffnet und von da an gab es kein Zurück mehr. Ich war so am Arsch. Blinzelnd blickte ich in die blauen Augen meines grinsenden Bandkollegen Miles.
„Junge, Junge, von wem auch immer du geträumt hast, die muss ganz schön abgegangen sein. Du hast den ganzen Bus mit deinem Stöhnen unterhalten.“
Wäre ich nicht so, wie ich war, wäre es mir peinlich gewesen. Stattdessen war ich nur froh, dass ich wenigstens nicht Pennys Namen geschrien hatte, während ich mich mit ihr im Traum vergnügt hatte. Das wäre echt peinlich gewesen. Wahrscheinlich mehr für sie als für mich.
„Ach, halt's Maul“, knurrte ich Miles an und scheuchte ihn weg. Zeit für eine Dusche, einen Kaffee und eine Kopfschmerztablette, bevor ich mich zu den anderen gesellte.
„Beeil dich, Penny hat sich erbarmt und macht Frühstück. In einer Stunde erreichen wir Rochester.“

Mürrisch sah ich unseren Leadsänger an. „Wieso bist du eigentlich so verdammt fit? Du hast doch genauso viel gesoffen wie der Rest von uns.“
Miles zuckte mit den breiten Schultern, sein dunkelbraunes Haar war zerzaust und stand in alle Richtungen ab. „Ich vertrage einfach mehr. Außerdem habe ich mir in weiser Voraussicht vor dem Schlafengehen eine Flasche Wasser reingeschüttet. Das hat wohl geholfen. Und jetzt beeil dich, die anderen sind schon fertig.“
Ich kletterte aus der Pritsche und zog mir eine Jeans an. Gar nicht so einfach mit einer Morgenlatte. Anschließend machte ich mich auf den Weg ins Bad. Schummriges Licht erhellte die schmalen Gänge, der Boden war mit weichem Teppich ausgelegt, die Wände mit schalldämmendem Material verkleidet. Es war uns wichtig gewesen, alle Außengeräusche draußen zu halten, um unsere Ruhe zu haben. Der Tourbus glich einer kleinen Festung, aus der nichts nach außen oder innen drang. Kurz darauf betrat ich das Badezimmer. Es war ein relativ kleiner Raum, aber mit allem ausgestattet, was wir für unsere Bedürfnisse brauchten. Hier ging es um Effizienz, und wenn ich an unsere Anfänge als Band zurückdachte, war das hier purer Luxus. Früher, bevor wir tonnenweise Geld scheffelten, waren wir mit einem klapprigen Kleinbus unterwegs und schliefen in beschissenen, dreckigen Absteigen. Ich schauderte. Auch wenn die Anfänge auf ihre Art cool waren, wollte ich den Komfort von heute nicht mehr missen.
Ich ging tiefer in den Raum vor das Waschbecken mit dem beleuchteten Spiegel. Nachdem ich mir etwas kaltes Wasser ins Gesicht gespritzt hatte, um wach zu werden, ging ich erst einmal pinkeln. Links von mir war die Duschkabine mit der durchsichtigen Glastür. Obwohl sie nicht besonders groß war, machte sie einen geräumigen Eindruck. Ich entledigte mich meiner Kleider, öffnete die Schiebetür und stand kurz darauf unter dem prasselnden Wasserstrahl. Die Temperatur ließ sich

über eine Tastatur einstellen. Es hatte eben seine Vorteile, wenn man sich alles leisten konnte.
Nach ein paar Minuten fühlte ich mich wieder wie ein Mensch. Vor allem, weil ich mein Problem mit der Hand in den Griff bekommen hatte, um Penny nicht mit einem Ständer am Frühstückstisch gegenüber zu sitzen. Ohne große Eile gesellte ich mich zu den anderen.
Sie saßen schon um den Tisch herum. Miles sah aus wie das blühende Leben und unterhielt sich mit Drew, der zwar nicht ganz so fit wirkte, aber immer noch besser aussah als Nixon. Stirnrunzelnd betrachtete ich unseren Drummer. Die dunklen Ringe um seine Augen schienen von Woche zu Woche ausgeprägter zu werden, seine Gesichtszüge wurden hagerer und er war so blass, dass er in Kombination mit seinem weißblonden Iro eher wie ein Geist als wie ein Mensch aussah. Er feierte zu viel, war der Schlimmste von uns allen, und das wollte etwas heißen, denn keiner von uns war ein Kind von Traurigkeit. Und wir alle vermuteten, dass er heimlich Drogen nahm, obwohl wir uns nach ein paar Experimenten geschworen hatten, damit aufzuhören, weil uns der Scheiß langsam aber sicher von innen aushöhlte und wir nicht mit einer Überdosis enden wollten. Außerdem waren wir es unseren Fans schuldig, nicht völlig zugedröhnt auf der Bühne zu stehen. Wenn wir spielten, wirkte Nixon immer klar, er hatte uns nie im Stich gelassen. Wenn er etwas nahm, dann nicht direkt vor den Shows, aber was er auf den Partys machte, wenn er sich mit seinen Groupies vergnügte, das hatten wir nicht unter Kontrolle. Wie lange würde es dauern, bis er nicht mehr ohne auskam und sein Konsum seine Performance beeinflusste? Wie sollten wir dann reagieren? Ihn aus der Band werfen? Das Label würde das sicher verlangen, aber ehrlich gesagt kam das nicht in Frage. Ich hoffte, dass ich falschlag. Vielleicht übertrieben wir es auch mit unseren Mutmaßungen und alles war halb so schlimm.
„Guten Morgen“, krächzte ich und kam näher. Ich roch die

gebackenen Bagels und das Aroma von frisch gebrühtem Kaffee stieg mir in die Nase. Außerdem gab es Rührei mit Speck. Miles hatte sich schon eine ordentliche Portion auf den Teller geschaufelt, Drew ebenfalls, nur Nixon begnügte sich mit einer Tasse schwarzem Kaffee und starrte brütend auf die Oberfläche der dunklen Flüssigkeit, ohne den Kopf zu heben.
Drew nickte mir zu. „Sieh an, wer sich die Ehre gibt", sagte er grinsend und schob sich einen Löffel Rührei zwischen die Lippen. Ich zeigte ihm den Stinkefinger. „Ich wünsche dir auch einen guten Morgen, Arschloch", knurrte ich und schob mich auf den Platz neben Nixon. Ich stieß mit dem Ellbogen gegen seinen Arm, der über und über mit Tattoos bedeckt war. „Hey, alles klar?"
Er nickte. „Nur müde", antwortete er und hob nicht einmal den Kopf, um zu antworten.
„Willst du nichts?"
Pennys süße Stimme erinnerte mich so sehr an die Penny aus meinen heißen Sextraum, dass ich sofort wieder einen Ständer bekam. Fuck … Ich musste heute Abend nach dem Konzert unbedingt den Druck loswerden, den Penny mir in aller Unschuld bescherte, ohne es auch nur zu ahnen. Ich schaute sie an, was ich bisher vermieden hatte, und schluckte heftig, als mein Blick auf ihre weichen Lippen fiel und auf ihre von der Sonne geküssten Wangen.
Im Gegensatz zu sonst trug sie keinen Hosenanzug, sondern Jeans und T-Shirt, nicht allzu eng, aber es reichte, um mir ein Bild von ihrem sinnlichen Körper zu machen, das sich wie ein Tattoo in mein Gehirn brannte. Sofort kamen mir die Fantasien in den Sinn, als ich mir in Gedanken an sie unter der Dusche einen runtergeholt hatte. Gewaltsam verdrängte ich das alles. Es war einfach nicht hilfreich, sich an unserer persönlichen Assistentin aufzugeilen. Irgendwann würde sie was merken und das würde unweigerlich zu Komplikationen führen. Penny war ein Mädchen zum Heiraten oder zumindest für eine feste und

dauerhafte Beziehung. Darauf hatte ich keine Lust, keiner von den Jungs strebte danach. Es gab einfach zu viele hübsche Frauen, die meine Aufmerksamkeit weckten, und ich hatte bereits in den einzigen beiden und sehr kurzen Beziehungen, die ich vor unserem Ruhm geführt hatte, bewiesen, dass ich einfach nicht treu sein konnte. Früher oder später war ich immer fremdgegangen und das war noch zu einer Zeit, in der wir nur an den Wochenenden in Clubs oder auf lokalen Festivals spielten. Dass ich bei diesen Gelegenheiten fast immer zugedröhnt gewesen war, ließ ich nicht als Entschuldigung gelten. Auch nicht, dass ich meine Freundinnen nicht wirklich geliebt hatte. Es war scheiße gewesen und daher war es besser, wenn ich Single blieb. Mit meinem heutigen Lebensstil war Treue erst recht nicht zu vereinbaren, obwohl ich mir insgeheim durchaus vorstellen konnte, etwas mit Penny anzufangen. Aber meine promiskuitive Natur würde früher oder später durchbrechen. Ich mochte es, ständig eine neue Frau in meinem Bett zu haben, liebte die Abwechslung und würde der Versuchung irgendwann nachgeben.
Da sie auf eine Antwort wartete, wandte ich mich ihr zu und lächelte etwas gequält. „Klar“, erklärte ich und nahm mir etwas von dem Rührei, das sie extra für uns zubereitet hatte und zwei Streifen Speck. Knusprig, salzig, verdammt lecker. Sie nahm sich ebenfalls einen Streifen von ihrem Teller und biss ein Stück davon ab, was meine Aufmerksamkeit auf ihren Mund lenkte. Fuck, ihre Lippen waren ein Traum. Voll, fast schon schmollend, die untere etwas üppiger als die obere und ich fragte mich, wie sie sich wohl anfühlten.
Dünnes Eis, Kumpel, gaaanz dünnes Eis, ermahnte ich mich innerlich und sofort konzentrierte ich mich wieder aufs Essen, während sich unter Miles, Drew und Penny eine lockere Unterhaltung entwickelte. Sie wirkte vollkommen relaxed, auch mir gegenüber. War sie heute früh womöglich gar nicht richtig aufgewacht, sondern einfach nur in eine andere Schlafphase gerutscht, die ihren heißen Traum unterbrochen hatte? Falls dem

so war, umso besser. Ich wollte nicht, dass es komisch zwischen uns wurde, weil sie sich schämte und mir deswegen nicht mehr in die Augen sehen konnte. Trotz meiner Erleichterung war mir nicht nach Reden zumute. Ich beteiligte mich nur hin und wieder mit einem kurzen Kommentar und blieb ansonsten ruhig. Genau wie Nixon, der sich nach ein paar Minuten entschuldigte.
„Sorry Leute, aber ich geh noch eine Stunde pennen“, murmelte er. „Weckt mich auf, wenn wir da sind.“
Ohne ein weiteres Wort zog er ab. Ich trank meinen letzten Schluck Kaffee und nickte Penny zu. „War ein verdammt gutes Frühstück“, lobte ich und genoss es, wie ihr die Röte in die Wangen stieg. Langsam verblasste die Erinnerung an meinen kurzzeitigen Aussetzer und ich fand zu meinem normalen Umgang mit ihr zurück. Der hauptsächlich darin bestand, sie zu necken. „Daran könnte ich mich gewöhnen. Du solltest immer mit uns im Bus reisen. Jeden Morgen von einer Frau verwöhnt zu werden, stelle ich mir ziemlich angenehm vor“, sagte ich und zwinkerte ihr anzüglich zu. Für einen Moment wirkte sie verblüfft, dann fing sie sich wieder.
„Keine Chance, das war eine Ausnahme und ich stehe für das, was du als Verwöhnen ansiehst, definitiv nicht zur Verfügung.“
Mein Grinsen wurde mit jedem ihrer Worte breiter. „Ist das eine Herausforderung?“
Sie schnaubte. „Das hättest du wohl gerne. Das ist einfach eine unumstößliche Tatsache. Und nun macht euch mal alle nützlich und räumt das Geschirr auf. Ich bin schließlich nicht euer Hausmädchen.“
„Dabei würde dir so ein knappes Schürzchen sicher verdammt gut stehen“, rief ich ihr hinterher, als sie den Küchenbereich verließ. „Mit nichts darunter“, fügte ich hinzu und kassierte dafür eine Kopfnuss von Drew, gefolgt von einem Tritt von Miles.
„Hör auf, sie in Verlegenheit zu bringen!“, tadelte er.
Penny zeigte mir rotzfrech den Mittelfinger und brachte mich

damit zum Lachen. Bevor sie endgültig verschwand, drehte sie sich noch einmal um. „Ehe ich es vergesse … Ihr habt am frühen Nachmittag noch ein Interview mit einem lokalen Radiosender.“

Drew stöhnte und fuhr sich durch sein halblanges karamellfarbenes Haar. „Muss das sein? So kurz vor dem Konzert?“

„Das Interview wurde von *Morton Records* arrangiert, ihr wisst, wie viel wert sie darauf legen. Es ist ein kleiner Sender, es wird nicht lange dauern und wir wissen alle, dass ihr nach dem Konzert zu aufgekratzt seid und zu nichts zu gebrauchen. Ihr werdet die Setlist vorstellen, ein bisschen lächeln, ein paar Fragen beantworten und nach einer halben Stunde hole ich euch da raus, damit ihr euch noch in Ruhe auf euer Konzert einstimmen könnt.“

Drew nickte verständig. „Also gut, wenn es sein muss.“

„Ich sorge dafür, dass ihr dort rechtzeitig wegkommt“, versprach Penny und seufzte, weil auch sie es nicht sonderlich günstig fand, dass wir wenige Stunden vor dem Auftritt ein Interview geben sollten. Aber wenn *Morton Records* dahintersteckte, konnten wir die Sache nicht einfach absagen. Was das Label wollte, bekam das Label auch. Wir mochten über alle Grenzen hinweg berühmt sein, aber im Grunde waren wir Calvin Mortons Sklaven. Seine Ansage galt, er war der Big Boss. Mittlerweile versuchte er auch, uns musikalisch ins Handwerk zu pfuschen, indem er eine bestimmte Richtung vorgab. Das gefiel uns allen nicht und Keith tat sein Bestes, um diese Entwicklung zu stoppen. Er hatte uns auch nahe gelegt, uns jetzt schon Gedanken darüber zu machen, ob wir den nächstes Jahr auslaufenden Vertrag mit dem Label wirklich verlängern wollten. Keine einfache Entscheidung. *Morton Records* war eine absolute Größe im Musikbusiness und es erschien nicht besonders klug, sich Calvin Morton zum Feind zu machen, sollten wir zu einem anderen Label wechseln. Eine weitere Option wäre es, sich weiterhin vertraglich unsere künstlerische

Freiheit zu sichern. Leider hatte Morton bereits durchblicken lassen, dass ein Vertrag wie der aktuelle so nicht mehr zustande kommen würde. Morton wollte mehr Mitspracherecht bei unseren künftigen Songs, das würde eine Grundvoraussetzung für einen Vertragsabschluss sein. Aber noch waren wir die Herren über unsere Musik und konnten die Songs schreiben und performen, die zu uns passten. Alles andere würde sich zeigen.
Es schien mir klüger, mich um mein aktuelles Problem zu kümmern, das darin bestand, dass ich begonnen hatte, völlig unangemessene und gefährliche Fantasien über Penny zu entwickeln. Ich nahm mir vor, mich in den nächsten Tagen und Wochen intensiv mit meinem Sexualleben zu beschäftigen, um sie aus meinem Kopf zu bekommen. Penny war ein nettes Mädchen und verdiente einen Kerl, der sie nicht nach ein paar Malen gegen die nächste heiße Frau austauschen würde. Und genau das würde passieren. Ich war einfach nicht beziehungstauglich, das würde sich nie ändern. Leider würde es nicht so einfach sein, mein wachsendes Verlangen nach ihr zu ignorieren. Penny hatte nicht nur einen tollen Körper, sondern auch das süßeste Lächeln der Welt. Aber ich war fest entschlossen, das nicht zu vermasseln. Ihr zuliebe, denn sie zu verletzen war wirklich das Letzte, was ich wollte.

Kapitel 3

Penny

1 Jahr später

„Mein Hintern sieht in diesem Kleid aus, als würde er jeden Moment explodieren“, beschwerte ich mich bei meiner Tante und zupfte verzweifelt an dem samtroten Stoff, in der Hoffnung, mir ein paar Millimeter Luft zu verschaffen. Zum Teufel mit dieser blöden Filmpremiere und zum Teufel mit Angel, der mich als seinen persönlichen Notnagel missbrauchte, wann immer er keine Lust hatte, sich um eine Verabredung zu kümmern.

Warum tat ich mir das nur an?

Nun, warum ich mich immer wieder von ihm über den Tisch ziehen ließ, war kein unlösbares Rätsel. Im Gegenteil, ich kannte die Antwort ganz genau. Ich war verliebt in diesen Trottel!

Unsterblich und hoffnungslos verliebt, denn Angel würde mich niemals so ansehen wie seine unzähligen One-Night-Stands oder kurzen Affären, mit denen er sich vergnügte. Sternchen,

Groupies, Schauspielerinnen oder Models. Mit „normalen“ Frauen gab er sich nicht ab, und damit war ich für immer aus dem Rennen, was sich seit dem ersten Tag unserer Begegnung immer tiefer in mein Bewusstsein fraß. Die gute alte Penny, die menschliche Version eines Fußabtreters, den jeder benutzte, wenn er ihn brauchte. So war es schon immer gewesen. Solange ich denken konnte, wurde ich als Lückenbüßer missbraucht. Ich war diejenige, die man anrief, wenn alle anderen Möglichkeiten ausgeschöpft waren. Und obwohl ich nie nein sagen konnte, weil ich erbärmlich genug war, um wenigstens für eine Weile in dem Gefühl zu schwelgen, gebraucht zu werden, war ich offensichtlich nie gut genug, um sich langfristig auf mich einzulassen. Weder als Freundin noch als Geliebte. Tief in mir fühlte ich mich nicht hübsch, intelligent oder sexy genug, um für irgendjemanden die Nummer eins zu sein. Dieser Eindruck war seit meiner Jugend ein Teil von mir und hatte sich unwiderruflich in mir festgesetzt, egal wie sehr ich auch versuchte, dieses Gefühl abzuschütteln.

Wenigstens war mir das Kunststück gelungen, aus meiner Angewohnheit, mich ausnutzen zu lassen, einen Beruf zu machen, für den ich verdammt gut entlohnt wurde. Yeah, wenigstens einmal in meinem Leben hatte ich den Jackpot geknackt. Als persönliche Assistentin einer Rockband war ich immer zur Stelle, wenn es Stress oder Ärger gab. Ich räumte hinter ihnen auf, wenn sie mal wieder über die Stränge schlugen, oder versuchte es zumindest. Der Umgang mit den Jungs von *Hopeless Minds* war nicht immer einfach. Sie benahmen sich oft wie zu groß geratene Kinder, aber mit der Zeit waren sie mir ans Herz gewachsen. Und einer ganz besonders! Nur für Angel quetschte ich meinen zu großen Hintern in ein gefühlt zwei Nummern zu kleines Abendkleid, um ihn zur Filmpremiere von Miles‘ Ex-Freundin Samantha Cairns zu begleiten.

„Kind, hör auf, dich selbst schlecht zu machen“, schimpfte Tante Maura. Sie war für ein paar Tage zu Besuch in New York und die Einzige in meiner Familie, die mich vorbehaltlos akzeptierte. Sie verstand sich auch nicht gut mit meinen Eltern, denn sie führte ein bescheidenes Leben in Avon Lake, einer ruhigen Kleinstadt im Nordosten des Lorain County in Ohio. Ihr verstorbener Mann stammte von dort, und sie war auch nach seinem Tod dortgeblieben. In den Augen meines Vaters passte sie einfach nicht in das Bild einer erfolgreichen und glamourösen Familie. Sie konnte auch keine großartige Karriere vorweisen, sondern arbeitete in der Buchhaltung des dort ansässigen Kunststoffherstellers und wohnte in einem hübschen, aber altmodischen Haus am Stadtrand. Ich war schon oft dort gewesen, meine Schwestern und meine Eltern noch nie. Tante Maura war ihnen einfach peinlich, genau wie ich. Vielleicht fühlten wir uns deshalb so verbunden. Wir waren beide hinter ihren Erwartungen zurückgeblieben. Jedenfalls liebte ich sie abgöttisch und war traurig, dass sie morgen in aller Herrgottsfrühe abreisen musste, weil ihr Urlaub zu Ende ging. Wenigstens war sie heute Abend noch hier, um mir bei den Vorbereitungen für die Filmpremiere zu helfen, ehe sie zurück ins Hotel ging. Da meine Wohnung zwar hübsch, aber sehr klein war, gab es kein Gästezimmer und Tante Maura hatte sich geweigert, mein Bett in Beschlag zu nehmen und mich auf die Couch zu verbannen.

„Du siehst unglaublich aus“, lobte sie mich mit einem anerkennenden Blick. „Weiblich und gesund und strahlend. Wann begreifst du endlich, dass es die Ausstrahlung und die Persönlichkeit einer Frau sind, die sie attraktiv machen?“

Ja, natürlich, ging es mir spöttisch durch den Sinn. Deshalb nahm Angel ja auch nur Frauen mit Modelmaßen, perfekter Frisur und makelloser Solariumbräune mit ins Bett. Weil die so viel Persönlichkeit hatten. Solche Gedanken klangen im ersten Moment arrogant und abwertend, aber da ich leider viel zu oft das Vergnügen hatte, mich mit seinen abgelegten *Freundinnen* herumschlagen zu müssen, wurde ich ständig mit der schieren

Dummheit, der meisten konfrontiert. Man konnte von Glück reden, wenn sie den Bandnamen fehlerfrei buchstabieren konnten. Anfangs hatte ich noch versucht, unvoreingenommen zu bleiben, aber die Erfahrung lehrte mich, die Frauen, die aus Angels Bett fielen, richtig einzuschätzen und die Dinge beim Namen zu nennen. In der Regel - und ja, es gab auch Ausnahmen - waren es schamlose Goldgräberinnen, die die Jungs nur als Trophäen betrachteten, mit denen sie angeben konnten. Das Schlimme daran war, dass sie das wussten, es ihnen aber egal zu sein schien. Nur bei Miles hegte ich inzwischen die Hoffnung, dass er in naher Zukunft aufhören würde, wild in der Gegend herumzuvögeln. Er hatte bei einem Meet & Greet ein Mädchen kennengelernt und würde sie heute Abend zur Premiere mitnehmen. Was ich bisher über diese Missy wusste, klang sehr positiv. Normal, auf eine bodenständige Art hübsch - laut Keith, dem Manager der Band - und sie schien ein echter Fan zu sein, der sich nicht nur für die Bandmitglieder interessierte, sondern auch für die verdammt gute Musik, die sie machten.

„Hey ...", riss mich meine Tante aus meinen Gedanken und stupste mich spielerisch an der Schulter an. „Redest du noch mit mir?"

„Entschuldige, ich weiß auch nicht, was mit mir los ist", antwortete ich und betrachtete mich weiterhin sehr skeptisch im Spiegel. „Ich weiß einfach nicht, wie ich mit all den Schönheiten mithalten soll."

„Penny, du musst dich an niemanden anpassen. Jeder Mensch ist anders und auf seine Weise schön. Sich zu vergleichen ist ungesund für die Psyche, weil man immer etwas findet, was am anderen vermeintlich besser ist. Dabei übersieht man leider die eigenen Qualitäten. Du wärst lieber schlank wie ein Laufstegmodel? Das könntest du vielleicht werden, wenn du aufhörst zu essen, aber glaub mir, dann schaust du in den Spiegel und weinst bittere Tränen, weil deine Brüste verschwunden sind."

Sie gab ihrer Stimme einen dramatischen Unterton, der mich

zum Lachen brachte. Trotzdem verstand ich, was sie mir sagen wollte. Egal, wie viel ich an mir ändern würde, um den Frauen zu ähneln, die Angel offensichtlich bevorzugte, ich würde nie genau wie sie sein, sondern nur eine Penny-Version mit weniger Kilos. Und ja, meine Brüste würden nach einer Diät wahrscheinlich verschwinden, und die fand ich eigentlich ganz hübsch. Es war ja nicht so, dass ich mich zu dick fühlte. Ich störte mich nur an meinem zu üppigen Hintern und den breiten Hüften. Der Po von Angels letzter Kurzzeitfreundin hätte zweimal in meinen gepasst. Aber wollte ich wirklich so sein wie sie, nur damit Angel mehr in mir sah als ein bequemes Notfalldate? Eigentlich nicht, gestand ich mir ein und seufzte resigniert.

„Du hast sicher Recht mit allem, was du sagst", gab ich zu und senkte den Blick.

Tante Maura legte einen Finger unter mein Kinn und hob es an. In ihren Augen lag nichts als Wärme und liebevolle Anteilnahme.

„Du siehst toll aus und brauchst dich nicht zu verstecken. Und wenn dieser Rocker das nicht sieht, ist es sein Verlust. In ein paar Jahren, wenn er all die Groupies satthat, wird er eines Morgens aufwachen und sich fragen, warum er so blind war".

„Oder er dreht den Kopf zur Seite, sieht seine schöne Modelgattin, die nach ihrer Laufstegkarriere ein millionenschweres Modeunternehmen aufgebaut und nebenbei zwei Kinder mit ihm bekommen hat, und hält sich für einen verdammten Glückspilz."

Der trockene Kommentar brachte sie zum Lachen. „Also wirklich, du könntest selbst dem größten Pessimisten die Tränen in die Augen treiben."

Ich zwang mich zu einem Lächeln. „Ich bin nicht absichtlich negativ, ich bin nur realistisch. Es ist besser, mit dem Schlimmsten zu rechnen, als sich Hoffnungen zu machen, die am Ende nur enttäuscht werden."

„Das klingt ziemlich traurig."

„Vielleicht, aber andererseits bewahrt mich diese Einstellung davor, immer wieder enttäuscht zu werden.“
Ich sagte das aus voller Überzeugung. Wenn man jahrelang die zweite Geige spielte, war es einfach besser, sein Herz bedeckt zu halten, um nicht ständig verletzt zu werden. Sogar meinen Eltern gegenüber verhielt ich mich so. Sie liebten mich, auf ihre Weise, das wusste ich, aber ich wusste auch, dass sie eine bestimmte Vorstellung von meiner Zukunft hatten und mich im Grunde als bodenlose Enttäuschung empfanden. Und das in mehrfacher Hinsicht. Was mir immer wieder vorgehalten wurde, war der Werdegang meiner beiden Schwestern Astrid und Gillian. Beide waren älter als ich, glücklich verheiratet und hatten neben Kindern und Familie auch eine Karriere vorzuweisen. Astrid arbeitete als Immobilienmaklerin, Gillian war Zahnärztin und unterstützte ihren Mann John in seiner Praxis. Sie hatten Vorzeigefamilien, Vorzeigejobs, und was meine Eltern betraf, hatte ich nichts davon. Meine Karriere existierte für sie nicht. Wenn es nach ihnen gegangen wäre, hätte ich Medizin studieren sollen, aber mir fehlte einfach der Wille für dieses schwierige und anstrengende Studium. Denn ich wollte gar nicht Ärztin werden. Ich konnte nicht einmal Blut sehen!
Auch der zweite Wunsch meiner Eltern - Jura - kam nicht in Frage. Viel zu langweilig und trocken. Spätestens nach einem Monat hätte ich mich zu Tode gelangweilt und frustriert das Handtuch geworfen. Stattdessen schrieb ich mich für Marketing ein und bezahlte Studium und Lebensunterhalt aus dem Erbe meiner Großmutter, nachdem meine Eltern sich geweigert hatten, mich finanziell zu unterstützen. Sie hielten es für einen Fehler und dachten, sie könnten mich so unter Druck setzen. Das war eine sehr schmerzhafte Erfahrung für mich, die dazu führte, dass wir fast zwei Jahre keinen Kontakt hatten, und da meine Schwestern fest zu ihnen hielten, hatten wir uns seitdem auch nicht mehr viel zu sagen. Seit einiger Zeit sprachen wir wieder miteinander, aber der Bruch war da, und ich war mir nicht

sicher, ob er jemals gekittet werden könnte. Auch wenn sie sich wohl mit meinem Werdegang abgefunden hatten, ließen sie mich immer noch spüren, dass ich ihren Erwartungen nicht entsprach, wenn auch auf eine subtilere Art und Weise. Für mich persönlich zahlte sich meine Sturheit letztendlich aus, denn ich liebte meine Arbeit bei *Hopeless Minds*, und niemand würde mich jemals dazu bringen, meine Entscheidungen zu bereuen. Ich war die perfekte Besetzung für den Job als persönliche Assistentin, denn die Jungs verschwendeten keinen zweiten Blick an mich, sondern betrachteten mich eher als nervige, besserwisserische kleine Schwester. Wenigstens war ich ihnen nicht egal, und meine Gefühle für Angel hatte ich gut im Griff. Meistens jedenfalls. Hin und wieder wälzte ich mich seinetwegen schlaflos im Bett, geplagt von unerfüllbaren Fantasien. Manchmal wünschte ich mir wirklich, ein gefühlloser Roboter zu sein, der nur seine Arbeit machte, keine Sorgen und Nöte kannte, sondern stur seiner Programmierung folgte.

„So, jetzt noch die Clutch und du bist startklar. Holt er dich ab?"

Die Stimme meiner Tante holte mich in die reale Welt zurück.

„Ich fahre selbst, dann weiß ich, dass ich nach Hause komme", antwortete ich inzwischen und drückte meine Tante kurz an mich, weil ich mich nach etwas tröstender Nähe sehnte. „Danke noch mal, ohne dich wäre ich hoffnungslos überfordert gewesen."

Meine Tante winkte ab. „Ach was, das ist doch selbstverständlich. Wann immer du mich brauchst, bin ich für dich da."

Dann betrachtete sie mich noch einmal wohlwollend, bevor sie mir die zum Kleid passende Tasche in die Hand drückte. Jetzt war ich wirklich startklar und eine ungewohnte innere Aufregung erwachte in mir. Ob Angel mich in diesem Kleid wohl hübsch finden würde? Es war extravaganter als alles, was ich je in seiner Gegenwart getragen hatte, und ich wollte wenigstens einmal ein bewunderndes Aufblitzen in seinen Augen sehen, wenn er mich ansah. War das zu viel verlangt? Gleichzeitig fragte ich mich, wie ich in diesem engen Kleid Auto fahren sollte. Es saß wirklich wie eine zweite Haut und ließ mir nicht viel Bewegungsfreiheit. Außerdem erinnerte es mich nur daran, dass dies kein richtiges Date war. Wäre es eines, würde Angel mich bestimmt persönlich abholen und ich müsste mich nicht in einem viel zu engen 1000-Dollar-Kleid in meinen Toyota quetschen. Aber ich war nur der Lückenbüßer, die gute alte Penny, die er nicht zu beeindrucken brauchte. Wir hatten ausgemacht, dass ich zu der Villa fahren würde, in der die Jungs gerade wohnten, um an ihrem nächsten Album zu arbeiten - und um ein Auge auf Nixon zu haben, der allen Sorgen bereitete. Von dort aus würden wir mit einer gemieteten Limousine Missy abholen, das Mädchen, mit dem Miles gerade zusammen war, nachdem sie ihm bei einem Meet & Greet das Herz gestohlen hatte. So jedenfalls berichteten es die Medien. Die Leute drehten fast durch, weil sie es so romantisch fanden. Wenigstens sah man ihn nicht mehr mit anderen Frauen, und das war bemerkenswert genug. Bad Boy Rockstar findet die große Liebe ...

Miles' plötzlicher Anfall von Monogamie lenkte auch sehr effektiv von Nixons aktuellem Skandal ab, auch wenn mir die Sache mit Missy etwas merkwürdig vorkam. Es passte einfach nicht zu Miles.

Ich persönlich hielt die ganze Geschichte für eine spontane Laune. Wenn ich recht hatte, tat mir das Mädchen jetzt schon leid. Sollte sie keine unlauteren Absichten verfolgen. Es war gut möglich, dass sie sich nur einen reichen Rockstar-Ehemann angeln wollte, um ihn bei der Scheidung auszunehmen wie eine Weihnachtsgans. Nicht, dass Miles oder einer der anderen jemals heiraten würde. Irgendwie fehlte mir die Fantasie, mir das vorzustellen. Drew war derjenige von ihnen, der sich am ehesten auf etwas Dauerhaftes einlassen würde. Nach einer sehr wilden Phase bevorzugte er wieder längere Beziehungen und war gerade mit einem Fitnessmodel namens Summer zusammen.

Ich verabschiedete mich von meiner Tante und fuhr mit meinem Toyota zur Villa. Wie befürchtet, eine sehr unbequeme Angelegenheit. Ich war froh, als ich endlich auf das Gelände des gut abgeschirmten Anwesens fuhr und den Wagen neben der Limousine parkte. Gary, ein Mitarbeiter des Labels, lehnte an der Tür des schwarz glänzenden Gefährts und nickte mir respektvoll zu. Ich winkte kurz und betrat das riesige Haus, als mir schon Miles mit einem breiten Lächeln entgegenkam.

„Wow, du siehst heute Abend wirklich heiß aus, Penny."

Komplimente gehörten nicht zu meinem Alltag, aber ich kannte Miles inzwischen gut und wusste, dass er nie etwas sagte, was er nicht meinte. Dankbar lächelte ich ihn an und spürte, wie mir die Hitze in die Wangen stieg und meine Unsicherheit anfachte.

„Meinst du? Meine Tante ist zu Besuch in der Stadt und sie hat mich quasi gezwungen, das heute Abend zu tragen. Sie meinte, ich sähe gut aus, aber ..."

Miles unterbrach mich, bevor ich mir und ihm einreden konnte, dass ich lieber etwas weniger Auffälliges als dieses enganliegende rote Abendkleid angezogen hätte. „Deine Tante hat absolut recht", sagte er mit einem entschlossenen Unterton, der keinen Widerspruch duldete. „Du siehst umwerfend aus. Angel wird heute Abend von vielen beneidet werden und seine Augen nicht von dir lassen können."

Ich konnte es kaum glauben und war mir nicht sicher, ob ich es überhaupt wollte. „Das bezweifle ich sehr. Angels Typ ist blond, schlank und nuttig. Glaub mir, ich lege keinen Wert darauf, von ihm so wahrgenommen zu werden."

Er legte einen Arm um meine Schulter und drückte mir einen Kuss auf die Wange, wie es ein großer Bruder tun würde. „Er weiß einfach nicht, was gut ist", sagte er augenzwinkernd und brachte mich zum Lächeln. Obwohl Miles ein unverbesserlicher Herzensbrecher war, der einen endlosen Pfad gebrochener

Herzen hinter sich her zog, gehörte er zu den Menschen, die ich in meinem Leben nicht mehr missen wollte. Das galt für die ganze Band, auch wenn mir einer viel mehr bedeutete als der Rest. Schließlich riss ich mich zusammen.

„Gary wartet draußen mit der Limousine. Wenn wir nicht zu spät kommen wollen, sollten wir deine Kleine langsam abholen. Wo ist unser Don Juan?"

„Ich komme schon!"

Angel tauchte auf und kam die breite Treppe hinunter, den Blick angespannt auf das Display seines Handys gerichtet. Er sah erst auf, als er vor uns stand. Sein Blick fiel auf mich, nur dass seine Reaktion auf meine optische Verwandlung ganz anders ausfiel, als ich es mir gewünscht hätte. „Heilige Scheiße, was hast du gemacht?"

Sein Tonfall und sein fast missbilligender Blick, während seine tiefblauen Augen kurz über mich hinweg glitten, töteten den letzten Rest meines Selbstvertrauens und ich fühlte mich klein und erbärmlich. Wahrscheinlich spiegelten sich meine Gefühle in meinem Gesicht wider, ich war ziemlich gut darin, sie zu verbergen, aber manchmal, wie jetzt, gelang es mir nicht.

Ein Hauch von Bedauern breitete sich auf Angels unglaublich attraktivem Gesicht aus. Er mochte viele Fehler haben, aber Grausamkeit gehörte nicht dazu. „Ich meinte das nicht negativ, Penny. Du siehst fantastisch aus. Absolut sexy."

Sein sanfter Ton drang durch den eisigen Panzer, den seine allererste Reaktion in mir erzeugt hatte, und ich holte zitternd Luft. „Wirklich?"

Verdammt, musste ich wie ein nach Aufmerksamkeit hungerndes kleines Mädchen klingen? In seinem Gesicht spiegelte sich brüderliche Zärtlichkeit, als er meine Hände ergriff und meine Arme nach oben zog, um mich zu mustern. Dabei pfiff er durch die Zähne. „Natürlich war es ein ehrliches Kompliment. Ich war im ersten Moment nur überrascht, das ist alles. Jeder Mann wird mich heute Abend beneiden. Du bist immer hübsch, aber heute

wirst du sogar die gute Samantha Cairns in den Schatten stellen."
Er zwinkerte mir frech zu. Verarschte er mich schon wieder? Angel liebte es, mich zu ärgern und aus der Reserve zu locken. Ich neigte dazu, mich in allen Lebenslagen überkorrekt zu verhalten. Aber nein, so schlimm war er nicht. Er zog mich gerne auf, aber er log mich nicht an. Wenn er sagte, ich sei hübsch, dann stimmte das.

„Danke, das ist sehr nett von dir", antwortete ich so förmlich, dass ich mich am liebsten selbst geohrfeigt hätte. Warum konnte ich mit einem Kompliment nicht besser umgehen? Er musste mich für eine Idiotin halten. Jede andere Frau hätte ihm jetzt einen lockeren Spruch um die Ohren gehauen oder die Gelegenheit genutzt, mit ihm zu flirten. Und was tat ich? Ich benahm mich wie die Reinkarnation einer viktorianischen alten Jungfer. Es war besser zu gehen, wenn ich mich nicht noch mehr blamieren wollte. „Wenn ihr so weit seid, sollten wir ... wie hieß sie doch gleich?"

„Missy", warf Miles ein.

„Missy, genau! Dann sollten wir Missy holen."

Nach der Filmpremiere gingen wir direkt zur Afterparty und mein Herz klopfte so laut, dass ich Angst hatte, Angel könnte es trotz des Lärms um uns herum hören. Ich fühlte mich anders als sonst. Voller Hoffnung. Vielleicht lag es an meinem Aussehen heute Abend. Ich fühlte mich ein bisschen wie Cinderella, die endlich Zeit mit ihrem Prinzen verbringen durfte. In meinem schönen Kleid fühlte ich mich ihm fast ebenbürtig. Ja, ja, ich wusste, bei solchen Gedanken sträubten sich jeder Feministin die Nackenhaare. Vor fünfzig Jahren hatten die Frauen nicht ihre BHs verbrannt, damit ein selbsternanntes Mauerblümchen wie ich einen sexsüchtigen Rockstar beeindrucken konnte. Aber es war eine Tatsache, dass ich nicht in Angels Liga spielte. Dass ich trotzdem an seinem Arm hing und nicht irgendein Supermodel, machte mich ein bisschen stolz. Mit ein wenig Fantasie konnte ich mir für ein paar Stunden einreden, dass wir auf einem echten Date waren, und in diesem trügerischen Gefühl schwelgen. Ein wenig Wunschdenken war schließlich nicht verboten, und so schäumte meine romantische Ader über, während ich mir wünschte, ein Wunder würde Angel die Augen öffnen und er würde mir nach diesem Abend seine unsterbliche Liebe gestehen.

Was natürlich nie passieren würde. Bei aller Träumerei durfte ich aber nicht aus den Augen verlieren, dass solche Märchen nur in Filmen oder Büchern vorkamen, aber sicher nicht im normalen Leben. Bedauerlicherweise fiel es mir von Tag zu Tag schwerer, ihm dabei zuzusehen, wie er eine Frau nach der anderen vernaschte. Es tat unglaublich weh, aber leider wurden meine Gefühle für Angel nicht schwächer, sondern immer stärker. Ich konnte sie kaum noch kontrollieren und meine Wünsche und Hoffnungen vermischten sich immer mehr mit der Realität, die leider so gar nicht in mein Kopfkino passte.

Unwillkürlich versteifte ich mich, wie immer, wenn ich mich in düsteren Gedanken zu verlieren drohte. Angel schien zu spüren, dass etwas nicht stimmte, und beugte sich mit leicht gerunzelter Stirn zu mir herunter. „Hey, ist alles in Ordnung mit dir? Du siehst auf einmal so angespannt aus."

Ich sah zu ihm auf und wünschte mir wieder einmal, nicht so klein zu sein. Selbst mit meinen hohen Schuhen überragte er mich um einen Kopf. Aber die freundliche Besorgnis in seinen Augen wärmte mein Herz, das immer schwerer wurde. Wenn er so war wie jetzt und nicht wie sonst der ständig flirtende Rockstar, mochte ich ihn am liebsten. Manche Fans konnten es nicht ertragen, wenn die Vorstellung, die sie von einem Star hatten, nicht mit seiner wahren Persönlichkeit übereinstimmte - bei mir war es genau umgekehrt. Angel hatte auch eine ruhige Seite, die er leider viel zu selten zum Vorschein kommen ließ. Es gab quasi zwei Versionen von ihm. Eine für die Öffentlichkeit und die Fans und dann war da der Angel, der für die Musik, die Band und seine Familie lebte. Abgesehen von seinem exzessiven Rockstarleben war er im Grunde absolut perfekt, während ich mir oft wünschte, ich wäre anders. Schlagfertiger, sexy, irgendwie besonders und nicht so verdammt langweilig.

Ach, Angel, wenn du nur wüsstest, wie schwer es manchmal ist, ich zu sein.

„Alles bestens“, beruhigte ich ihn und lächelte ihn an. Mehr brauchte es nicht, um seine Sorgen zu zerstreuen.

„Das ist mein Mädchen. Komm, wir mischen diesen lahmen Haufen da drin mal richtig auf.“

Ich spürte, wie er meine Finger umfasste und drückte. Fast entfuhr mir ein wohliger Seufzer, so geborgen fühlte ich mich in seiner Nähe. „Okay ...“

Angel schenkte mir sein herzzerreißend charmantes Lächeln, bei dem die Frauen und Mädchen auf den Konzerten reihenweise fast in Ohnmacht fielen. Auch bei mir verfehlte es seine Wirkung nicht. Für einen Moment fühlte ich mich wie geblendet und nickte wie ein dummes Schaf, als ich ihm in den Saal folgte. Wir waren direkt hinter Miles und Missy. Seine neue Freundin hatte sich zu meiner Überraschung als wirklich nett herausgestellt und meine Bedenken ihr gegenüber waren längst verflogen. In meinem Beruf begegnete ich vielen Menschen und ich hatte längst gelernt, die meisten richtig einzuschätzen. Missy war jedenfalls keine Goldgräberin. Miles' bisherige Freundinnen hatten immer die mediale Aufmerksamkeit der Presse genossen und sich entsprechend in Szene gesetzt. Missy hingegen machte eher den Eindruck, als würde sie sich lieber irgendwo verstecken.

Auch bei der Afterparty gab es ein Blitzlichtgewitter, das sich allerdings stark auf Missy und Miles konzentrierte, die als neues Traumpaar von großem Interesse waren. Samantha Cairns, Miles' Ex und der eigentliche Star des Abends, würde das sicher nicht gefallen. Diese Frau brauchte die Aufmerksamkeit der Medien mehr als die Luft zum Atmen und hasste es, nicht im

Mittelpunkt zu stehen. Hoffentlich würde sie der armen Missy, die übrigens ziemlich überfordert wirkte, nicht mit einem gemeinen Spruch an die Gurgel gehen.

Kapitel 4

Penny

Eine halbe Stunde später hatte ich mehr damit zu tun, nicht vor allen Leuten in Tränen auszubrechen, als mich weiter um Samantha Cairns Ego zu kümmern. Von wegen, wir würden die Party zusammen aufmischen! Wir waren noch keine zehn Minuten hier, da hatte Angel schon eine sexy Brünette am anderen Ende des Raumes entdeckt. Sein Interesse an ihr war nicht zu übersehen. Kaum hatte die Frau bemerkt, wer sie da mit Blicken förmlich entkleidete, warf sie Angel über die Entfernung ein einladendes Lächeln zu und mein Abend war so gut wie gelaufen. Ich ahnte, was jeden Moment passieren würde und behielt Recht.

„Tut mir leid, Penny, aber ich muss kurz jemanden begrüßen“, erklärte er, ohne die Schöne aus den Augen zu lassen. „Bin gleich wieder da.“

Kaum ausgesprochen, tätschelte er mir kurz den Arm und ließ mich buchstäblich stehen. Fassungslos sah ich ihm nach. Meine Augen brannten, als er selbstbewusst auf die Frau zuging und sich einen Dreck darum scherte, dass mein armes Herz gerade in Millionen Stücke zersprang. Gott, ich fühlte mich wie in einem endlosen Alptraum. Ich fühlte mich nicht nur wie ein lästiges Anhängsel, ich war auch überzeugt, dass jeder im Raum meine Verzweiflung sehen konnte. Also setzte ich ein tapferes Lächeln auf und tat so, als wäre alles in Ordnung. Aber es fiel mir unglaublich schwer, die Fassung zu bewahren und nicht zusammenzubrechen.

Es war jedes Mal dasselbe, wenn er eine schöne Frau sah, die seinen Jagdinstinkt weckte. Er vergaß, dass ich existierte.

Jetzt fühlte ich mich wie eine Idiotin in meinem schönen Kleid und dem kunstvoll aufgetragenen Make-up. Den ganzen Aufwand hätte ich mir weiß Gott sparen können, denn so sehr ich mich auch anstrengte, die Frauen, die Angel bevorzugte, waren immer schlanker und schöner als ich. Gerade in diesem Moment tat diese Gewissheit besonders weh, und all mein mühsam aufgebautes Selbstbewusstsein verpuffte im Nichts. Stattdessen fühlte ich mich klein und unbedeutend, während ich beobachtete, wie er mit dieser atemberaubenden Frau flirtete und lachte und ich allein am Rande des Saales stand. Alles, was mir fehlte, war ein vor Traurigkeit triefendes Lied im Hintergrund. Ich fühlte mich einsamer denn je, obwohl überall um mich herum Menschen waren, die lachten und Spaß hatten. Wie dumm von mir zu glauben, dass heute irgendetwas anders sein könnte als sonst. Was hatte ich erwartet? Dass er plötzlich merkte, wie toll ich war und alle anderen Frauen neben mir verblassten? Innerlich stöhnte ich über diese naive Annahme, sobald mir klar wurde, dass ich irgendwo in meinem Hinterkopf genau diese Hoffnung gehegt hatte. Angel ließ mich am langen Arm verhungern. *Tja, es hat sich ausgeträumt, Penny.*

Obwohl es mir nur wehtat, wanderte mein Blick wieder zu ihm und seiner neuen Eroberung. Jetzt waren sie sich wirklich näher gekommen. Seine Hand lag bereits auf ihrer Hüfte, sie kam ihm entgegen, die schmollenden Lippen zu einem verführerischen

Lächeln verzogen. Eine unmissverständliche Einladung zu mehr. Mein armes, gequältes Herz zog sich schmerzhaft zusammen. Am liebsten wäre ich einfach weggelaufen, um mich irgendwo zu verkriechen und zu heulen, bis mir die Tränen ausgingen. Stattdessen blieb ich, wo ich war, und hielt tapfer die Tränen zurück, die mir in den Augen brannten, während alle anderen hier die Zeit ihres Lebens zu haben schienen. Das machte es noch schwerer. Ich fühlte mich wie eine Außenseiterin in einer Welt, in die ich nie hineinpassen würde, während Angel nicht einmal auf die Idee kam, ein wenig Anstand zu zeigen und bei mir zu bleiben.

Ich erinnerte mich an das Gespräch mit meiner Tante und ihren Rat, mich nicht unter Wert zu verkaufen, nur weil ich ständig mit irgendwelchen Berühmtheiten zu tun hatte. Diese Welt war ihr sowieso suspekt. Eigentlich mochte sie die Band, aber vom „Lotterleben" der Jungs hielt sie nicht viel, auch wenn sie das aus Respekt vor mir und meiner Arbeit nie laut aussprach. Besonders Angel war ihr ein Dorn im Auge. Meine Tante sah ihn als das, was er war: ein vergnügungssüchtiger Rockstar-Playboy, der eigentlich keine meiner Tränen wert war. Sie war nicht dumm und ahnte, was er mir bedeutete. Wahrscheinlich wäre es ihr lieber gewesen, ich hätte mich dieser schmerzhaften Situation durch Kündigung entzogen, als weiter still vor mich hinzuleiden. Aber was blieb mir, wenn ich meinen Beruf aufgab? Durch die vielen Reisen, die meine Arbeit mit sich brachte, hatte ich keine engen Freunde, und zu *Morton Records* konnte ich auch nicht zurück. Sie nahmen es mir übel, dass ich damals Keiths Angebot angenommen hatte und gegangen war. Ich würde so schnell keinen Job auf diesem Niveau finden, und meine Arbeit war das Einzige, worauf ich wirklich stolz war. Es gab noch einen anderen Aspekt, der mich davon abhielt. Zu kündigen würde mich in den Augen meiner Eltern und Schwestern endgültig zur Versagerin machen.

Verdammt, ich brauchte eine Ablenkung, bevor ich mich hier

bis auf die Knochen blamierte und tatsächlich anfing zu weinen, weil mein persönliches Aschenputtelmärchen nicht stattfinden würde.

Tief durchatmend kämpfte ich mich zur Bar durch, um mir etwas zu trinken zu holen. Ich bestellte einen Appletini beim Barkeeper, der mir freundlich zuzwinkerte. Mühsam erwiderte ich sein Lächeln, obwohl ich insgeheim das Gefühl hatte, meine ganze Welt würde gerade zusammenbrechen. Dumm von mir. Angel konnte schließlich nicht ahnen, dass er der heimliche Held all meiner erotischen Träume war, und selbst wenn, würde das nichts ändern, sondern mich höchstens meinen Job kosten.

Mit meinem Drink in der Hand wollte ich mich in eine ruhige Ecke zurückziehen. Ich kippte gerade den Inhalt meines Glases in einem Zug hinunter, als ich quer durch den Raum den Blick von Miles auffing, der gerade mit Missy auf mich zukam. Sobald sie bei mir waren, sah er sich prüfend um. „Wo ist er schon wieder?"

Es war klar, wen er meinte, also deutete ich mit einer Kinnbewegung auf die andere Seite des Raumes. Miles entdeckte Angel, der sich mit der hübschen Brünetten unterhielt, und verzog genervt das Gesicht. „Verdammt, kann der nicht mal einen Abend seinen Schwanz in der Hose lassen?"

Scheiße, er war sauer, weil Angel mich einfach hier gelassen hatte. Aber ich wollte nicht der Grund für einen Streit sein und tat so, als würde mir seine Abwesenheit nichts ausmachen.

„Ach, du kennst ihn doch. Er kann keinem hübschen Gesicht widerstehen. Ich wusste, dass er gleich stiften geht, wenn wir hier ankommen, und es ist ja nicht so, dass wir ein Paar sind. Also reg dich nicht auf. Warum holst du uns nicht etwas zu trinken, und ich kümmere mich ein bisschen um Missy?"

Ich lächelte Miles' Date freundlich an. Missy wirkte etwas ängstlich und überfordert in dieser Umgebung voller Stars.

„Du siehst aus wie ich, als ich das erste Mal auf so einer Promi-Party war. Ich schwöre, ich habe Blut und Wasser geschwitzt

und hatte schreckliche Angst, mich auf die Knochen zu blamieren." Miles drückte meine Schulter und schien froh zu sein, dass ich mich seiner Freundin annahm. „Dann pass mal gut auf mein Mädchen auf. Was kann ich den Damen bringen?"
„Einen neuen Appletini bitte", bestellte ich und reichte ihm das inzwischen geleerte Glas.
„Für mich bitte auch", warf Missy ein.
„Ja, kommt sofort!"
Er nahm mir das Glas ab und ging zur Bar. Ich hängte mich bei Missy ein und führte sie ein Stück abseits. „Lass uns hier warten, dann kommen wir den Leuten nicht in die Quere."
„Danke, du bist meine Rettung. Ich habe etwas unterschätzt, wie unwohl ich mich hier fühlen würde. Gewöhnt man sich je daran und hat sogar Spaß an solchen Veranstaltungen? Durch deine Arbeit für die Band bist du sicher öfter auf solchen Partys", gab Missy erfrischend ehrlich zu und ich mochte sie mit jeder Sekunde mehr. Um ehrlich zu sein, hätte ich Miles nie zugetraut, dass er sich mit so einer netten Person verabreden könnte.
„Nicht wirklich", antwortete ich inzwischen. „Ich arbeite eher hinter den Kulissen und kann mit diesem glamourösen Lebensstil nicht viel anfangen. Ich drücke mich meistens erfolgreich davor und auf die Partys der Jungs nach den Konzerten gehe ich sowieso nie. Die enden immer in wilden Orgien und das tue ich mir nicht an. So etwas wie heute ist eher die Ausnahme und wie du siehst, hat Angel nicht lange gebraucht, um sich ein richtiges Date anzulachen."
Wie ich blickte sie zu Angel hinüber, der immer noch mit der Brünetten flirtete, bevor sie mir einen fragenden und zugleich mitfühlenden Blick zuwarf.
„Du magst ihn sehr, nicht wahr?"
Missy schien ein intuitives Gespür für Menschen zu haben und eine Art, die es leicht machte, sich ihr zu öffnen. Mehr als mir lieb war, denn ich ertappte mich dabei, wie ich ins Plaudern

geriet. „Angel ist wie ein zu groß geratenes Kind", erklärte ich und schaute sehnsüchtig in seine Richtung. „Verantwortung und Treue sind Fremdwörter für ihn. Zumindest wenn es um Frauen geht, denn für seine Freunde würde er wirklich alles tun. Das ist ja das Schlimme. Er ist ein Aufreißer der übelsten Sorte, aber er hat auch viele gute Seiten und das macht es schwer, ihm böse zu sein. Also ja, ich mag ihn", gab ich zu und senkte den Blick. „Mehr als gut für mich ist, denn er wird nie dasselbe für mich empfinden."

„Es tut mir leid für dich, Penny. Ich kann mir nicht vorstellen, wie es für dich sein muss, ihn ständig mit anderen Frauen zu sehen, während du ..."

Den Rest ließ sie ungesagt. Natürlich, um mich nicht zu verletzen.

„Ach, man gewöhnt sich an alles. Es ist ja nicht so, dass er mir jemals Hoffnungen gemacht hätte. Meistens komme ich gut damit zurecht."

Sie respektierte meinen Versuch, die Sache herunterzuspielen, und als kurz darauf Samantha Cairns auftauchte, um ihr Gift zu verspritzen, hatte ich die richtige Ablenkung. Miles kam auch zurück, und ich genoss es, Zeuge zu sein, wie er Missy vor dieser Schlange beschützte und damit zeigte, dass er sich um sie sorgte. Die Tatsache, dass jemand wie er in der Lage war, echte Gefühle für jemanden zu entwickeln, tröstete mich ein wenig darüber hinweg, dass Angel sich im Laufe des Abends nicht mehr bei mir blicken ließ und sogar für eine halbe Stunde mit seiner neuen Flamme verschwand. Ohne die Gesellschaft von Miles und Missy wäre ich mutterseelenallein gewesen, denn Drew hatte sich schon vor einiger Zeit mit Summer in eine Ecke verzogen. Die beiden hatten nur Augen füreinander und ich wollte sie nicht stören. Sie sahen sich sowieso schon so selten.

Angels Rücksichtslosigkeit nagte an mir, ich war nicht nur wütend, sondern auch zutiefst verletzt. Die Güte eines Menschen hatte Grenzen, und er hatte die meinen überschritten. „Das war das letzte Mal, dass ich ihm geholfen habe", murmelte ich vor mich hin und wollte nur noch weg von hier. Da kam es mir gerade recht, dass Miles seiner Missy vorschlug, die Party zu verlassen.

„Nehmt ihr mich mit?", fragte ich und deutete auf die andere Seite des Raumes. Angel war inzwischen zurückgekehrt und hing immer noch an seiner neuen Eroberung. Es schien, als hätte er mich völlig aus seinen Gedanken gestrichen. Zumindest machte er keine Anstalten, seinen Arsch wieder in meine Richtung zu bewegen, und ich würde mich lieber vom Empire State Building stürzen, als hier weiter das einsame Mauerblümchen zu spielen.

„Mein Date hat mich offensichtlich völlig vergessen", fuhr ich mit einer gehörigen Portion Sarkasmus in der Stimme fort, „und Drew ist mit Summer beschäftigt. Ich habe keine Lust, den Rest des Abends wie ein Mauerblümchen in der Ecke zu stehen, nur weil Mr. Womanizer der Meinung ist, ich sei nichts weiter als ein Kleiderständer, den man wegräumen kann, sobald man ihn nicht mehr braucht."

Das klang bitterer, als ich es gemeint hatte, und ich hasste das Mitleid, das sich auf Miles und Missys Gesichtern ausbreitete. Ob Miles wohl ahnte, was ich wirklich für Angel empfand?

„Natürlich nehmen wir dich mit. Angel kann sehen, wie er später nach Hause kommt", murmelte er.

Zu dritt verließen wir die Party und stiegen kurz darauf in die Limousine. „Bringen Sie bitte Penny zuerst nach Hause", bat Miles.

„Aber mein Auto ...", wandte ich ein, wurde aber sofort von Miles unterbrochen. „Du hattest zwei, vielleicht drei Drinks und verträgst nicht viel. Du solltest wirklich nicht mehr selbst fahren. Nimm dir morgen ein Taxi zur Villa, ich übernehme die Kosten."

Obwohl ich mich unwohl fühlte bei dem Gedanken, auch nur für eine Nacht kein Auto zu haben, war mir klar, dass ich mich

in meinem leicht angetrunkenen Zustand nicht mehr hinters Steuer setzen sollte. Ich hatte aus Frust mehr getrunken, als mir guttat.
„Du hast wahrscheinlich recht", gab ich zu und sah Gary an, der abwartend dreinblickte. „Es geht zuerst zu mir."
„Wie Sie wünschen."
Die Trennscheibe zur Fahrerkabine fuhr leise surrend nach oben. Ich lehnte mich gegen das Sitzpolster und streifte meine Pumps ab. „Gott, tut das gut. Diese verdammten Schuhe haben mich fast umgebracht."
Weit weg vom Partytrubel löste sich meine innere Anspannung ein wenig, und der Alkohol in meinem Blut sorgte dafür, dass sich meine Hemmungen mehr oder weniger auflösten und ich meine Zurückhaltung vergaß. Ich gehörte nicht zu den fröhlichen Betrunkenen, die sich geselliger und offener verhielten, sondern reagierte aggressiver oder emotional labiler. Nur so konnte ich mir die Tirade erklären, die jetzt aus mir herausbrach, obwohl ich nicht allein war. „Ernsthaft, wenn ich geahnt hätte, dass der Abend so ein Reinfall wird und er mich wieder wie eine Idiotin stehen lässt, hätte ich mir diesen albernen Aufzug erspart und wäre zu Hause geblieben. Nächstes Mal kann er sich seine Verabredung an irgendeiner Straßenecke auflesen. So ein Idiot ... Egoist ... er kann mich mal kreuzweise ... Hoffentlich schrumpft sein Schwanz auf Mikrogröße, wenn er mit ihr ins Bett steigt."
Kaum ausgesprochen, schämte ich mich zu Tode. Ich hatte hier jegliche Professionalität vermissen lassen, als ich Angel soeben verunglimpft hatte. Trotzdem gelang es mir nicht, meine Enttäuschung und meinen betrunkenen Geist unter Kontrolle zu bringen.
Missy griff nach meiner Hand, und die Berührung wirkte sofort beruhigend auf mich. Ich mochte sie wirklich, hoffentlich würde Miles es mit ihr nicht vermasseln.
„Ich wollte mich bei dir bedanken", erklärte sie. „Du warst so

nett. Dank dir habe ich mich auf dieser Party nicht so fehl am Platz gefühlt."

Wie nett von ihr! Ich wollte gerade antworten, als mein Smartphone wegen eines eingehenden Anrufs vibrierte. Ich zog es aus der Tasche und sah zu meiner Überraschung, dass Angel versuchte, mich zu erreichen. Wahrscheinlich hatte er genug von seiner Flamme und erinnerte sich daran, dass er mit mir zur Premierenfeier gegangen war. Nur war ich nicht mehr da. Eigentlich hätte ich nicht rangehen sollen, aber das wäre kindisch gewesen. Also nahm ich den Anruf entgegen.

„Was ist los?", meldete ich mich.

„Wo zum Teufel steckst du?", fauchte mich Angel an. Er schien stinksauer zu sein. Ausgerechnet er!

„Auf dem Weg nach Hause", antwortete ich.

„Und du hast nicht daran gedacht, mir Bescheid zu sagen? Ich habe dich überall gesucht. Warum bist du einfach so abgehauen, ich komme mir hier wie der letzte Trottel vor."

Nur mit Mühe konnte ich meine Wut zurückhalten. Ich konnte nicht glauben, dass er es wagte, hier so einen vorwurfsvollen Ton anzuschlagen.

„Was das soll? Du hast ja Nerven, mich das zu fragen. Du hast dich doch nach ein paar Minuten verpisst und mich im Stich gelassen. Also komm mir nicht mit Vorwürfen. Kümmere dich lieber um deine Sexbombe und ignoriere mich einfach weiter. Darin bist du ja Experte."

Ich war nüchtern genug, um das Gespräch nach meiner Ansage zu beenden, bevor es zu einem ernsthaften Streit kam und ich Dinge bekannte, die ich ihm eigentlich niemals gestehen wollte. Um die Situation zu klären, musste ich meine Sinne alle beisammen haben und daher drückte ich ihn weg und schaltete das Telefon danach ganz ab.

Was für ein katastrophaler Abend! Ich war unglaublich froh, als Gary etwas später vor dem Gebäudekomplex hielt, in dem sich mein Apartment befand.

„Wir sind da", murmelte ich und wich den Blicken von Missy und Miles aus. Ich stand bereits im Begriff ohne einen Abschied auszusteigen, als mir klar wurde, wie unhöflich ich mich verhielt. Daher wandte ich mich ein letztes Mal an die beiden. „Bitte entschuldigt meinen Ausbruch eben. Ich weiß wirklich nicht, was da in mich gefahren ist."
Ich lächelte Missy kläglich an und hoffte, dass mein Wutausbruch keinen schlechten Eindruck bei ihr hinterlassen hatte. „Es war schön, dich kennenzulernen. Hoffentlich sehen wir uns bald wieder."
Ich stieg aus, gefolgt von Gary, der ebenfalls die Limousine verließ. „Ich bringe Sie nach oben, Miss Evans", sagte er auf meinen fragenden Blick hin. Ich war zu müde, um zu protestieren, und dankbar für seine Begleitung. Langsam wurde mir richtig schwindelig, und das Letzte, was ich jetzt gebrauchen konnte, war eine Ohnmacht im Treppenhaus. Vor meiner Wohnung angekommen, wandte ich mich an Gary. „Vielen Dank, ich weiß das zu schätzen."
Er nickte mir auf seine typisch stoische Art zu, der Hauch eines Lächelns umspielte seine Mundwinkel. Für einen älteren Mann sah er gar nicht so schlecht aus. Ich schätzte ihn auf Mitte fünfzig und fragte mich zum ersten Mal, ob er eine Familie hatte und wie sein Leben außerhalb der Arbeit aussah.
„Immer gern, Miss Evans", antwortete er galant, tippte sich leicht an die Schläfe und ging die Treppe hinunter, statt den Aufzug zu nehmen. Kein Wunder, dass er so fit aussah. Ich wohnte im achten Stock. Bisher war ich nur einmal gezwungen gewesen, die Treppe zu benutzen, weil der Aufzug kaputt war. Danach war ich reif für ein Sauerstoffzelt und hatte ernsthaft überlegt, mich in einem Fitnessstudio anzumelden, um etwas fitter zu werden. Aber mit meinem Job und den vielen Reisen, die er mit sich brachte, hatte ich mich bisher nicht dazu aufraffen können. Außerdem wurde jeder Cent, den ich nicht brauchte, gespart, um mir ein großzügiges finanzielles Polster

zu schaffen. Das Erbe meiner Großmutter wurde fast vollständig von den immensen Studiengebühren aufgefressen, nachdem meine Eltern sich geweigert hatten, mich zu unterstützen. Diese Erfahrung hatte mich bis heute nachhaltig geprägt. Ich wollte nie von jemandem abhängig sein und für mich selbst sorgen können. Tief in mir schlummerte auch nach all der Zeit bei *Hopeless Minds* die Angst, dass ich diesen Job irgendwann verlieren würde und was dann? Wenn es hart auf hart kam, konnte ich mich nur auf mich selbst verlassen und ich wollte im Notfall in Ruhe nach einem neuen Job suchen können, um nicht den erstbesten annehmen zu müssen, weil ich sonst die Miete nicht mehr zahlen konnte.

Ich öffnete die Tür meiner Wohnung und trat in den Flur. Tante Maura war längst weg und mein Apartment lag im Dunkeln. Ich schaltete das Licht an und zog meine hohen Schuhe aus. Dabei stützte ich mich an der in einem warmen Beigeton gestrichenen Wand ab. Sie bildete einen schönen Kontrast zum weißen Fliesenboden. Barfuß ging ich am Wohnzimmer mit dem großen Fenster vorbei und direkt in mein Schlafzimmer. Es war sozusagen mein Heiligtum, mein ganz privates Refugium, das ich mir so gemütlich wie möglich eingerichtet hatte und in dem ich mich nach einem anstrengenden Tag entspannen konnte.

Auch hier herrschten helle und sanfte Töne vor. Das Haus meiner Eltern war sehr konservativ eingerichtet, die Möbel dunkler und geprägt von einem eher maskulinen Stil, der die Handschrift meines Vaters trug. Was der Umgebung immer eine erdrückende Atmosphäre verlieh. Aber wahrscheinlich waren es gar nicht die Möbel, die alles um mich herum so schwer und lieblos erscheinen ließen, sondern vielmehr die Atmosphäre, die während meiner gesamten Kindheit von zu hohen Erwartungen geprägt war. Jedenfalls hatte ich bei der Einrichtung meiner eigenen Wohnung großen Wert auf eine behagliche Umgebung gelegt.

Obwohl ich am liebsten aus meinem Kleid geschlüpft wäre, ließ

ich mich erst einmal mit einem Seufzer der Erleichterung auf die weiche, einladende Matratze meines Queensize Bettes fallen. Die frisch gewaschene Bettwäsche duftete herrlich.
Meine Augenlider wurden immer schwerer und ich spürte, wie sich die Müdigkeit und geistige Erschöpfung in meinem ganzen Körper ausbreitete. Fast gewaltsam verdrängte ich die Gedanken an Angel aus meinem Kopf, versuchte nicht daran zu denken, wie wütend er während des Gesprächs gewesen war, weil ich es gewagt hatte, einfach zu gehen. Bevor mich die Wut über sein ungerechtes Verhalten überwältigte und ich in ein endloses Gedankenkarussell geriet, richtete ich mich wieder auf, um das Kleid und das Make-up loszuwerden. Eine kurze Dusche klang auch nicht schlecht, also raffte ich mich auf und ging ins angrenzende Badezimmer. Noch immer spürte ich den Alkohol in meinem Körper. Mir wurde ein wenig schwindelig und so lehnte ich mich an den Rand des Waschbeckens vor dem Spiegel und atmete ein paar Mal tief durch, bis sich die Welt um mich herum nicht mehr drehte. Erst dann schaute ich auf und betrachtete mein Spiegelbild. Scheiße, ich sah echt fertig aus! Mein Eyeliner war schon verschmiert, vom Lippenstift ganz zu schweigen. Entschlossen entfernte ich die Reste meines Make-ups, putzte mir die Zähne, um den komischen Geschmack im Mund loszuwerden, und band mir die Haare zu einem Knoten zusammen, damit sie beim Duschen nicht nass wurden. Als ich nach ein paar Minuten aus der Kabine kam, trocknete ich mich ab und ging zurück ins Schlafzimmer, um mir ein frisches Höschen und mein Lieblingspyjama anzuziehen.
Schließlich schlüpfte ich unter die Bettdecke und kuschelte mein Gesicht in mein Kissen. Es war so unglaublich still im Zimmer, ich spürte meinen Herzschlag, lauschte meinen eigenen Atemzügen und sehnte mich nach warmen Armen, die mich umfingen, damit dieses Gefühl unerträglicher Einsamkeit endlich verschwand. Ich führte ein Leben, in dem ich ständig von Menschen umgeben war, aber sobald ich meine Wohnung

betrat, gab es niemanden, dem ich von meinen ereignisreichen Tagen erzählen konnte. Wahrscheinlich könnte ich das ändern, richtige Freunde finden, vielleicht sogar einen Mann, der mich liebte, aber solange Angel so viel Platz in meinem Herzen und in meinem Alltag einnahm, schien mir das unmöglich. Dazu müsste ich mich von der Band lösen und einen Neuanfang wagen. Aber dazu war ich nicht bereit.

Du bist einfach nur feige oder zu bequem, schimpfte meine innere Stimme.

Frustriert über meine Unfähigkeit, Ruhe zu finden und zu schlafen, drehte ich mich auf den Rücken und wollte nach der Fernbedienung meines Fernsehers greifen, als es an der Wohnungstür klingelte. Der schrille Ton fuhr mir in die Knochen und ich war sofort hellwach. Wer um alles in der Welt konnte das sein? Der Gedanke an Angel war sofort da. Dass ich es ihm mit gleicher Münze heimgezahlt hatte, hatte ihn wohl verärgert, und ich traute ihm durchaus zu, dass er extra hergekommen war, um mich zur Rede zu stellen. Ein Teil von mir hoffte sogar, dass er es war. Ich mochte wütend auf ihn sein, aber ich sehnte mich danach, die Sache zwischen uns aus der Welt zu schaffen. Aber ich kannte ihn und sein Temperament zu gut. Er würde nicht vor mir auf die Knie fallen und mich um Verzeihung bitten. Wenn er hier war, dann nur, um sein angekratztes Ego zu reparieren und *mir* eine Entschuldigung zu entlocken. Mein Herz klopfte, als ich zur Wohnungstür lief und einen Blick durch den Spion warf. Ich atmete tief durch. Er war es tatsächlich, und er sah ziemlich sauer aus. Offensichtlich hatte ich ihm mit meiner Flucht den Abend verdorben. Er musste direkt von der Party hierher gefahren sein. Hatte er wegen mir die schöne Brünette sitzen lassen?

Oder er ist schon durch mit ihr, flüsterte meine innere Stimme gehässig. *Hast du vergessen, dass sie für eine ganze Weile verschwunden waren?*

Nach diesem Dämpfer überlegte ich, wie ich jetzt reagieren

sollte. Wahrscheinlich wäre es völlig kindisch, mich tot zu stellen. In diesem Moment hob er den Arm und hämmerte mit der Faust gegen das Türblatt. „Penny, mach auf, verdammt! Ich weiß von Gary, dass du längst zu Hause bist."
„Was willst du?"
Ich sah, wie er die Augen verdrehte. Mistkerl!
„Mit dir reden, natürlich. Die ganze Sache ist blöd gelaufen, wir sollten das in Ordnung bringen."
Fast hätte ich gelacht. Wie stellte er sich das vor? Wie sollte ich ihm meine heftige Reaktion erklären, ohne mich und meine Gefühle für ihn zu verraten? Aber ich wusste auch, dass er nicht nachgeben und unverrichteter Dinge wieder gehen würde. Manchmal konnte er unglaublich stur sein, wenn es ihm in den Kram passte. Dennoch öffnete ich die Tür und sah ihm direkt in die Augen. Sie weiteten sich, während er meinen Anblick in sich aufnahm. Ungeschminkt, nur mit einem einfachen Pyjama bekleidet, den seine anderen Freundinnen höchstens als Putzlappen benutzen würden. Nur dass ich im Moment zu aufgewühlt und erschöpft war, um mir Gedanken über meine Aufmachung zu machen. Bevor er etwas sagen konnte, verschränkte ich schützend die Arme vor der Brust. „Es ist spät, Angel. Und im Gegensatz zu dir muss ich morgen früh raus. Also sag, was du zu sagen hast, damit ich wenigstens noch ein paar Stunden schlafen kann."
Mein harter Ton ließ ihn leicht zusammenzucken. So sprach ich sonst nicht mit ihm. Er begriff wohl erst jetzt, wie tief mein Zorn ging, und fuhr sich seufzend durch sein fast schulterlanges Haar. Eine Geste, die normalerweise nie ihre Wirkung auf mich verfehlte, doch in diesem Moment riss ich alle Schutzschilde hoch.
„Lässt du mich rein? Ich möchte nicht zwischen Tür und Angel mit dir reden. Es sei denn, du willst, dass deine Nachbarn mithören."
Zuerst wollte ich ihn abweisen, doch leider machte ich den

Fehler, ihm wieder in die Augen zu sehen, und sein treuherziger Blick ließ meine inneren Mauern kläglich einstürzen. Ich konnte diesem Mann einfach nicht widerstehen und ehe ich mich versah, machte ich Platz und er schob sich an mir vorbei in meinen Flur. Er schaute sich um und mir wurde bewusst, dass er zum ersten Mal hier war. Während ich in der Villa oder in den Wohnungen der Jungs ein und aus ging, war keiner jemals von ihnen bei mir gewesen. „Schön hier …", kommentierte er.
„Lass das Süßholzraspeln", murmelte ich absichtlich zickig, denn ich hatte keine Lust, mich von ihm einwickeln zu lassen. Ich ging in meine Küche, holte eine Tasse aus einem der Schränke und warf einen Blick über die Schulter. „Auch einen Kaffee?"
Angel lehnte am Türrahmen, eine Hand in der Tasche seiner Smokinghose und ein leichtes Lächeln auf den Lippen. Dabei sah er so verdammt heiß aus, dass ich schlucken musste. Es war so ungerecht! Während ich herumlief wie eine Vierzehnjährige auf einer Pyjamaparty, versprühte er selbst um diese Uhrzeit noch den hollywoodreifen Sexappeal eines Superstars.
„Nein, danke", lehnte er ab und machte keine Anstalten, näher zu kommen. Um meine Hände zu beschäftigen, bediente ich den Vollautomaten und setzte mich anschließend auf einen Hocker vor der Kücheninsel.
„Also, was genau möchtest du mit mir besprechen?"

Kapitel 5

Angel

Verdammt, sie war nicht nur wütend, sondern auch zutiefst verletzt. Natürlich wusste ich, warum. Ich hatte mich auf der Party voll und ganz auf dieses Model konzentriert und Penny praktisch die ganze Zeit ignoriert. Gut, das war nicht besonders nett gewesen, aber schließlich waren da noch Miles und seine Missy, die ihr Gesellschaft leisten konnten, und es war auch nicht das erste Mal, dass ich mich zurückzog, wenn ich eine schöne Frau entdeckte, die mir gefiel. Deshalb verstand ich nicht, warum sie plötzlich so ein Problem damit hatte. Außerdem war sie selbst schuld daran, dass ich so schnell wie möglich jemanden finden musste, um den zunehmenden Druck in meinen Lenden loszuwerden. Hätte Penny heute Abend nicht so verdammt heiß ausgesehen, wäre es mir vielleicht gelungen, an ihrer Seite zu bleiben. Die Gefahr, etwas wirklich verdammt Dummes zu tun und sie zu verführen, hatte mich von ihr weg und in die Arme einer anderen getrieben. Die Jungs würden mich lynchen, wenn ich Penny verjagte, weil ich meinen Schwanz nicht in der Hose lassen konnte. Und mir persönlich würde es auch wehtun. Penny war in den letzten Jahren so etwas wie unser Fixpunkt geworden. Sie hielt uns am Boden, sorgte dafür, dass wir nicht völlig abhoben und endgültig ins Superstar-Universum abdrifteten. Gerade bei mir war die Gefahr, überheblich zu werden, relativ groß. Als Kind war ich immer der schmächtige, kränkliche Außenseiter, der lieber Gitarre spielte und Musik machte, als sich mit den anderen Jungs auf dem Fußballplatz zu messen. Man hatte mir nie viel zugetraut, verdammt, ich hatte selbst nicht viel von mir gehalten. Das änderte sich schlagartig, als ich mit Miles, Drew und Nixon die Band gründete. Jetzt gierte ich förmlich nach Aufmerksamkeit, sonnte mich in der Begeisterung der Massen und der Bewunderung der Frauen. Dazu das viele Geld, unser Lebensstil ...

Wie sollte man da normal bleiben? Aber wir schafften es, mit Einschränkungen. Dank Penny, die sich von uns nicht herumschubsen ließ und uns klarmachte, dass wir außerhalb des Rampenlichts nur Menschen und keine Rockgötter waren. Sollte Penny jemals gehen, ob wegen mir oder aus anderen Gründen, würden wir viel mehr verlieren als nur eine Assistentin. Sie war unser Anker in dieser verrückten Welt.

Als sie auf der Party plötzlich nicht mehr aufzufinden war, hatte ich einen Vorgeschmack davon bekommen, wie es sein könnte, wenn sie nicht mehr greifbar wäre, und das hatte mich zu Tode erschreckt. Voller Panik machte ich mich auf die Suche nach ihr. Dass ich auch Miles und Missy nirgends entdecken konnte, beruhigte mich ein wenig, denn ich nahm an, dass sie bei ihnen war. Sobald die Angst verflogen war, machte sich rasende Wut in mir breit. Wie konnte sie es wagen, einfach so zu verschwinden, ohne ein Wort zu sagen? Scheiße, ja, ich war wütend ohne Ende.

„Hör mal, ich weiß, ich war ein bisschen länger weg als geplant, aber einfach zu verschwinden, ohne ein Wort zu sagen ... Das war echt scheiße von dir, Penny. Mach das bloß nie wieder“,

fuhr ich sie an und gab mir keine Mühe, meinen Unmut zu verbergen. Sie trank einen Schluck von ihrem Kaffee und warf mir einen langen Blick über die Tasse hinweg zu, bevor sie sie vorsichtig auf den Tresen stellte.
„Ich kann es einfach nicht glauben“, begann sie nach ein paar Sekunden und klang ungläubig. „Du lässt mich den ganzen Abend wie eine Idiotin stehen, ohne auch nur einen Gedanken an mich zu verschwenden, und dann kommst du hierher wie ein beleidigter kleiner Junge und machst mir Vorwürfe. Weißt du was? Fick dich, Angel! Ständig nutzt du meine Gutmütigkeit aus und erwartest, dass ich auf deinen Ruf hin herbeieile.“
Ihr Zorn brachte auch meine Gefühle in Wallung. Wenn sie wüsste, was in mir vorging, wäre sie sicher überrascht. Irgendwie hatte sie Macht über mich, und wenn ich ein anständiger Kerl wäre, würde ich mich einfach bei ihr entschuldigen und wir könnten die Sache hinter uns lassen. Aus ihrer Sicht war ich derjenige, der Mist gebaut hatte, und insgeheim wusste ich, dass sie Recht hatte, aber ich war unfähig, es zuzugeben. Die Wahrheit war, dass ich mich wahnsinnig zu ihr hingezogen fühlte, besonders heute Abend. Ihr Anblick hatte mich verrückt gemacht, und ich brauchte ein Ventil, um dieses Gefühl auszuleben. Wenn nicht mit ihr, dann mit jemand anderem. „Hör zu, ich habe dich gebeten, mit mir zur Filmpremiere zu gehen, weil ich mich nicht auf ein richtiges Date einlassen wollte. Das wusstest du, und jetzt beschwerst du dich, weil ich ein paar Minuten Spaß hatte?“
„Das gibt dir nicht das Recht, mich wie einen Kleiderständer zur Seite zu schieben, weil du keine Lust hast, dich mit mir zu beschäftigen. Du hast mich gebeten, mit dir zu kommen. Du hast mich angefleht, obwohl ich nicht wollte, weil ich wusste, dass es so kommen würde. Aber ich war dumm genug, auf ein bisschen Rücksicht von dir zu hoffen. Stattdessen hast du gemacht, was du immer tust. Du jagst jedem Rock hinterher, ohne Rücksicht auf andere.“

„Du klingst wie eine eifersüchtige Ehefrau oder Freundin. Aber du solltest deine Position nicht überschätzen, Penny. Ich bin dein Chef, und das heute Abend war geschäftlich. Und wie jeder Arbeitgeber erwarte ich, dass du dich abmeldest, wenn du deinen Arbeitsplatz verlässt. Außerdem geht es dich verdammt noch mal nichts an, ob ich während deiner Arbeitszeit eine oder zehn Frauen vögele. Habe ich mich klar genug ausgedrückt?"
Mit jedem Wort, das aus meinem Mund kam, ritt ich mich tiefer in die Scheiße, denn insgeheim wusste ich, wie unfair ich mich ihr gegenüber benahm. Trotzdem war es mir unmöglich, mich zurückzuhalten. Ich suchte Streit, um mich nicht wie ein Verhungernder auf sie zu stürzen und ihr diesen lächerlichen Pyjama vom Leib zu reißen. In dem Ding und ohne Make-up sah sie so süß und verletzlich und begehrenswert aus. Ich wollte sie umarmen, meinen Mund auf ihre erhitzten Wangen drücken und meine Hände unter das Oberteil schieben. All das musste ich um jeden Preis unterdrücken, und die Frustration darüber brachte meine hässlichste Seite zum Vorschein. Ich bereute meine Worte, noch bevor die letzte Silbe verklungen war. Wie sollte ich ihren Gesichtsausdruck beschreiben, nachdem ich sie so herabgewürdigt hatte? Eine Mischung aus Schock, Ungläubigkeit und Demütigung. Sie rutschte von ihrem Hocker und trat zwei Schritte zurück. Erst jetzt bemerkte ich, dass ich auf sie zugegangen war, und nun tat sie alles, um so viel Abstand wie möglich zwischen uns zu bringen. Als ob das die plötzliche Spannung zwischen uns lösen würde. Im Grün ihrer sonst so ruhigen und liebevollen Augen breitete sich eine nie gesehene Leere aus, für die ich allein verantwortlich war.
„Das bin ich also für dich? Eine Angestellte, die brav Anweisungen zu befolgen und ansonsten den Mund zu halten hat? Gut zu wissen. Das werde ich in Zukunft im Umgang mit dir berücksichtigen. Danke für die Klarstellung."
„Penny ... ich ..."
Mittendrin verstummte ich, weil ich verdammt noch mal nicht

wusste, was ich ihr antworten sollte. Ich konnte meine Worte nicht zurücknehmen, so sehr ich sie auch bedauerte. „Es war nicht so gemeint, wie es vielleicht bei dir rübergekommen ist", beteuerte ich schließlich und rieb mir müde über den Nasenrücken. „Ich hätte es einfach nicht sagen sollen. Tut mir leid."
Ihr Lachen fuhr mir durch Mark und Bein. Sie glaubte mir kein Wort.
„Und damit ist alles wieder gut?", fragte sie ungewohnt bissig. „Das ist so typisch für dich. Du willst einfach für nichts die Verantwortung übernehmen. Weder für mich, nachdem du mich einfach in diesem Haifischbecken voller exaltierter Promis zurückgelassen hast, noch für deine Worte oder die Herzen, die du in den letzten Jahren gebrochen hast."
Verdammt, da stand ein völlig anderer Mensch vor mir. So hatte Penny noch nie mit mir geredet. Normalerweise war unsere Beziehung von kumpelhafter Freundschaft geprägt. Sie war die süße Maus, die ich ständig aufzog, die immer für mich da war, wenn ich sie brauchte, und die meine nicht ganz ernst gemeinten Flirtversuche mit ironischem Humor quittierte. Jetzt war es anders. An ihren Gesichtszügen konnte ich deutlich ablesen, wie sehr ich sie mit meinen unbedachten Äußerungen verletzt hatte, während sie versuchte, diese Demütigung zu verarbeiten. Meine Kehle war wie zugeschnürt, eine Art Panik machte sich in mir breit, weil ich gerade etwas ganz Besonderes zerstört hatte. Verzweifelt suchte ich nach einer Möglichkeit, diesen Fehler wieder gut zu machen.
„Weißt du, Angel. Ich habe wirklich geglaubt, dass wir ein Team sind, dass wir uns respektieren und aufeinander aufpassen, aber ich habe nie gemerkt, dass das eine sehr einseitige Sicht der Dinge ist."
„Penny, nein! Das ist nicht wahr. Du bedeutest mir etwas und es tut mir verdammt leid, dass ich so einen Mist von mir gegeben habe. Nichts davon war ernst gemeint."
Für eine Sekunde glaubte ich, zu ihr durchgedrungen zu sein,

bis sich ihr Blick wieder verschleierte und sie zur Seite schaute, um meinem auszuweichen. Ihre Augen glänzten, und ich kannte sie gut genug, um zu wissen, dass sie sich alle Mühe gab, nicht vor mir zu weinen.
„Du solltest jetzt gehen“, flüsterte sie und klang so gebrochen und traurig dabei, dass sich mein Herz schmerzvoll zusammenkrampfte. Verdammt, ich musste ihr sagen, wie sehr ich meinen unüberlegten Ausraster bereute.
„Du musst mir glauben, Penny.“ Ich gab mir keine Mühe, meine Zerknirschung zu verbergen. „Du bist nicht nur eine Angestellte“, fuhr ich fort, überbrückte die Distanz mit drei großen Schritten und legte meine Hände auf ihre Schultern. Ich musste sie berühren. „Du bist die einzige Frau, die ich dauerhaft in meiner Nähe ertragen kann, und ich habe den Fehler gemacht, dich und deine Hilfe für selbstverständlich zu halten. Das wird nicht wieder passieren. Das verspreche ich dir.“
Endlich sah sie mich wieder an, und ich wünschte mir fast, sie würde ihren Blick wieder auf den Boden richten, denn in ihren Augen lag eine Unversöhnlichkeit, die mir Unbehagen bereitete.
„Es stimmt, es wird nicht wieder vorkommen, denn von nun an bestehe ich auf einer rein professionellen Beziehung. Keine Freundschaftsdienste mehr, keine Anrufe mitten in der Nacht, wenn du dein Groupie nicht loswirst, und ich erlaube dir auch nicht mehr, mich zum Spaß anzuflirten oder mich mit anzüglichen Bemerkungen in Verlegenheit zu bringen. Ich bin nicht dein Fußabtreter und auch nicht zu deiner Belustigung da. Natürlich mache ich meine Arbeit wie immer. Aber als deine *Angestellte*“, sie betonte das Wort so sehr, dass ich innerlich zusammenzuckte, „werde ich dir auf einer rein beruflichen Ebene begegnen und nicht mehr so tun, als wäre ich etwas anderes. Und jetzt geh ...“
Sie drückte mir die Hände auf die Brust und schob mich weg. „Na los, wird’s bald!“, fuhr sie mich an. Ihre Stimme zitterte verdächtig. So entschlossen sie sich auch gab, ich blickte hinter

ihre Fassade und ahnte, dass sie sich nur mit Mühe zusammenreißen konnte und am liebsten geweint hätte. Um sie nicht noch mehr zu quälen, als ich es an diesem Abend schon getan hatte, seufzte ich schwer und lächelte sie traurig an. „Keine Sorge, ich lasse dich allein.“ Ich drehte mich um und ging aus der Küche. Auf der Türschwelle wandte ich mich noch einmal um und begegnete ihrem starren Blick. „Es tut mir aufrichtig leid, Penny. Ich wollte dir nie wehtun.“

Sie verschränkte die Arme vor der Brust, antwortete aber nicht, sondern sah mich nur abweisend an. Schweren Herzens trat ich den Rückzug an und betete, dass ich es in den nächsten Tagen irgendwie wieder gut machen konnte. Ich rief mir ein Taxi und beschloss, nicht zur Villa zurückzukehren. Stattdessen würde ich die Nacht in meiner Wohnung verbringen. Ich wollte allein sein und mir nicht auch noch Miles‘ Vorwürfe anhören. Dass ich Penny zu sehr drangsalierte, fand er sowieso. Zwar auf eine liebevolle Art und Weise, aber anscheinend hatte ich es übertrieben, und die Tatsache, dass ich sie heute Abend allein gelassen hatte, um mich mit einer anderen zu beschäftigen, hatte wohl das Fass zum Überlaufen gebracht. Penny hatte das Wort Fußabtreter benutzt. Fühlte sie sich wirklich so? Okay, meine oft frechen Bemerkungen waren wohl nicht von der Hand zu weisen, aber sie hatte sich nie beschwert. Sie hätte einfach den Mund aufmachen und etwas sagen können. Hätte Penny mich gebeten, einen Gang runterzuschalten, hätte ich das sofort getan.

Sie arbeitet für dich, du Idiot, natürlich hat sie alles kommentarlos geschluckt, tadelte mich meine innere Stimme.

Tja, von nun an würde ich mein Verhalten ändern. Hauptsache, sie kam nicht auf die Idee zu kündigen, egal wie sehr ich mich verbiegen musste, um sie bei uns zu halten. Nachdem mich der Fahrer vor dem Apartmentkomplex abgesetzt und ein Autogramm von mir abgestaubt hatte, betrat ich mit meiner Zugangskarte das Gebäude und ging am Sicherheitsbeamten

vorbei zu den Aufzügen. Ich winkte ihm und er nickte mir durch die Glasabtrennung zu. Wenige Augenblicke später fuhr ich in mein Stockwerk und betrat kurz darauf meine Wohnung. Mit einem gedämpften Knall schloss sich die Tür hinter mir, ich lehnte mich kurz dagegen und seufzte müde. Meine selbstsichere Fassade bröckelte, und ich fragte mich, wie es so weit hatte kommen können. Penny war schon eine ganze Weile bei uns. Um ehrlich zu sein, konnte ich mich kaum noch daran erinnern, wie es ohne sie war, und bisher hatten wir den schmalen Grat zwischen beruflicher Beziehung und Freundschaft immer mühelos gemeistert. Vor allem, weil ich mir strikt verboten hatte, Penny zu vernaschen. Ich war ja nicht dumm, ich wusste, dass sie in mich verknallt war, auch wenn sie sich alle Mühe gab, es sich nicht anmerken zu lassen. Es hatte perfekt funktioniert. Alles war gut, bis zu diesem Abend.
Sie war förmlich explodiert. Als hätte sie sich einen mit Steinen beschwerten Rucksack aufgeladen, der mit jedem unterdrückten Gefühl an Gewicht zunahm. Bis der Moment kam, an dem die emotionale Last zu überwältigend wurde und ein Damm aus unterdrückten Gefühlen und Gedanken aus ihr herausbrach.
Frustriert lief ich durch das geräumige Wohnzimmer, das sich vor mir erstreckte, auf die gut bestückte Bar zu. Die Fensterfront mit Blick auf die Stadt war definitiv einen zweiten Blick wert, begeisterte mich aber längst nicht mehr so sehr wie zu Beginn. Mit der Zeit stumpfte man ab, es gab nicht mehr viel, was ich noch begehrte. Penny zum Beispiel, aber ausgerechnet sie durfte ich nicht anrühren. War sie deshalb so anziehend für mich? Die verbotenen Früchte schmeckten bekanntlich am süßesten, und ich hätte nur zu gern von ihr gekostet.
Der dicke Teppich verschluckte das Geräusch meiner Schritte. Endlich erreichte ich die Bar mit ihrer beeindruckenden Auswahl an Spirituosen und ließ mich auf dem gepolsterten Hocker nieder. Nachdem ich mir aus der funkelnden Karaffe etwas von dem edlen schottischen Whisky eingeschenkt hatte, hob ich das

Glas an meine Nase und schnupperte. Das charakteristische rauchige Aroma des edlen Tropfens stieg mir in die Nase und ich nahm einen kräftigen Schluck. Das Brennen in meiner Kehle empfand ich als angenehm und für ein paar Sekunden fühlte ich mich gut, bis meine quälenden Gedanken zurückkehrten und mein innerer Konflikt erbarmungslos weiterging. Was sollte ich tun, wenn sie mir nicht verzeihen konnte? Wenn ich sie schon nicht ficken durfte, wollte ich sie wenigstens als Freundin und Vertraute in meinem Leben behalten. Aber manchmal war der Bruch zwischen zwei Menschen nicht mehr zu kitten, und ich hatte mit meinem bösen und völlig überflüssigen Kommentar eine Grenze überschritten und einen Keil zwischen uns getrieben. Ich spürte, wie mein Herz immer schwerer wurde, wenn ich an sie dachte. Es gab auch niemanden, den ich um Rat fragen konnte. Die anderen Jungs würden mich im Hudson River versenken, wenn sie wüssten, dass zwischen Penny und mir die Luft brannte. Ganz zu schweigen von Keith, der große Pläne mit Penny hatte und sogar andeutete, dass er unser Management in naher Zukunft an sie abgeben würde. Wenn er aber mitbekam, dass es zwischenmenschliche Probleme gab, würde er sie ganz abziehen und wir hätten mit Penny nichts mehr zu tun. Bei dieser Aussicht schmeckte mir mein Whisky nicht mehr. Ich knallte das Glas auf den Tresen und ging in mein Zimmer. Dort warf ich mich aufs Bett, schloss die Augen und hing meinen Gedanken nach, bis mein Smartphone klingelte. Ich warf einen Blick darauf und stieß einen unterdrückten Seufzer aus. Es war Miles. Wahrscheinlich rief er an, um mir einen verbalen Einlauf zu verpassen. Seit er mit Missy zusammen war, hatte er sich in einen verdammten Saubermann verwandelt. Er vögelte nicht mehr mit anderen Frauen und lief herum wie ein liebeskranker Pavian.

Da ich ihn trotzdem nicht beunruhigen wollte, meldete ich mich: „Hey“, sagte ich.

„Wo bist du?“

„In meiner Wohnung. Ich brauche ein paar Stunden für mich allein“, teilte ich ihm mit, bevor er mich fragen konnte, warum ich nicht zum Anwesen zurückgekehrt war.

„Willst du nicht wissen, wie es Penny geht, nachdem du sie so lieblos links liegen gelassen hast?“

Bei Miles‘ lauernder Frage gab ich einen ungeduldigen Laut von mir und fühlte mich unter Druck gesetzt.

„Ich war vorhin bei ihr, um mich zu entschuldigen. Okay?“

„Wirklich?“ Er klang viel zu überrascht.

„Wirklich“, bestätigte ich sarkastisch. „Als sie einfach verschwunden ist, habe ich mir schon gedacht, dass sie sauer ist.“

Miles schwieg einen Moment, bevor er wieder etwas sagte. „Ist jetzt alles wieder gut zwischen euch?“

Am Anfang war ich versucht zu lügen und ja zu sagen, aber das wollte ich nicht. Wir waren nicht nur Bandkollegen. Miles und die Jungs waren das, was Brüdern am nächsten kam und daher zog ich es vor, gar nicht darauf zu antworten. Als ich keinen Ton von mir gab, stieß er einen Fluch aus. „Scheiße, was hast du gemacht?“

Erneut versuchte ich eine eindeutige Antwort zu umgehen. „Warum gehst du automatisch davon aus, dass ich derjenige bin, der Mist gebaut hat?“

„Weil ich dich kenne“, entgegnete Miles, ohne zu zögern.

„Vielen Dank auch“, brummte ich mürrisch und war kurz davor, einfach aufzulegen. Was ich natürlich nicht tat. Für heute hatte ich genug Leute vor den Kopf gestoßen. „Vielleicht habe ich etwas gesagt, was ich nicht hätte sagen sollen“, gab ich schließlich zu und erzählte ihm doch von dem Gespräch in Pennys Wohnung.

„Fuuuuuck ... ehrlich, was hast du dir dabei gedacht? Sie ist keine Angestellte, Penny gehört zur Familie.“

Damit hatte er verdammt recht. Penny gehörte zur *Hopeless Minds*-Familie, war ein Teil von uns, sogar Keith gehörte dazu, auch wenn dieser kaltblütige Schlipsträger ein verdammt arroganter Arsch sein konnte. Sie wie eine zweitklassige Handlangerin zu behandeln, gehörte definitiv nicht zu meinen Sternstunden. „Ich weiß, dass ich Mist gebaut habe. Glaubst du, das wird wieder gut? Sie war anders als sonst. Kann's nicht genau erklären."

„Ich werde mit ihr reden", sagte Miles. „Ich habe dir doch neulich schon gesagt, dass du bei Penny vorsichtiger sein sollst. Früher oder später wird sie dir sicher verzeihen. Du kennst Penny, sie ist nicht nachtragend, aber es könnte eine Weile dauern."

Keine guten Aussichten für jemanden wie mich, dem das Wort „Ungeduld" buchstäblich auf die Stirn geschrieben stand.

„Und was soll ich bis dahin tun?"

„Lass ihr Raum und behandle sie wie eine Königin, wenn du mit ihr zu tun hast. Mit etwas Glück wird sie dir dann etwas schneller vergeben. Und noch etwas ... wenn du es vermasselst und sie deinetwegen geht, wirst du es eine Weile nicht leicht haben bei uns. Wir alle lieben Penny."

„Ich liebe sie auch", antwortete ich, empört darüber, dass er meine Gefühle für sie in Frage stellte. Noch während ich das sagte, wurde mir klar, dass genau dies das Problem war. Ich liebte Penny, aber anscheinend nicht genug, um ihr das zu geben, wonach sie sich wirklich sehnte.

Kapitel 6

Penny

Einige Tage nach meinem nächtlichen Gespräch mit Angel begleitete ich die Jungs zu ihrem Interviewtermin bei NBC New York Live. Wir betraten das Studio und ich achtete darauf, immer vor ihnen zu bleiben, damit Angel keine Chance hatte, sich an mich heranzuschleichen. Er versuchte ständig, mich allein zu erwischen, um mit mir zu reden. Ich musste zugeben, dass es mir schmeichelte, dass er nicht aufgab, obwohl ich ihm ein Gespräch unter vier Augen hartnäckig verweigerte. Machte mich das zu einer dummen Zicke? Vielleicht, aber ich nahm es in Kauf, um meine Würde zu bewahren. Wenn ich es ihm zu leicht machte, würde ich eines Tages wirklich als sein persönlicher Fußabtreter enden, und das durfte ich nicht zulassen. Auch wenn ich mich damit abgefunden hatte, dass er mich nie begehren würde - ein Teil von mir war sogar froh darüber -, hieß das nicht, dass ich mich weiter von ihm ausnutzen lassen und für immer seine bequeme Notlösung bleiben würde. Seine Groupies konnte er in Zukunft alleine loswerden, und wenn er zu faul war, sich für bestimmte Veranstaltungen eine Verabredung zu suchen, dann musste er in Zukunft eben alleine hingehen. Aber um nicht vorzeitig schwach zu werden, brauchte ich Abstand, sonst würde ich schneller zusammenbrechen, als ich meinen Namen buchstabieren konnte. Trotz meiner Entschlossenheit fiel es mir von Tag zu Tag schwerer, ihn abzuweisen. Vor allem, weil ich mit dem Rest der Gruppe ganz normal umging. Für ihn war es sicher eine neue Erfahrung und ich musste meinen ganzen Willen aufbringen, um standhaft zu bleiben. Ich war schon ein bisschen stolz auf mich. Sonst lagen ihm die Frauen immer bereitwillig zu Füßen, immer darauf bedacht, ihm zu gefallen und ihm jeden Wunsch zu erfüllen. Lange Zeit war ich quasi Premium-Mitglied im „Wir sind Angel Turners willige Sklavinnen"-Club, und es war schwer, alte Gewohnheiten abzulegen. Aber ich habe es geschafft. Während ich mich auf meinen High Heels so elegant wie möglich durch die Halle bewegte, kam uns schon ein Mitarbeiter des Senders entgegen und führte uns direkt ins Studio. Marcy Chesterfield, die Moderatorin der Sendung, kam mit ausgebreiteten Armen auf uns zu und lächelte uns auf ihre typisch süße Art an. Ihre gebleichten Zähne hoben sich durch den rubinroten Lippenstift dramatisch von ihrem klassisch schönen Gesicht ab. Marcy hatte ihre Karriere vor Jahren als Wetterfee begonnen und sich dann hochgearbeitet. Inzwischen war sie das Gesicht des Senders, und dieses Selbstbewusstsein strahlte sie auch aus. „Es ist mir eine große Ehre, euch hier begrüßen zu dürfen. Ich hoffe, ihr habt etwas Zeit und viel gute Laune mitgebracht."

Sie strahlte immer noch wie eine Tausend-Watt-Glühbirne, aber ihr Lächeln fiel bei den Jungs viel herzlicher aus als bei mir. Aber das war ich gewohnt. Ich gehörte eben nicht zu den Berühmtheiten, sondern zum Fußvolk. Was mich sofort wieder an Angels gemeine Bemerkung von jenem Abend erinnerte, und meine Entschlossenheit, ihn noch eine ganze Weile leiden zu lassen, festigte sich erneut.

Nur mit halbem Ohr hörte ich, wie Marcy sich bei der Band einschleimte und dabei völlig übertrieb. Zum Glück würde die Angelegenheit nicht lange dauern. Die Interviews waren eng getaktet, es warteten noch einige andere Termine auf uns. Marcy hatte fünfzehn Minuten Zeit, um sich mit den Jungs zu unterhalten. Der Inhalt war vorgegeben, nur Fragen zur Musik, Privates war tabu, und wenn sie wusste, was gut für sie war, würde sie sich auch daran halten. Keith hatte gute Kontakte zu wichtigen Leuten im Fernsehgeschäft und konnte Marcy ganz schön in Schwierigkeiten bringen, wenn sie sich nicht an die vereinbarten Fragen hielt. Aber für einen guten Skandal ließen manche ihren gesunden Menschenverstand außer Acht, ohne an die Konsequenzen zu denken. Marcy würde ihre eigene Mutter verkaufen, wenn sie dafür eine gute Story bekäme. Das war wahrlich kein Staatsgeheimnis. Und da Miles und Missy nicht mehr zusammen waren, hielt ich es durchaus für möglich, dass sich Marcy weiter aus dem Fenster lehnte, als gut für sie war und sie Miles vor laufender Kamera darauf ansprach.
Miles, der bei Interviews normalerweise als Wortführer auftrat, schwieg heute und wirkte insgesamt eher desinteressiert. Drew sprang für ihn in die Bresche. Er war rhetorisch ebenso begabt, hielt sich aber meist im Hintergrund. Aber wenn es darauf ankam, tat er, was nötig war. „Wir sind bereit, wenn Sie es sind, Marcy“, erklärte er mit schmeichelhaftem Unterton.
„Wunderbar, dann folgen Sie mir bitte auf meine Couch“, erklärte sie augenzwinkernd und lief arschwackelnd voraus. Früher hätten sie alle ihre Augen nicht von ihr abwenden können, aber zu meiner Überraschung interessierte sich nicht einmal Nixon für Marcys prallen Hintern unter dem engen Bleistiftrock. Auch ihn berührte das Ende von Miles' Beziehung. Nixon hatte sich in den letzten Wochen mit Missys Freundin Georgie angefreundet, die seit der Trennung kein Wort mehr mit ihm wechselte. Ich wusste nicht genau, was passiert war. Sowohl Miles als auch Nixon hüllten sich in

Schweigen. Da ich Angel so gut es ging ignorierte, konnte ich ihn nicht fragen und Drew war kein Klatschmaul. Er hielt sich aus solchen Dingen raus und vermittelte nur, wenn er gefragt wurde.

Miles musste etwas Schlimmes getan haben, wenn Georgie Nixon aus Loyalität zu Missy ignorierte. Jedenfalls hatte ich jetzt zwei Sorgenkinder. Miles, der sich völlig gehen ließ, zu viel trank und den Glanz in seinen Augen verloren hatte, und Nixon, der distanzierter und labiler wirkte als je zuvor. Ich war kurz davor, den beiden Frauen einen Besuch abzustatten, um irgendwie die Wogen zu glätten, aber da ich nicht genau wusste, was passiert war, mischte ich mich lieber nicht ein. Jetzt musste ohnehin erst das Interview ohne größere Katastrophen über die Bühne gebracht werden.

Als persönliche Assistentin der Band hatte ich das Privileg, das Geschehen hinter den Kulissen hautnah mitzuerleben. Ich stand in der Nähe des Interviewbereichs, nachdem es sich die Jungs auf besagtem Sofa bequem gemacht hatten. Ihre Gesichter wirkten nun etwas offener und ich war erleichtert, dass sie Profis genug waren, um ihre persönlichen Probleme für ein paar Minuten beiseitezulegen. Gelassen warteten sie auf den Beginn der Live-Sendung. Nach dem Intro begrüßte Marcy die Zuschauer vor den Fernsehern und begann mit ihren Fragen. Alles lief super. Die Jungs beantworteten alles, doch dann machte Marcy den Fehler und versuchte, ihnen doch noch ein paar private Details zu entlocken. Vor allem Miles versteifte sich sichtlich, als Marcy ihn nach Missy fragte, die seit Tagen nicht mehr an seiner Seite gesehen worden war. Eindeutige Antworten umging er geschickt. Es gab noch kein offizielles Statement zu ihrer Trennung, und dabei wollte er es vorerst belassen. Doch Marcy schien fest entschlossen, ihm ein solches zu entlocken, und ihre bohrenden Fragen heizten die Stimmung unangenehm auf.

Während er versuchte, sich aus der Affäre zu ziehen, spürte ich das Unbehagen der Jungs fast körperlich. Angel sah aus, als würde er Marcy am liebsten jedes einzelne Haar ausreißen. Er hasste es, wenn er oder die anderen in die Enge getrieben wurden. Wahrscheinlich würde dies für lange Zeit das letzte Live-Interview sein. Bei einer Aufzeichnung konnte man jederzeit aufstehen und einfach gehen, aber hier war das nicht möglich, ohne einen Skandal auszulösen.

Als Marcy kurz in meine Richtung blickte, warf ich ihr einen bitterbösen Blick zu und fuhr mir mit dem Zeigefinger über die Kehle, um ihr zu zeigen, was ich von ihrem Wortbruch hielt. Dann zeigte ich direkt auf sie und sie gab endlich auf. Nach ein paar weiteren harmlosen Fragen war es endlich vorbei. Die Jungs standen auf und machten sich nicht die Mühe, sich zu verabschieden. Sie ließen Marcy wortlos stehen und zeigten ihr damit ihre Verachtung. Aber ich ließ es mir nicht nehmen, ihr die Meinung zu sagen. Wütend stürmte ich auf sie zu. „Wir hatten eine Abmachung, Marcy. Keine persönlichen Fragen“, erinnerte ich sie und sie lächelte unschuldig.

„Ach kommen Sie, Penny. Es war doch alles ganz harmlos. Die Leute interessieren sich für das Privatleben der Band.“

„Wenn sie etwas zu sagen haben, werden sie es tun. Ich werde mich beim Senderchef über Ihr unprofessionelles Verhalten beschweren. Das war definitiv Ihr letztes Interview mit *Hopeless Minds* oder irgendeinem Künstler unter Keiths Management.“

Bevor sie antworten konnte, drehte ich mich auf dem Absatz um und folgte den anderen. Wir verließen das Studio durch die Hintertür. Diese führte uns in einen von hohen Mauern umgebenen Hof. Hier parkte unsere Limousine, bereit, uns zu unserem nächsten Ziel zu bringen. Kaum hatten wir das Gebäude verlassen, griff Angel nach meinem Arm und stellte sich vor mich. Ich versuchte auszuweichen und an ihm vorbeizugehen, doch er versperrte mir den Weg und hielt mich auf.

„Was soll das?“

Ich verlieh meiner Stimme einen aggressiven Unterton, was mir nach diesem Erlebnis nicht schwerfiel. Sein Blick war ernst und verzweifelt zugleich. „Wie lange willst du dieses Spiel noch durchziehen?"

„Spiel?"

„Du behandelst mich, als hätte ich die Pest am Hals, hältst Abstand zu mir, als wären wir Fremde", beschwerte er sich. „Das ertrage ich nicht. Warum bist du so herzlos? Meinst du nicht, dass es langsam reicht?"

„Ach nein, du fühlst dich also ungerecht behandelt? Aber, wenn *du* mich wie Luft behandelst, ist das in Ordnung? Wie oft hast du mich schon sitzen lassen? Es schadet dir nicht, ein wenig von deiner eigenen Medizin zu schlucken. Und jetzt sei so lieb und mach den Weg frei, damit wir endlich hier wegkommen."

An seinem Gesichtsausdruck war unschwer zu erkennen, dass es in ihm brodelte. „Zeigst du mir jetzt ernsthaft weiter die kalte Schulter? Ich habe mich doch entschuldigt, was soll ich denn noch tun? Du weißt doch, dass ich oft Blödsinn rede, ohne darüber nachzudenken."

Sein ungläubiger Ton weckte meine rebellische Seite. „Ich weiß nicht, wie lange ich das noch *durchziehe*", sagte ich und griff damit die Worte seiner Eingangsfrage auf. „Möglicherweise, bis ich das Gefühl habe, dass du es ehrlich meinst. Und glaub mir, ich habe einen verdammt langen Atem, wenn es um bestimmte Dinge geht. Du siehst mich als Freundin und Vertraute, und das möchte ich auch sein, aber nur, wenn du mich respektierst. Du kannst nicht meine Freundschaft beanspruchen und mich gleichzeitig wie eine gewöhnliche Angestellte behandeln. Du musst dich für einen Weg entscheiden."

Eigentlich hätte ich von Anfang an mehr professionelle Distanz zu den Jungs wahren müssen, statt in die Rolle des gutmütigen Bandmaskottchens zu fallen, dann hätte mich sein Verhalten neulich nicht verletzt, weil es gar nicht erst dazu gekommen wäre. Die Nähe zu den Jungs machte mich verletzlich, genauso wie meine verborgenen Gefühle für Angel. Ich war mir nicht einmal sicher, ob es richtig war, ihn so zu bestrafen. Für meine

Gefühle konnte er nichts, aber für sein arrogantes Verhalten war er selbst verantwortlich. Am Ende konnte ich es drehen und wenden, wie ich wollte, ich war eine Mischung aus Freundin und Assistentin, und egal, in welche Richtung ich mich bewegte, es fühlte sich immer falsch an.
Die Muskeln in seinen Wangen zuckten, seine Augen wirkten vor Enttäuschung trüb. Wahrscheinlich begriff er gerade, wie ernst ich es meinte. Nach einigen Augenblicken gab er einen resignierten Laut von sich. „Ich werde es versuchen, okay? Ich wusste nicht, wie sehr es dich stört, wie ich manchmal bin. In Zukunft werde ich dich so behandeln, wie du es verdienst."
Trotz seines Versprechens blieb ein komisches Gefühl in mir zurück. Irgendwie wusste ich, dass es nie wieder so sein würde wie vorher.

***

Am nächsten Tag kam ich abends nach einem verdammt langen Tag nach Hause. Ich wollte gerade meine Schuhe ausziehen, als ich einen Anruf von Keith bekam.
„Gott, ich will gar nicht wissen, was er von mir will", murmelte ich vor mich hin, nahm den Anruf aber trotzdem an. Keith war schwer zu ignorieren, dabei hatte ich nach diesem anstrengenden Tag auf einen halbwegs entspannten Abend gehofft.
„Keith, was ist los?" Irgendwie gelang es mir, die Frustration in meiner Stimme zu verbergen.
„Ich muss mit dir reden", sagte er ohne Umschweife. „Kannst du in mein Büro kommen?"
„Jetzt?"
„Es ist dringend."
„Ehrlich Keith, kann das nicht bis morgen warten? Ich hatte einen wirklich schlechten Tag."
„Ich würde nicht fragen, wenn es nicht wichtig wäre."
Verdammt, Keith hatte nun einmal das Sagen, und es gehörte

quasi zur Jobbeschreibung, zu jeder Tages- und Nachtzeit erreichbar zu sein. Männer wie er hatten kein Verständnis für Müdigkeit und den Wunsch, ein paar Stunden Ruhe zu haben. Wahrscheinlich kannte er so etwas gar nicht. Der Mann war ein Roboter, Miles Schwester Natalie hatte ihm nicht umsonst den Spitznamen Cyborg gegeben. Manchmal war es unmenschlich, was er sich zumutete, und wenn er nicht aufpasste, würde er in zwanzig Jahren einfach in seinem Büro umkippen und nicht mehr aufstehen.

„Gut, ich komme", gab ich beherrscht nach. „Bist du noch im Büro?"

„Ja, komm hoch, ich sage dem Sicherheitsdienst, sie sollen dich durchlassen."

Keith legte sofort auf. Offensichtlich hatte er bekommen, was er wollte, und vergeudete keine Zeit mit Small Talk. Ich fuhr mit dem Lift in die Tiefgarage und machte mich auf den Weg. Dabei überkam mich ein Gefühl der Unzufriedenheit, als ich an den heutigen Tag und den Grund für meine schlechte Laune dachte. Nach dem gestrigen Interview hatten die Jungs heute am frühen Morgen bis zum Mittag ein Fotoshooting vor sich, das wesentlich entspannter verlief als das Interview am Vortag. Zumindest für sie, denn mir hatte es die Laune verdorben, mit ansehen zu müssen, wie die Jungs und damit auch Angel von den wunderschönen, fast perfekten Models umschwärmt wurden. Er hatte schamlos mit ihnen geflirtet und ihnen dieses verführerische Lächeln zugeworfen, von dem ich vergeblich hoffte, es würde nur mir gelten. Illusorisch. Er würde mich nie so ansehen, vor allem nicht, seit ich ihn mit Verachtung strafte und ihn von Tag zu Tag wütender machte. Jedenfalls hatte er das Shooting sichtlich genossen und, ohne es zu ahnen, mein Herz noch mehr verletzt.

Der Verkehr in Manhattan war wie immer hektisch und meine ohnehin schon angespannten Nerven wurden mit jeder weiteren Ampelphase weiter strapaziert. Es dauerte eine gefühlte

Ewigkeit, bis ich den Wagen geparkt und das Gebäude, in dem sich sein Büro befand, betreten hatte. Ich kam ungehindert hoch und klopfte.
„Herein", hörte ich ihn durch die geschlossene Tür sagen. Ich trat ein und schenkte ihm ein schwaches Lächeln. Zu mehr war ich im Moment einfach nicht imstande.
„Hey", grüßte ich und musterte ihn aufmerksam. Sein Gesichtsausdruck war wie immer schwer zu lesen, aber ich bemerkte eine gewisse Anspannung in seinem makellosen Äußeren. Seine sonst so kühle Selbstbeherrschung schien einen Riss bekommen zu haben, auch wenn das nur jemand sehen konnte, der ihn so gut kannte wie ich inzwischen. Ich fand das beunruhigend und hörte meinen Puls in den Ohren pochen.
„Danke, dass du so kurzfristig kommen konntest", sagte er, und seine ungewohnte Höflichkeit - Keith legte wirklich keinen Wert auf so etwas - ließ mich noch mehr in Panik geraten.
Ich setzte mich ihm gegenüber und verschränkte die Finger ineinander, um das leichte Zittern zu unterdrücken. „Ist etwas passiert?"
Er seufzte und starrte einen Moment auf die Oberfläche seines ordentlich aufgeräumten Schreibtisches, bevor er aufblickte.
„Ich muss mit dir über Miles reden. Seit Missy ihn verlassen hat, verliert er die Kontrolle über sich. Ich habe heute mit Drew telefoniert, und er macht sich Sorgen. Miles ist nicht mehr bei der Sache, die Proben sind eine Katastrophe, und ich fürchte, es wird noch viel schlimmer, bevor es besser wird. Wenn er sich überhaupt fängt. Mir war nicht klar, wie sehr er an dem Mädchen hängt. Wir müssen dafür sorgen, dass er sich zusammenreißt, sonst geht die Band vor die Hunde. Und das nur wegen ein bisschen Liebeskummer ..."
Sein fast angewidertes Gesicht zeigte deutlich, was er von solch intensiven Gefühlen hielt. Nämlich gar nichts.
„Vielleicht hast du ja noch eine Idee, wie wir ihn schnell wieder auf Kurs bringen können."

„Ich fürchte, das Einzige, was Miles helfen kann, ist Missys Rückkehr.“
Ein Grollen ging durch Keiths Brust. Er lehnte sich zurück und fluchte. „Verdammt, ich hätte die Sache abblasen sollen, als ich noch die Chance dazu hatte.“
Irritiert zog ich eine Augenbraue in die Höhe. „Abblasen? Muss ich das jetzt verstehen?“
Keith lehnte sich frustriert zurück. Zum ersten Mal, seit ich ihn kannte, huschte ein Ausdruck des Bedauerns über sein Gesicht. „Ich habe etwas getan, was ich sofort rückgängig machen würde, wenn ich könnte.“
Oha, jetzt wurde ich neugierig. „Und das wäre?“
„Vor ein paar Wochen habe ich Miles überredet, eine Scheinbeziehung vorzutäuschen, um von Nixons Skandal abzulenken. Morton hat mir quasi die Pistole auf die Brust gesetzt und gedroht, den Vertrag mit der Band nicht zu verlängern, wenn die Jungs nicht endlich positivere Nachrichten produzieren. Ich hatte eine Schauspielerin engagiert, die ihn als Gewinnerin eines Meet & Greet treffen sollte. Wir hatten das im Detail besprochen, aber leider hat es nicht geklappt, weil sie einen Unfall hatte und Missy wurde als Nachzüglerin eingeladen, ohne dass ich es verhindern konnte.“
Ich erinnerte mich vage daran, dass Miles mit einem glücklichen Fan essen gehen sollte. „Das war also alles nur Show? Die echten Fans sollten nie eine Chance bekommen?“, fragte ich ungläubig. Sein schuldbewusster Gesichtsausdruck war Antwort genug. Kopfschüttelnd sah ich ihn an. „Keith, wenn das rauskommt, hast du ganz andere Probleme als Nixons Skandale.“
„Ich weiß genau, wie glücklich ich mich schätzen kann, dass Missy nicht zu den Leuten gehört, die sofort zur Presse rennen, um so viel Geld wie möglich herauszuschlagen, nachdem sie die Wahrheit erfahren hatte.“
Deswegen hatte sie den Kontakt abgebrochen. Verständlich. Ich hätte an ihrer Stelle genauso gehandelt. „Bitte sag mir jetzt

nicht, dass er die arme Missy die ganze Zeit nur verarscht hat."
„Natürlich nicht! Miles wollte alles abblasen, nachdem ich ihm gesagt hatte, dass die falsche Frau zum Treffen gekommen war", erklärte Keith zu meiner Erleichterung. Ich mochte Missy sehr und der Gedanke, dass Miles sie nur aus Imagegründen benutzt hatte, machte mich krank.
„Am Ende konnte ich ihn dazu bringen, den Plan wie vereinbart durchzuziehen", gestand er, und meine Erleichterung verflog. „Sie war offensichtlich in ihn verknallt", fuhr Keith fort. „Ich dachte, das wäre die perfekte Lösung. So schien alles viel glaubwürdiger."
In mir brodelte es. Was hatten diese Typen für ein Problem, dass sie meinten, uns Frauen wie Schachfiguren auf einem Brett hin und her schieben zu können.
„Verstehe ich das richtig? Ihr fandet es in Ordnung, sie zu manipulieren, obwohl Miles gefühlsmäßig überhaupt nicht involviert war?"
Empörung und Entsetzen wechselten sich in meiner Stimme ab, und Keith hatte wenigstens den Anstand, verlegen zu klingen.
„Ich wollte nur das Beste für die Band", verteidigte er sich, wenn auch nicht mit Begeisterung. „Er sollte es ruhig angehen lassen und eine Weile mit ihr ausgehen, bis Gras über die Sache mit Nixon gewachsen war. Ich habe ihm sogar geraten, es nicht zu intensiv werden zu lassen, damit sie nicht zu unglücklich ist, wenn er es nach einer Weile beendet."
Ich öffnete den Mund und schloss ihn wieder. Für einen Moment verschlug es mir die Sprache, denn er meinte es wirklich ernst. „Du bist wirklich unglaublich. Glaubst du ernsthaft, dass es eine Frau auf diesem Planeten gibt, die ihrem Idol begegnet und sich nicht in ihn verliebt, wenn er ihr schöne Augen macht?"
Er hob die Hände, weil ich halb vorwurfsvoll, halb ungläubig klang. „Okay, ich gebe zu, meine Idee war unrealistisch. Ich war

so darauf fixiert, den Schaden durch Nixons Sextape wiedergutzumachen, dass ich den menschlichen Aspekt völlig ignoriert habe. Vergiss nicht, bevor du mich mit deinen Augen grillst, dass Miles sich aufrichtig in sie verliebt hat. Ohne meinen Plan wären sie sich nie begegnet." Er hielt einen Moment inne und verzog sein attraktives Gesicht zu einer bedauernden Grimasse. „Leider glaubt sie Miles nicht, dass seine Gefühle für sie echt sind. Jetzt leiden sie beide, und ich weiß nicht, wie ich das wieder gutmachen soll."

Ich hörte aufrichtige Reue. Vielleicht konnte Keith selbst nicht viel mit Gefühlen anfangen, aber das bedeutete nicht, dass er völlig empathielos war.

„Miles gibt mir die Schuld", gestand er schließlich. „Er redet nicht mehr mit mir, und ich brauche deinen Rat. Du stehst Miles und dem Rest der Band menschlich viel näher als ich. Vielleicht kannst du die Situation etwas entschärfen. Wenn Miles mir nicht mehr vertraut, muss ich früher oder später das Management abgeben."

„Dass du alles bereust, ist ein wichtiger Schritt in die richtige Richtung, aber ehrlich gesagt habe ich keine Ahnung, ob du das wieder in Ordnung bringen kannst. Der Verlust hat ihn aus der Bahn geworfen. Nicht nur Drew macht sich Sorgen, sondern wir alle."

„Und ich dachte immer, Nixon wäre unser Sorgenkind. Aber wie es aussieht, macht er mir im Moment am wenigsten Ärger".

„Da muss ich dich leider korrigieren. Ihm geht es genauso schlecht wie Miles", antwortete ich und als er die Stirn runzelte, fügte ich erklärend hinzu. „Georgie redet seit der Trennung nicht mehr mit ihm, und das nimmt er nicht gut auf. Um ehrlich zu sein, habe ich mich gefragt, warum sie so heftig reagiert, Loyalität hin oder her. Aber jetzt ist mir klar, dass sie wahrscheinlich glaubt, Nixon hätte von all dem gewusst."

„Was in aller Welt hat Georgie mit Nixons Laune zu tun?"

Keith kannte Missys beste Freundin, schien aber nichts von der tiefen Verbindung zwischen Nixon und ihr zu wissen. „Nixon hat sich zu ihrem Beschützer aufgeschwungen, als sie bei einem Meet & Greet von einigen ihrer weiblichen Fans ausgelacht wurde. Seither sind die beiden unzertrennlich. Beste Freunde, auch wenn man das nach so kurzer Zeit kaum glauben mag. Sie hat ihm gutgetan und ihn von seinen üblichen Dummheiten abgehalten".

„Warum weiß ich davon nichts?", beschwerte sich Keith und runzelte die Stirn.

„Du kannst nicht alles wissen, und das Privatleben der Jungs hat dich noch nie interessiert, solange die Details nicht in der Presse gelandet sind. Nixon hat es jedenfalls schwer getroffen, dass sie nichts mehr mit ihm zu tun haben will. Du hast also zwei Probleme am Hals, für die du mitverantwortlich bist. Einen Frontmann, der seine große Liebe verloren hat und einen Drummer, der um seine Seelenverwandte trauert."

„Toll, jetzt wollen sie wohl beide meinen Kopf auf dem Silbertablett sehen."

Aus Mangel an Mitgefühl zuckte ich mit den Schultern. „Das sollte dich nicht überraschen. Aber immerhin siehst du ein, dass du einen Fehler gemacht hast. Miles wird Zeit brauchen, um das zu verarbeiten. Wenn er den Schock überwunden hat, wird er sicher alles tun, um sie zurückzugewinnen. Um deinetwillen hoffe ich, dass ihm das gelingt."

„Ich werde ihr auf jeden Fall sagen, dass alles meine Idee war und dass er verrückt nach ihr ist. Du weißt, wie überzeugend ich sein kann, aber dazu müsste ich sie erst einmal finden. Das Mädchen ist wie vom Erdboden verschluckt. Nicht einmal meine Sekretärin konnte herausfinden, wo sie steckt, und sie findet selbst die Nadel im Heuhaufen, wenn ich sie darum bitte."

Bevor er weiterreden konnte, klingelte das Telefon. Mit einem entschuldigenden Blick nahm er den Hörer ab. „Krighton ..."

Er hörte zu, und sein frustrierter Gesichtsausdruck änderte sich

schlagartig. Was auch immer er gerade gehört hatte, jagte ihm einen riesigen Schrecken ein, der sich sofort auf mich übertrug, denn Keith gehörte nicht zu den Menschen, die man leicht beunruhigen konnte. Mir brach der kalte Schweiß aus und mein Herz hämmerte mit jedem weiteren Atemzug heftiger gegen meine Rippen.
„In welchem Krankenhaus liegt er?", fragte er leise und mir wurde schwindelig.
Krankenhaus?

Kapitel 7

Penny

Nichts zu wissen und sich die schlimmsten Szenarien auszumalen, trieb mich in den Wahnsinn. Es war, als wäre die Zeit eingefroren, während ich darauf wartete, dass er auflegte und mir erklärte, was passiert war. Endlich war es soweit und Keith wandte sich mir mit ernster Miene zu. „Drew hat mich angerufen. Miles liegt im Krankenhaus auf der Intensivstation. Angel hat ihn leblos mit einer blutenden Kopfwunde im Pool gefunden."

Kein Ton kam über meine Lippen und vor meinen Augen bildeten sich Schlieren, als mir die Tränen in die Augen stiegen. Die Jungs waren mir ans Herz gewachsen, auch wenn sie es mindestens einmal am Tag schafften, mich zur Weißglut zu treiben. Trotzdem liebte ich jeden von ihnen auf meine Weise und konnte den Gedanken nicht ertragen, dass ihnen etwas zustoßen könnte.

„Wie geht es ihm, kommt er durch?"

„Drew weiß auch noch nichts Genaues. Nur, dass Angel ihn

gefunden und sofort den Notarzt gerufen hat, nachdem er ihn aus dem Pool gezogen hatte.“
„Das ist alles, mehr wissen sie nicht?“
„Drew wirkte ziemlich mitgenommen. Ich wollte ihn nicht mit Fragen löchern. In der Klinik werden wir sicher mehr erfahren, aber zuerst muss ich Miles‘ Eltern anrufen und ihnen sagen, dass ihr Sohn in einer Klinik um sein Leben kämpft. Drew hat mich darum gebeten, er hat es selbst nicht über sich gebracht.“
Alles um mich herum erschien plötzlich so unsicher und bedrohlich. Während er Miles‘ Eltern anrief, umklammerte ich meine Handtasche und wartete, bis er das Gespräch beendet hatte.
„Okay, gehen wir.“
Die Fahrt zum New York Presbyterian Hospital schien eine Ewigkeit zu dauern. Meine Gedanken wanderten immer wieder zu Miles, der um sein Leben kämpfte. Wir parkten in der Nähe des Eingangs. Nachdem Keith den Motor abgestellt hatte, legte sich eine beklemmende Stille über den Innenraum. Ich spürte, wie die Spannung immer mehr zunahm. Wir hatten beide Angst vor dem, was wir in der Klinik über Miles' Zustand erfahren würden. „Wir sollten reingehen“, sagte Keith mit rauer Stimme. Ich nickte und öffnete die Wagentür. Mit schnellen Schritten gingen wir auf das Krankenhaus zu. Das Licht über dem Eingang blendete mich fast, als wir durch die automatischen Türen gingen. Drinnen eilten Menschen hin und her, ich hörte eine Durchsage. Gemeinsam näherten wir uns dem Empfangstresen. Eine Krankenschwester sah höflich lächelnd auf. „Kann ich Ihnen helfen?“
Keiths Stimme klang fest. „Wir möchten zur Intensivstation. Ein Freund von uns wurde eingeliefert. Miles Huntington.“
Der Name löste bei ihr sofort eine Reaktion aus, sie sah uns abschätzend an. „Gehören Sie zur Familie?“
„Ich bin sein Manager und weiß, dass die anderen Bandmitglieder bereits hier sind. Wären Sie so freundlich, uns zu sagen, wie

wir zu ihnen kommen?“ Sein Befehlston und seine Visitenkarte sorgten dafür, dass sie seiner Bitte nachkam. Wenige Minuten später erreichten wir die Intensivstation, wo die anderen schon auf harten Plastikstühlen saßen. Ihre Gesichter waren voller Sorge. Ich lief auf sie zu und umarmte jeden Einzelnen. In diesem Moment brauchten wir keine Worte, um unsere Gefühle auszudrücken.

Angel war der Letzte, den ich an mich drückte, und ich spürte, wie seine Muskeln zitterten, als er seine Arme um mich schlang und mich so fest an sich presste, dass ich seinen Herzschlag an meiner Brust spüren konnte. Ich wollte mir gar nicht ausmalen, was in ihm vorgegangen sein musste, als er Miles leblos im Wasser treibend gefunden hatte.

Er atmete tief aus, als hätte er zu lange die Luft angehalten, und machte keine Anstalten, mich loszulassen. Vorsichtig hob ich den Kopf von seiner Schulter und strich ihm die Haare aus dem Gesicht. Tiefe Falten hatten sich in seine jugendlich glatten Züge gegraben, seine Augen strahlten nicht mehr wie sonst.

„Hey, er wird schon wieder“, versicherte ich ihm, obwohl ich noch weniger über Miles Zustand wusste als er und die anderen. Aber ich spürte, dass Angel in diesem Moment mehr als alles andere Zuversicht brauchte, und die wollte ich ihm geben. Etwas, woran er sich festhalten konnte, bis wir von den Ärzten mehr erfuhren.

„Ich bin froh, dass du da bist“, gestand er und fügte nach kurzem Zögern hinzu. „Ich brauche dich.“

Drei kleine Worte. Kein „Ich liebe dich“, und doch hatten sie die Kraft, meinen Zorn einfach auszulöschen, als wäre er nie da gewesen. Es wäre ohnehin lächerlich gewesen, an meiner Wut festzuhalten, wenn so viel auf dem Spiel stand.

Um es ihm zu zeigen, griff ich nach seiner Hand, drückte sie und ließ sie auch nicht los, als er mich zu den Stühlen führte. Ich setzte mich neben ihn.

Keith räusperte sich. „Okay, wie viel wissen wir im Moment?“

Drew brachte uns auf den aktuellen Stand. „Nicht viel. Wir sind keine Familienmitglieder, also haben sie uns nichts gesagt, aber eine der Schwestern ist ein großer Fan von uns und hat uns im Vertrauen erzählt, dass seine Vitalwerte den Umständen entsprechend in Ordnung sind. Leider können wir nicht sagen, wie lange er schon im Wasser war, bevor Angel ihn gefunden hat und ob sein Gehirn Schaden genommen hat. Sie wollen morgen früh ein MRT machen, um das herauszufinden."

„Was ist mit seinen Eltern?", warf Nixon ein. Sein Gesicht war so blass, wie ich es noch nie gesehen hatte. Nicht einmal nach seinen schlimmsten Partyexzessen hatte er so kaputt gewirkt.

„Ich habe sie angerufen", antwortete Keith. „Sie sind auf dem Weg und nehmen auch Natalie mit."

Nixon nickte und senkte wieder den Kopf. Ich drückte kurz Angels Hand und er sah mich fragend an. „Ich gehe mal kurz zu Nixon rüber. Ich glaube, er kann noch eine Umarmung gebrauchen."

Angel schenkte mir den Anflug eines Lächelns. „Was würden wir nur ohne dich machen?", fragte er, ohne eine Antwort zu erwarten. Ich stand auf und setzte mich neben Nixon. Er sah mich erst an, als ich ihm die Hand auf die Schulter legte. „Kann ich etwas für dich tun?", fragte ich ihn, und er schluckte hart, bevor er wortlos den Kopf schüttelte.

Nixon war niemand, der seine Gefühle nach außen trug. Es sei denn, er war wütend, dann merkte das jeder um ihn herum. Aber wenn es ihm schlecht ging, zog er sich zurück und machte seine Probleme mit sich selbst aus. Ich wollte ihm aber das Gefühl geben, dass er nicht allein war. Also hielt ich seine Hand und lehnte meinen Kopf an seine Schulter. Er schob mich nicht weg, aber ich spürte, dass ich nicht die Person war, die er jetzt brauchte. Nach ein paar Minuten erhob er sich. „Ich muss pissen", murmelte er und ging. Angel kam zu mir und nahm sofort meine Hand, als könnte er es keine Sekunde länger ohne mich ertragen. Gemeinsam saßen wir da und hofften, dass seine

Familie bald kommen würde. Bis dahin würden wir keine brauchbaren Informationen über Miles Zustand bekommen.
Während ich mit den anderen im Warteraum saß, checkte ich die sozialen Medien. Es hatte sich bereits herumgesprochen, dass Miles ins Krankenhaus eingeliefert worden war, und die Meldungen über seinen Zustand überschlugen sich. Die Spekulationen machten mich krank. Die einen schrieben, er liege wegen einer Überdosis im Krankenhaus, die anderen vermuteten einen Selbstmordversuch.
Keith, der mein Stirnrunzeln beim Lesen der Nachrichten bemerkt haben musste, meldete sich zu Wort. „Ignorier den Mist, Penny. Morgen früh gebe ich eine vorläufige Pressemitteilung heraus, um die Spekulationen zu beenden. Alles, was wir jetzt tun können, ist Ruhe zu bewahren und die Hoffnung nicht aufzugeben."
Während Keith sprach, drückte Angel meine Hand noch fester. Ich schaute zur Seite und begegnete seinem Blick. Angel hatte Angst. Das schöne Aquamarinblau seiner Iris wirkte fast schwarz, sein Mund war verkniffen. Ihn und die anderen Jungs traf die Situation viel härter als mich oder Keith. Sie kannten sich von klein auf und hielten zusammen wie Pech und Schwefel. Im schlimmsten Fall würde die Band nicht überleben. Ich kannte sie gut genug, um zu wissen, dass sie ohne ihn nicht weitermachen würden. Sie waren nicht nur eine Band, sie waren eine Familie.

***

Miles muss einen Schutzengel gehabt haben, denn nach einer langen, unruhigen Nacht voller Ungewissheit kam er am nächsten Tag nach dem MRT wieder zu sich. Keith hatte inzwischen Missy geholt, die ihn aus Sorge um Miles kontaktiert hatte. Mit dem Einverständnis der Ärzte durften wir Miles alle kurz besuchen. Seine Eltern, die inzwischen eingetroffen waren, machten den Anfang, dann durften Natalie und Missy zu ihm. Als sie herauskamen, fiel mir ein Stein vom Herzen, als ich Missys glückliches Gesicht sah. Die beiden hatten sich offensichtlich wieder vertragen, und ihrem Verhalten nach zu urteilen, schien es Miles den Umständen entsprechend gut zu gehen. Nixon und Drew waren die nächsten, Angel und ich würden den Abschluss bilden, nachdem Keith beschlossen hatte, nicht zu ihm zu gehen, um Miles nicht aufzuregen. Er war sich sicher, dass er ihn nicht sehen wollte, also ging er stattdessen ins Büro, um den Medienzirkus in den Griff zu bekommen.

„Der Mann ist kalt wie Eis", schimpfte Natalie und sah ihm nach. Keith war bei Natalie nicht sonderlich beliebt, was auf Gegenseitigkeit beruhte. Er fand sie respektlos und sie hielt ihn für einen arbeitswütigen Unmenschen.

„Keith war genauso besorgt wie alle anderen", verteidigte ich ihn. „Es fällt ihm nur schwer, seine Gefühle zu zeigen."

„Weil er keine hat", antwortete Miles' Schwester glatt und wandte sich Missy zu. „Es war schön, dich endlich persönlich kennen zu lernen. Ich hoffe, wir sehen uns noch einmal, bevor ich wieder abreise."

Missy, die einfach nur erleichtert aussah, umarmte Natalie und lächelte deren Eltern schüchtern an. Judy und ihr Mann mochten sie und ließen sie das auch spüren, bevor sie mit ihrer Tochter ins Hotel gingen, um ein paar Stunden zu schlafen.

Auch ich war völlig erschöpft. Den Jungs schien es ähnlich zu gehen und jetzt, wo Miles außer Gefahr war, konnten wir alle endlich nach Hause gehen. Plötzlich spürte ich eine Berührung an meiner Hand und ich blickte zur Seite, direkt in Angels Augen.

„Drew ist gerade mit Nixon zurück zur Villa gefahren. Er wollte dein Gespräch nicht stören und lässt dich grüßen. Außerdem möchte er, dass du dir heute und morgen frei nimmst. Wir haben keine Termine und brauchen alle eine Pause."

Es hatte etwas Ermutigendes, dass Drew so selbstverständlich

das Kommando übernahm. Aber warum saß Angel nicht mit seinen Bandkollegen im Auto?
„Was ist mit dir? Warum bist du noch hier?"
„Ich fahre nicht zur Villa. Ich wollte in meine Wohnung, um ein bisschen runterzukommen", antwortete er. „Die Sache hat mich ganz schön mitgenommen. Ihn so auf dem Wasser treiben zu sehen, möchte ich einfach nur vergessen."
Sofort spannte ich mich an. Bedeutete das, was ich vermutete? Würde er seine lange Liste mit Booty Calls durchgehen, eine der Frauen anrufen und die Anspannung mit einem Fick abbauen? Ich schluckte und versuchte, den Schmerz zu ignorieren, der sich in meiner Brust auszubreiten drohte.
„Hey, schau mich mal an", hörte ich ihn sagen und tat es widerwillig. Angel musterte mich eindringlich. „Komm mit mir", bat er und mein Herz begann zu rasen, weil ich kaum glauben konnte, was ich da hörte.
„Ich will nicht allein sein", gestand er und strich mir sanft über den Arm. Ein wohliger Schauer lief mir über die Haut, als er weitersprach.
„Ich brauche jemanden in meiner Nähe, der mir etwas bedeutet."
Näher würde ich einer Liebeserklärung von Angel wohl nie kommen. Zu hören, dass ich ihm etwas bedeutete, brachte mich völlig durcheinander. Ich wusste, dass es nicht das war, was ich wirklich wollte, aber ich konnte es nicht erzwingen. Aber gebraucht zu werden, das war doch etwas. Nicht wahr?
Überleg dir gut, was du jetzt tust, ermahnte mich meine innere Stimme. *Er wird dich wieder ausnutzen und alles wird so weitergehen wie bisher.*
Mein seelischer Selbsterhaltungstrieb wollte mich vor einem Fehler bewahren, aber nach den letzten Stunden der Ungewissheit und Angst brauchte ich jetzt auch einen anderen Menschen um mich. „Ich will auch nicht allein sein", gestand ich und zog schaudernd die Schultern hoch, weil mir kalt war. Das musste

an der Müdigkeit liegen. Angel bemerkte es. Er zog seine Lederjacke aus und legte sie mir um die Schultern. Sofort umhüllte mich eine angenehme Wärme und sein Duft stieg mir in die Nase. Dann spürte ich die Schwere seines Armes an meiner Hüfte, als er mich zu den Aufzügen führte. Bevor wir einsteigen konnten, hielt ich ihn auf und er sah mich fragend an. „Angel ... ich ... ich würde lieber zu mir gehen“, sagte ich schließlich und konnte ihn kaum ansehen. Wie sollte ich ihm erklären, dass ich die Geborgenheit meiner eigenen vier Wände brauchte, weil mich in seiner Wohnung alles daran erinnerte, dass er dort schon mit Dutzenden von Frauen die Nacht verbracht hatte? Nicht, dass es bei uns auch nur annähernd in diese Richtung gehen würde. Ich wusste, dass er nicht mit mir schlafen wollte, sondern nur moralische Unterstützung brauchte.

„Wenn dir das lieber ist“, antwortete er, und zu meinem Erstaunen hörte ich Erleichterung in seiner Stimme. Ich sah ihn an und begriff, dass er wohl befürchtet hatte, ich würde doch einen Rückzieher machen und allein nach Hause gehen.

Angel setzte seinen Beanie auf, um seine auffälligen blonden Haare zu verbergen, dann seine Sonnenbrille. So kamen wir unerkannt aus der Klinik, ohne dass uns jemand belästigte. Ich winkte ein Taxi heran und Angel bezahlte den Fahrer, nachdem er uns an meiner Adresse abgesetzt hatte. Um meinen Wagen, der noch im Parkhaus von Keiths Bürogebäude stand, würde ich mich kümmern, sobald ich mich wieder einigermaßen fit fühlte. Schweigend betraten wir das Gebäude und standen kurz darauf vor meiner Wohnung, ich öffnete, und als wir drinnen waren, nahm ich ihm seine Jacke ab und hängte sie zu meiner. Danach führte ich ihn ins Wohnzimmer und empfand eine ungewohnte Schüchternheit in seiner Gegenwart. Was sollte ich tun oder sagen? Angel schien kein Problem damit zu haben. Er ließ sich aufs Sofa fallen und lehnte sich seufzend zurück. „Ich bin total fertig“, murmelte er mit kratziger Stimme. Er klang so müde, wie er aussah. Kein Wunder, wir hatten auf diesen harten

Plastikstühlen alle kaum ein Auge zugetan letzte Nacht, und jetzt war es bereits früher Nachmittag und die Strapazen und der fehlende Schlaf machten sich gnadenlos bemerkbar.
„Willst du was trinken?", fragte ich und spürte, wie meine Wangen glühten, als er mich prüfend ansah. Plötzlich wurden mir all meine Unzulänglichkeiten bewusst und ich fühlte mich wie auf dem Präsentierteller. „Ich könnte dir Wasser oder Saft anbieten, vielleicht habe ich noch eine Cola im Kühlschrank. Ich müsste mal nachsehen", plapperte ich und mir stockte der Atem, als sich seine Mundwinkel zu einem trägen Lächeln verzogen.
„Nein, danke. Ich brauche nichts", lehnte er mit sanfter Stimme ab.
„Äh, okay", brachte ich hervor und überlegte fieberhaft, wie es weitergehen sollte. Wollte er schlafen? Ganz bestimmt.
Angels leises Lachen riss mich aus meinen hektischen Gedanken. „Hey, komm runter, du bist ja ganz aufgeregt", sagte er. „Ich schwöre, ich beiße nicht. Ich werde mich ganz anständig benehmen. Entspannen wir uns einfach."
„Ich bin mir nicht sicher, ob wir beide dasselbe darunter verstehen", antwortete ich und hätte mich am liebsten geohrfeigt. *Du dumme Kuh, als ob er daran gedacht hätte!*
Ich riss mich zusammen und tat das Einzige, was mir in diesem Moment einfiel. „Du willst dich wahrscheinlich so schnell wie möglich aufs Ohr hauen."
„Schlafen wäre wunderbar." Er stand auf und kam auf mich zu. „Lass uns in dein Schlafzimmer gehen."
„Zusammen?", stieß ich hervor und bekam feuchte Hände. Sein Wunsch, mir im Bett Gesellschaft zu leisten, überwältigte mich. *Deshalb ist er doch mitgekommen, du dumme Gans. Um nicht allein zu sein.*
Mein entsetzter Gesichtsausdruck amüsierte ihn wohl, denn er unterdrückte nur sehr oberflächlich ein breites Grinsen.
„Du siehst mich an, als wäre ich ein Triebtäter. Ich tue nichts, was du nicht willst. Ich will nur spüren, dass jemand bei mir ist,

deinen Atem hören und dann einfach nur friedlich einschlafen."
Meine aufkeimende Panik wich und ich griff nach seiner Hand. Eine Mischung aus Aufregung und Nervosität erfüllte mich, als ich ihn in mein liebevoll eingerichtetes Zimmer führte. Mein Magen kribbelte, als ich die elektrischen Jalousien herunterließ, damit wir nicht im Hellen schlafen mussten. Dann knipste ich die Nachttischlampe an, die das Zimmer in ein warmes Licht tauchte. Innerlich starb ich tausend Tode, und doch sehnte ich mich danach, ihm nahe zu sein. Nie hätte ich mir vorstellen können, jemals mit ihm in einem Bett zu liegen. Auch wenn seine Motive rein freundschaftlicher Natur waren, konnte ich nicht anders, als mich danach zu sehnen. Wenn man so verliebt war wie ich, begnügte man sich mit den Krümeln, die andere Frauen für einen übrig gelassen hatten.
Etwas unschlüssig standen wir vor meinem Bett. Angel brach als Erster das Schweigen zwischen uns. „Kann ich kurz duschen? Ich muss unbedingt diesen Krankenhausgeruch loswerden."
Ah, willkommene Unterbrechung! „Das Bad ist gleich nebenan. Auf der Kommode liegen frische Handtücher und im Schrank sind abgepackte Zahnbürsten."
Für Gäste hatte ich immer welche vorrätig. Obwohl außer mir nie jemand in dieser Wohnung übernachtet hatte. Selbst meine Tante hatte sich während ihres Besuchs in einem Hotel einquartiert und Männer lud ich ebenfalls nie ein. Ich lebte keuscher als eine Nonne.
„Du bist auf alles vorbereitet", neckte er mich und verschwand mit einem Augenzwinkern im Badezimmer. Kaum war die Tür ins Schloss gefallen, sank ich auf die Bettkante und fuhr mir einmal übers Gesicht. Heilige Scheiße, ich fühlte mich wie ein Teenager vor dem ersten Kuss.
Ihr werdet doch nur schlafen, also beruhige dich, murmelte meine innere Stimme genervt.
Es dauerte nicht lange, bis das Rauschen der Toilettenspülung

und der Dusche verstummte und er zurückkam, mit seinen Klamotten überm Arm, die er auf einem Stuhl ablegte. Er trug nur noch seine enganliegenden Shorts. Mir stockte der Atem, als mein Blick mit fast unanständiger Neugier über seinen perfekten Körper glitt, auf dem noch vereinzelt Wassertropfen zu sehen waren. Die noch leicht feuchten Haare hatte er sich aus dem Gesicht gestrichen, und das satte Goldblond wirkte nun dunkler, wodurch sich seine stechend blauen Augen noch stärker von seinem Gesicht abhoben. Doch es waren nicht seine schimmernden Iriden, die meinen Puls in die Höhe trieben. Die Umrisse seines Gliedes zeichneten sich so deutlich unter dem Stoff seiner engen Shorts ab, dass ich blinzeln musste, um nicht wie hypnotisiert darauf zu starren. Leider fiel es mir schwer, nicht hinzusehen. Wann würde ich jemals wieder die Gelegenheit haben, einen halbnackten Angel Turner vor meinem Bett stehen zu haben? Wahrscheinlich nie wieder. Wohlige Wärme breitete sich in mir aus. Angel war einfach umwerfend - muskulös und doch schlank und athletisch. Seine breitschultrige Statur ließ ihn unglaublich männlich wirken, ganz zu schweigen von den definierten Armen und den Muskelsträngen auf seiner Brust. Alles war perfekt, jede Linie, jede Kontur. Eine sengende Hitze ließ meine Haut glühen, während meine Gedanken in eine ganz bestimmte Richtung wanderten. Nie im Leben würde ich auch nur eine Minute schlafen können, wenn er in all seiner glorreichen Vollkommenheit neben mir lag. Dafür brachte er mein Blut zu sehr in Wallung. In mir herrschte eine Mischung aus Lust und Unsicherheit. Gott, ich musste hier raus, bevor er merkte, was mit mir los war.
„Ich gehe auch duschen", stieß ich hervor. „Mach's es dir in der Zwischenzeit bequem."
Nachdem ich mir mein züchtiges Nachthemd und frische Unterwäsche geschnappt hatte, stürmte ich an ihm vorbei und ließ mich gleich darauf atemlos gegen die geschlossene Badezimmertür sinken. „Du bist so was von erledigt, Penny",

sagte ich zu mir selbst und versuchte, die unzähligen Schmetterlinge in meinem Bauch zu ignorieren. Das Zimmer hatte ein großes Fenster, die Sonne schien herein, der Duft des Duschgels hing noch in der Luft. Ich musste kichern, weil das Fruit Lovers-Aroma meiner Lieblingsmarke jetzt auf seiner Haut klebte. Schließlich raffte ich mich auf, zog mich aus und sprang unter die Dusche. Ich wusch mir sogar die Haare und nahm mir die Zeit, sie zu föhnen, in der Hoffnung, dass er vielleicht schon schlafen würde, wenn ich zurückkäme. Entnervt zögerte ich den Moment hinaus, in dem ich ihm wieder gegenübertreten musste. Schließlich fand ich den Mut, das Badezimmer zu verlassen. Doch bevor ich die Tür öffnete, warf ich einen letzten Blick in den Spiegel und erschrak ein wenig über den erwartungsvollen Ausdruck in meinem Gesicht. Meine ungeschminkte Haut strahlte, meine Augen leuchteten und verrieten all meine unerfüllten Sehnsüchte. So sehr ich mir auch einredete, wie falsch mein inniger Wunsch nach seiner Berührung war, am Ende siegte mein Herz über meinen Verstand.
„Mach dir nichts vor, Penny“, ermahnte ich mich leise. „Er wird deine Brüste höchstens als Kissen benutzen, aber sicher nicht, um mit ihnen zu spielen.“
Leise, um ihn nicht zu wecken, falls er schon schlief, öffnete ich die Tür und ging ins Schlafzimmer. Er war noch wach, sah mich auf dem Bett gegen ein Kissen gelehnt an und hielt meinen Blick fest.
„Hey, ich dachte, du schläfst schon.“
Sein träges Lächeln weckte meine mühsam unterdrückte Sehnsucht. „Glaubst du wirklich, ich kann schlafen, wenn nebenan eine schöne Frau duscht?“
„Äh ... ja?“ Ich wollte das eigentlich nicht wie eine Frage klingen lassen und kam mir dumm vor. Daraufhin lachte Angel leise und wartete, bis ich näher kam. Verlegen legte ich mich neben ihn. Er rutschte in eine seitliche Position, stützte seinen Kopf auf eine Hand und betrachtete mein sicherlich gerötetes

Gesicht, bevor er mir mit der anderen Hand sanft über die Wange strich. „Bist du immer noch sauer auf mich, Penny?"
Um ehrlich zu sein, hatte ich keine Sekunde mehr an unseren Streit und die anschließende Entfremdung gedacht, seit ich meine Wohnung betreten hatte. „Nein, nach all der Angst um Miles ist mir klar geworden, wie kleinlich ich mich verhalten habe." Beschämt wich ich seinem prüfenden Blick aus. „Es tut mir leid, dass ich so eine Zicke war."
„Wenn sich hier jemand entschuldigen muss, dann ich", sagte er. „Ich habe mich unmöglich benommen. Ich wollte dir nie wehtun und habe mein Versprechen ernst gemeint. In Zukunft werde ich mich bemühen, dir ein besserer Freund zu sein."
„Vielleicht ist das der Fehler. Vielleicht wäre es klüger, wenn ich nur deine Assistentin wäre, damit ich nicht alles so persönlich nehme."
Angel rutschte dichter an mich heran und war mir näher als je zuvor. Sein Duft, sein Körper, alles war so überwältigend, dass ich mich kaum auf das Gespräch konzentrieren konnte. „Ich glaube, für eine professionellere Beziehung ist es zu spät", sagte er mit einem komischen Unterton. Neugierig blickte ich auf und war überrascht von der Ernsthaftigkeit seines Gesichtsausdrucks. „Du hast dich in unsere Herzen geschlichen, Penny", fuhr er fort und streichelte meine Wange. Es war eine unschuldige Berührung und doch sollte sich dieser Moment für immer in mein Gedächtnis einbrennen.
„Du bist die Seele der Band, ohne dich wären wir nichts."
„Du übertreibst", antwortete ich schroff, nicht bereit, mich weiteren Hoffnungen hinzugeben. Warum sagte er das alles auf einmal? Er war nicht dumm, er ahnte sicher, wie sehr ich mich zu ihm hingezogen fühlte.
Mein Herz schlug wild in meiner Brust und ich ließ meinen Kopf langsam auf das Kissen sinken. Seine Finger glitten über meine Haut. Zuerst schaute er mir nur weiter tief in die Augen und in mir erwachte die leise Ahnung, dass gleich etwas

Unglaubliches passieren würde. Die Zeit schien still zu stehen, als wäre sie eingefroren und die sonst so vertraute Umgebung verblasste mit jeder Sekunde mehr. Angels Gegenwart erfüllte meine gesamte Wahrnehmung. „Penny ...", stieß er plötzlich hervor und kam näher, bis ich seinen Körper an meinem spürte. Harte Muskeln schmiegten sich an meinen viel weicheren Körper und ich erschauerte. Seine Hand legte sich sanft auf meinen Hals und glitt dann nach unten, bis sie über meinem Herzen zum Stehen kam. Meine Brustwarzen richteten sich auf, es war nicht zu übersehen. Angel leckte sich über die Lippen, sein Atem wurde merklich schwerer. Als ich seine Hand nicht wegschob, sondern wie erstarrt und hoffnungsvoll zugleich dalag, umfasste er meine Brust und drückte sanft zu.

„Was machst du da?", brach es stöhnend aus mir heraus. Es fühlte sich unglaublich gut an. Ich blinzelte und suchte seinen Blick. Sein Gesichtsausdruck war schwer zu lesen, aber ich glaubte, zu erkennen, dass er sich gerade die gleiche Frage stellte. Das verursachte einen kleinen schmerzhaften Stich in meiner Brust. Wahrscheinlich war es nur die Macht der Gewohnheit, die ihn dazu brachte, mich so intim zu berühren. Jemand wie Angel konnte nicht mit einer Frau das Bett teilen, ohne sie anzufassen, und jetzt setzte wohl sein Verstand ein und er fragte sich, wie er aus dieser Nummer wieder herauskam, ohne mich erneut zu verletzen.

Gerade als ich mich zurückziehen wollte, um ihm einen Ausweg anzubieten, atmete er hörbar aus. „Ach, scheiß drauf", hörte ich ihn murmeln, bevor er seinen Mund auf meinen senkte und sich jeder Gedanke in meinem Kopf auflöste. Statt wild über mich herzufallen, blieb er unerwartet zärtlich und erforschte meine Lippen mit einer Sanftheit, die ich ihm nie zugetraut hätte. Damit machte er mich völlig wehrlos. Meine Hände fanden den Weg in sein Haar, er stöhnte leise, zog mich enger an sich, während ich den Mund für ihn öffnete und seine Zunge hineinglitt. Ihn wirklich zu schmecken, übertraf alle meine Erwartungen.

Die Welt um mich herum trat in den Hintergrund, es gab nur noch uns und diesen einzigartigen Moment, der mich so glücklich machte, dass es mir egal war, ob ich ihn später bereuen würde. Meine Sorgen verloren an Bedeutung. Immer wieder trafen sich unsere Lippen und ich spürte seine körperliche Reaktion an meinem Bauch, als er sich auf mich rollte und mich unter seinem Körper begrub. Unsere Küsse wurden immer wilder, seine Hände schlossen sich wieder um meine Brüste. Ich versank in einem Meer sinnlicher Empfindungen. Ich war keine Jungfrau mehr, aber so wie mit ihm hatte ich es noch nie erlebt. Ich konnte einfach nicht genug bekommen von seiner Wärme, seinem Verlangen, seinem Geruch und erst recht nicht von seinem köstlichen Kuss. Plötzlich rutschte er auf den Rücken und zog mich mit sich. Zuerst wollte ich etwas sagen, aber seine Hände glitten an meinem Rücken hinunter und ertasteten die Erhebungen meiner Wirbelsäule. Dabei drückte er mich fester an seinen harten Körper und ein lustvolles Kribbeln durchfuhr mich dort, wo sich mein Unterleib gegen seinen drückte. Er war hart. Für mich. Ein angenehmer und zugleich quälender Schmerz erfüllte meinen Körper, ich spürte, wie alles in mir reagierte und wie ich von Sekunde zu Sekunde feuchter für ihn wurde.

„Penny“, stöhnte er in meinen Mund, kurz bevor unsere Zungen sich wieder umschlangen, sich schmeckten. „Scheiße, du hast keine Ahnung, wie gut du dich anfühlst“, flüsterte er und nahm meine Hand, schob sie zwischen unsere Körper und über seinen Schwanz. „Spürst du das? Wie hart ich für dich bin?“

„Wir sollten das nicht tun“, stieß ich hervor und drückte meinen Mund doch wieder auf seinen. Seine Hüften schoben sich nach oben, verstärkten den Druck auf meinen Unterleib.

„Ich will dich. Lass mich dich haben“, bat er mit einer Stimme, die ich kaum wiedererkannte, so dunkel und sexy drang sie an mein Ohr. Um seiner Forderung Nachdruck zu verleihen, ließ er seine Hüften so gekonnt kreisen, dass ich die Reibung an meiner Klitoris sogar durch meinen Slip spürte. Mein Nachthemd war längst über meinen Po gerutscht, viel Stoff trennte uns nicht mehr. Die Hitze in meinem Bauch ballte sich zusammen, sie verzehrte mich förmlich, so dass ich nicht anders konnte, als mich fest an ihn zu pressen. Mein Gott, er konnte mit mir machen, was er wollte.

Angel wollte mich! Obwohl ich kurviger war als seine üblichen Bettgefährtinnen, obwohl ich ihm oft auf die Nerven ging, indem ich ihn und die anderen ständig daran erinnerte, dass das Leben nicht nur aus Partys und Vögeln bestand, und obwohl ich einfach ich war: Penny, die Frau, die normalerweise niemandem genügte. Aber hier und jetzt war es anders. Ich konnte seinen schnellen, unregelmäßigen Herzschlag spüren, der meine Erregung nur noch anfachte.

„Penny, wenn ich aufhören soll, musst du es jetzt sagen, solange ich noch dazu imstande bin."

Er klang, als würde er unter schrecklichen Schmerzen leiden, und obwohl es ein bisschen gemein war, freute ich mich unbändig, dass er mich so sehr begehrte. Aber ich wollte ihn nicht unnötig quälen. Auch wenn er behauptete, er könne nicht mehr aufhören, wenn ich ihn nicht sofort stoppte, wusste ich mit hundertprozentiger Sicherheit, dass ich nur ein Wort sagen musste, und alles wäre vorbei. Angel drängte sich keiner Frau ungewollt auf, das hatte er nicht nötig, während ich einen Hauch von Verzweiflung verspürte, weil zwei Seelen in meiner Brust um die Vorherrschaft kämpften. Ich brauchte wohl nicht zu sagen, welche den Sieg davontrug.

Als ich schwieg, warf er mich wieder auf den Rücken. Angel ragte über mir auf, den Blick prüfend auf mein Gesicht gerichtet. „Penny, ich muss es von dir hören. Willst du das hier?"

Ich schob die Finger in den Bund seiner engen Boxershorts und zog sie ein Stück über seinen knackigen Hintern nach unten. „Reicht dir das als Antwort?"

Lust und Erleichterung spiegelten sich in seinem Gesicht.

Gleich darauf wurde ich mit einem hinreißenden Lächeln belohnt, das mein armes Herz höher schlagen ließ. Ich fand ihn einfach umwerfend. In diesen Minuten wurden alle meine heimlichen Träume wahr.
Er griff zwischen uns und direkt in mein Höschen. Angel musste die Feuchtigkeit zwischen meinen Beinen spüren, denn sein Lächeln wurde zu einem kleinen, selbstgefälligen Grinsen.
„Oh ja, es gefällt dir, was ich mit dir mache, nicht wahr, meine Süße?“
Seine Finger glitten über meine intimsten Stellen, ich stöhnte bei seiner Berührung auf und legte, überwältigt von meinen Gefühlen, meine Hände flach auf seine nackte Brust. Selbstvergessen begann ich ihn zu streicheln. Seine Haut fühlte sich warm und seidig an, einfach wunderbar. Besser als in meinen vielen Fantasien.
„Bitte ...“ Ich wusste nicht, worum genau ich ihn anflehte. Einerseits ging es mir nicht schnell genug, andererseits war ich unsicher, denn er begann, mein Nachthemd Stück für Stück nach oben zu schieben und mich zu entblößen. Würde ich ihm gefallen?
„Heb die Arme über den Kopf“, forderte er mich auf.
Willenlos gehorchte ich und war sofort oben herum nackt. Das lüsterne Funkeln in seinen Augen beruhigte meine angespannten Nerven. Es schien ihn nicht im Geringsten zu stören, dass ich nicht so durchtrainiert war wie seine anderen Partnerinnen. Ganz im Gegenteil. Er umfasste meine Brüste mit seinen großen Händen und drückte sie zusammen. „Wahnsinn …“, murmelte er und schien mehr mit sich selbst zu sprechen. Er beugte sich vor und leckte eine meiner Brustwarzen. Seine Zunge zog einen feuchten Kreis um die Erhebung, bevor er die Knospe fest in seinen Mund saugte und mir einen kleinen Schrei entlockte. Diesmal war er nicht sanft. Er saugte fest und gierig, während seine Finger mein fiebriges Fleisch kneteten, bis ich mich unter ihm zu winden begann. Sein

Mund entließ meine Brustwarze mit einem hörbaren Plopp, und ich hörte ihn lachen, als ich einen protestierenden Laut von mir gab. „Sind wir ein bisschen ungeduldig? Keine Sorge, ich werde mich gut um dich kümmern. Du wirst so hart kommen wie noch nie. Das verspreche ich dir."
Ihn so reden zu hören, brachte mein Innerstes zum Schmelzen. Wie eine warme Welle strömten die Gefühle durch meinen Körper. Es war ein magischer Moment, jede Berührung, jedes Flüstern seiner Stimme ließ mich erbeben.
„Zieh meine Shorts aus", befahl er im nächsten Moment und widmete sich wieder meinen Brüsten, die er abwechselnd mit seiner Zunge liebkoste. Mit zitternden Händen gehorchte ich und sein samtweicher und zugleich stahlharter Schwanz klatschte gegen meine Haut.
„Scheiße, fühlt sich das gut an", sagte er und rieb seine Härte an der Innenseite meines Oberschenkels. Seine Spitze war feucht und fand den Weg zwischen meine Beine. Er umfasste sich und fuhr mit seinem Glied an meiner Muschi auf und ab. Ich war so unglaublich feucht, dass er mühelos bis zu meinem Eingang glitt. Alles in mir zog sich erwartungsvoll zusammen. Obwohl das Vorspiel noch nicht lange dauerte, war ich schon unerträglich erregt und wünschte mir sehnlichst, ihn endlich in mir zu haben.
„Angel ..." Alle meine Gedanken verwirrten sich, als er langsam in mich eindrang. Meine Finger in seinen Schultern vergrabend, hielt ich für einen Moment den Atem an. Es war lange her, dass ich mit einem Mann zusammen gewesen war und im ersten Moment fühlte es sich komisch an. Das Gefühl löste sich nach wenigen Augenblicken in Wohlgefallen auf. Plötzlich war ich völlig hingerissen davon, wie er mich ausfüllte, wie er sich in mir bewegte. Es war so unglaublich schön und erfüllend, dass ich Angst vor dem Ende hatte.
„Ich hätte wissen müssen, dass du dich absolut perfekt anfühlen würdest, dass du so eng bist. Du hast keine Ahnung, wie oft ich

mir das schon vorgestellt habe." Er hatte von mir geträumt? Unglaublich. „Ich habe mich auch nach dir gesehnt", gestand ich, bevor ich mich zurückhalten konnte, und keuchte, als er besonders tief und fest in mich eindrang. Seine Hüften bewegten sich in einem schnellen Rhythmus, er trieb mich praktisch vor sich her, bis mein Körper zu brennen schien. Angel verdarb mich gerade für alle anderen Männer. Ich konnte mir nicht vorstellen, jemals wieder so etwas bei einem anderen zu spüren. Meine Lust baute sich nach und nach in mir auf, als hätte Angel einen Funken entzündet, der sich in mir auszubreiten begann und jeden Winkel meines Körpers in Flammen setzte. Zuerst war es mehr eine wohlige Wärme, die bald einer rasenden Hitze wich, die sich auf meinen Unterleib konzentrierte.

„Bist du bald soweit?" Seine von Anstrengung geprägte Stimme klang fremd und aufregend, ich nickte hastig und klammerte mich an ihn. Der nahende Höhepunkt schärfte meine Sinne. Ich nahm meinen Körper intensiver wahr als je zuvor. Meine Atmung vertiefte sich, meine Muskeln spannten sich an und mein Herzschlag wurde zum rhythmischen Echo meiner Lust. Angels Mund lag an meinem Hals, während sein Körper sich über mir bewegte. Er saugte an meiner empfindlichen Haut und entlockte mir ein Stöhnen, während ich gleichzeitig die Beine um seine Hüften schlang, damit er noch tiefer in mich eindringen konnte. Seine Lippen suchten die meinen. Er nahm meinen Mund so heftig in Besitz, dass ich den Druck fast als schmerzhaft empfand, und doch steigerte sein wilder Kuss mein Verlangen. Dann kam ich und die Gewalt meines Orgasmus erschütterte mich. Meine inneren Muskeln schlossen sich fest um Angels Glied und hielten ihn fest, als er sich schubweise in mich entleerte. Feuchte Hitze durchströmte meinen Körper. Ich schmolz förmlich dahin und lag schließlich erschöpft, aber glücklich unter ihm. „Gottverdammte Scheiße", brach es plötzlich aus ihm heraus und meine Glückseligkeit endete abrupt. Mein von Endorphinen durchfluteter Körper versteifte sich

angesichts des wütenden Untertons. „Was ... was ist denn los?“ Ich verstand nicht, was in ihn gefahren war. Er zog sich zurück und starrte zwischen meine Beine, und dann wurde mir klar, was ihn so aufregte. Sein Samen lief aus mir heraus. Wir hatten kein Kondom benutzt.
„Bitte sag mir, dass du die Pille nimmst.“
Musste er so angespannt und verärgert klingen?
„Nein“, antwortete ich leise und endgültig ernüchtert.
Er schüttelte den Kopf und sprang, nackt wie er war, aus dem Bett. Unruhig lief er hin und her und stieß leise Flüche aus. Er würdigte mich keines Blickes mehr. Mir tat das Herz weh vor Enttäuschung. Hastig rappelte ich mich auf, griff nach dem Nachthemd, das auf dem Boden lag, und eilte ins Bad, um mich zu säubern. Meine Gedanken wirbelten wild durcheinander.

Kapitel 8

Angel

Angespannt wartete ich auf ihre Rückkehr und versuchte, meine widersprüchlichen Gefühle in den Griff zu bekommen. Unruhe und Selbstvorwürfe überkamen mich. Warum um alles in der Welt konnte ich mich nicht beherrschen? Die Antwort fiel mir nicht schwer. Seit Monaten quälten mich Fantasien von Penny, wie ich sie unter mir begraben und ihre unglaublichen Titten mit Mund und Zunge verwöhnen würde, während ich in ihrer heißen, engen Muschi versank. Und es war verdammt geil gewesen, sie ohne Kondom zu ficken. So blöd es im Nachhinein auch klingen mochte, aber ohne Barriere in ihr zu sein, hatte mir den heftigsten Orgasmus beschert, an den ich mich je erinnern konnte. Ihre Zärtlichkeit ... ihre Hingabe ... und ihre Unerfahrenheit waren ein Aphrodisiakum, dem ich völlig erlegen war. Aber das durfte nie wieder geschehen. Das war Penny, nicht irgendein Groupie, das sich mit einer Nacht zufriedengab. Sie war jetzt schon unglücklich, weil ich so heftig reagiert hatte, aber verdammt, sie hätte vorher etwas sagen müssen. Nie im

Leben hätte ich sie ohne Kondom gefickt, wenn ich gewusst hätte, dass sie die Pille nicht nahm. Jetzt bereute ich diesen Moment der Schwäche und meine Dummheit, weil ich einfach davon ausgegangen war, dass sie verhütete. Wie ein geiler Teenager hatte ich meinen Trieben nachgegeben, ohne nachzudenken. Erschöpft rieb ich mir das Gesicht und holte tief Luft. Allein der Gedanke, Vater zu werden und eine Familie zu gründen, war für mich unvorstellbar. Ich war nicht bereit, diese Verantwortung zu tragen. Dafür hätte ich meinen Lebensstil einschränken müssen und so süß und lieb Penny auch war, sie konnte mir nicht dauerhaft geben, was ich brauchte. Zumindest redete ich mir das mehr oder weniger erfolgreich ein, seit ich im Tourbus meinen ersten erotischen Traum von ihr hatte. Ich fühlte mich wie in einem dunklen Labyrinth gefangen, ohne die geringste Chance, einen Ausweg zu finden. Statt mich zu beruhigen, vermehrten sich ungerechte Gedanken in meinem Kopf und in mir kochte die aufgestaute Wut hoch, als sie aus dem Bad kam und mich kaum eines Blickes würdigte. Stattdessen schnappte sie sich nur ein Kissen.
„Ich lege mich auf die Couch", erklärte sie, ohne mich anzusehen. Wie konnte sie so tun, als wäre nichts passiert?
Ich war verwirrt über ihr Verhalten und fing an, mich um Kopf und Kragen zu reden.
„Warum zum Teufel hast du mir verschwiegen, dass du nicht verhütest?", brach es mit gefährlich lauter Stimme aus mir heraus. „Du hast das Risiko, von mir geschwängert zu werden, einfach stillschweigend in Kauf genommen."
Ihr feuriger Blick traf meinen. „Du bist so ungerecht, schiebst mir die ganze Verantwortung in die Schuhe, wo doch immer zwei dazu gehören. Also wage es nicht, mich hier als leichtfertiges Miststück hinzustellen, wenn du genauso schuldig bist. Du hättest schließlich auch fragen können, ob es sicher ist. Wir haben beide den Kopf verloren."
Ihre Worte trafen mich wie eine Ohrfeige. In meiner Panik hatte

ich meine Unsicherheit auf sie projiziert und schämte mich dafür. „Du hast recht", gab ich reumütig zu und hasste mich dafür, dass ich es mir mit Penny wieder und wieder versaute. Dabei wollte ich das gar nicht. Aber der Gedanke, sie geschwängert zu haben, jagte mir eine Heidenangst ein. Ich liebte sie, auf meine Weise. Aber nicht genug, um auf andere Frauen zu verzichten und mit ihr eine Familie zu gründen. Und egal, wie gut sie mich und meine Vorlieben kannte, sie würde sich Hoffnungen machen. Dem musste ich einen Riegel vorschieben, bevor sie auf die Idee kam, mehr zu wollen.
„Penny ... das eben ... dir ist schon klar, dass das eine einmalige Geschichte war. Oder?"
Sie antwortete nicht, aber ihre Miene sprach Bände. Maßlose Enttäuschung stand ihr ins Gesicht geschrieben, und ich kam mir vor wie das verdorbenste Schwein auf Erden. Trotzdem zwang ich mich weiterzusprechen. „Das hätte wirklich nicht passieren dürfen. Ich mag dich, das weißt du, aber ... Scheiße, du bist nicht mal mein Typ."
Sie zuckte sichtlich zusammen und lächelte gequält. „Tja, tut mir leid, dass ich deine Erwartungen nicht erfülle. Aber das bin ich ja schon gewohnt. Scheint die Geschichte meines Lebens zu sein."
Wieder verfluchte ich meine Angewohnheit, einfach drauflos zu reden, ohne nachzudenken. „Penny, so habe ich das nicht gemeint. Was ich sagen wollte, ist, dass du viel zu gut für jemanden wie mich bist. Ich bereue es, dass ich uns beide in diese Situation gebracht habe."
Schweigen erfüllte den Raum. Meine Beziehung zu Penny wurde immer komplizierter und emotionaler, und ich hatte das Gefühl, dass sich das auch in Zukunft nicht ändern würde, nachdem ich es so vermasselt hatte.
Zerknirscht wartete ich auf ihre Reaktion. Penny hatte nicht einen nachtragenden Knochen im Leib und war gleichzeitig das mitfühlendste und warmherzigste Wesen, dem ich je begegnet

war. Das war der Grund, warum mir dieses Gespräch so schwerfiel. Wer wollte schon einem so lieben Geschöpf wehtun? Ich bestimmt nicht.
Aber du bist verdammt gut darin geworden.
Und ihr Gesichtsausdruck bestätigte das, auch wenn sie sich sichtlich Mühe gab, ihre Gefühle vor mir zu verbergen. Meine Penny war ein stolzes Mädchen, und sie hasste es wie die Pest, bemitleidet zu werden.
Sie ist nicht deine Penny, spätestens jetzt ist das vorbei.
Das musste ich mir eingestehen und hasste den Gedanken, dass die Leichtigkeit zwischen uns wohl endgültig der Vergangenheit angehörte. Erst meine unbedachten Äußerungen nach der Premierenfeier und jetzt das ...
Scheiße.
„Es wäre besser, wenn du gehst", sagte sie schließlich, und die Kälte in ihrer Stimme ließ mich trotz der Wärme im Raum innerlich erschauern.
„Du hast gerade gezeigt, wie wenig dir das alles bedeutet. Aber keine Sorge, ich habe nicht vor, dir dein schönes Rockstarleben zu verderben, indem ich dich mit meinen unerwünschten Gefühlen belästige. Außerdem solltest du etwas bescheidener sein. Zu unterstellen, dass es mir das Herz bricht, weil du nichts Dauerhaftes von mir willst, ist unverschämt. So gut warst du auch wieder nicht."
Okay, die giftige Bemerkung war verdient. Dennoch kaufte ich ihr diese Gleichgültigkeit keine Sekunde ab. Sie spielte mir etwas vor. Sie baute eine tapfere Fassade auf, um sich vor weiteren Demütigungen zu schützen.
Es tut mir so leid. Ich wünschte, ich hätte mich wenigstens einmal nicht wie ein verdammter Egoist verhalten.
Aber ich musste ja unbedingt meine Fantasien ausleben und von der verlockenden Frucht kosten. Nur zu welchem Preis? Irgendwie ahnte ich, dass ich das Ausmaß dessen, was ich zwischen uns zerstört hatte, noch gar nicht richtig begriffen hatte.

Verzweifelt bemühte ich mich um Schadensbegrenzung. „Auch wenn du mir nicht glaubst, aber du verdienst einen anständigen Kerl. Nicht so einen wie mich. Und was unseren kleinen Unfall betrifft ..."

Mitten im Satz brach ich ab, ihr kältegetränkter Gesichtsausdruck traf mich wie ein eisiger Windstoß bis ins Mark. Das Grün in ihren Augen verdunkelte sich. Gewöhnlich war ihr Blick so warm und voller Vertrauen, jetzt schien er direkt durch mich hindurchzugehen. Sie verschloss sich vor mir und zeigte keine Regung mehr. Eine starre Maske aus Gleichgültigkeit.

„Als Erstes möchte ich nie wieder hören, dass du eine Schwangerschaft als Unfall bezeichnest. Schon gar nicht, wenn sie möglicherweise mich betrifft. Aber ich sollte mich wohl nicht über deine Wortwahl wundern", fügte sie verächtlich hinzu. „Wenn du mich wirklich geschwängert hast, kann ich dich beruhigen. Du kannst deinen verkommenen Lebensstil weiterführen. Ich bin ein großes Mädchen und kann auf mich selbst aufpassen und brauche keinen Kerl, der nur aus Pflichtgefühl ab und zu vorbeischaut und ein paar dicke Schecks hinterlässt."

In diesem Moment überkam mich die Gewissheit, etwas unwiederbringlich zerstört zu haben. Es war meine Schuld, dass sie die Situation und vor allem mich so zynisch analysierte. Damit würde ich leben müssen, ob ich wollte oder nicht. In mir keimten Reue und der Wunsch, alles wieder gut zu machen und ihr zu versichern, dass ich für sie und das Kind, sollte eines entstanden sein, da sein würde. Aber konnte ich das auf Dauer garantieren?

Zu feige, ihr Versprechungen zu machen, die ich am Ende nicht halten konnte, stand ich auf und zog mich an, um so schnell wie möglich zu verschwinden und ihrem vorwurfsvollen Blick zu entkommen. Vielleicht konnte Drew mir einen Rat geben. Schließlich war er der Vernünftige in unserer Gruppe, und nach der Sache mit Emberlee kannte er sich mit schwierigen Entscheidungen aus. Wenn jemand wusste, was es bedeutete,

jemanden zu verletzen, der einem etwas bedeutete, dann er.
Er wird dir den Hals umdrehen, wenn er erfährt, was du getan hast.
Verdammt, wohin ich auch ging und was ich auch tat, ich hinterließ verbrannte Erde. Hastig zog ich mich an und lief zur Tür: Dort drehte ich mich noch einmal um und sah sie an. Sie sah so traurig und einsam aus, wie sie da vor dem Bett stand und das Kissen schützend vor sich hielt. Diese Geste versetzte mir einen Stich, ich fühlte mich beschissen.
„Ich gehe jetzt, aber wir sehen uns in ein paar Tagen wieder. Vielleicht können wir dann beide wieder klarer denken."
„Oh, ich bin klar. Klarer als je zuvor in meinem Leben", antwortete sie mit gespielter Freundlichkeit. Sie lächelte mich ironisch an, bevor sie einen Seufzer ausstieß. „Bitte geh, bevor ich noch etwas sage, was ich bereuen werde."
„Ich will mich nicht streiten, Penny. Schon gar nicht mit dir."
„Das weiß ich, aber im Moment muss ich das alles erst einmal verdauen."
„Anscheinend habe ich ein besonderes Talent dafür, alles zu zerstören, was mir wichtig ist", stellte ich fest. „Vielleicht hattest du Recht. Für dich wäre eine professionelle Beziehung besser gewesen."
„Für dich nicht?"
„Nein. Ich bereue einiges in meinem Leben, aber deine Freundschaft gehört nicht dazu. Wir sehen uns."
Ich verließ ihr Zimmer und dann ihre Wohnung.

***

Die nächste Zeit brachte einige Veränderungen. Miles konnte nach einigen Tagen aus dem Krankenhaus entlassen werden und schwebte mit seiner Missy im siebten Himmel, nachdem sie alle Missverständnisse und Hindernisse aus dem Weg geräumt hatten. Er hatte sich mit Keith ausgesprochen und sie fingen wieder bei null an. Sogar Nixon kam wieder auf die Beine, weil

Georgie ihm erneut vertraute und ihn wieder in ihr Leben ließ. Was die beiden verband, war mir nicht ganz klar, aber solange er glücklich war, und dank ihr keine Dummheiten mehr anstellte, sollte es mir recht sein. Vor allem, weil seine Mutter wieder mit seinem ehemaligen Stiefvater zusammen war. Nixon hatte sich nie gut mit dem Kerl verstanden, und Georgies Einfluss unterdrückte die Aggressionen, die der Kerl in Nix auslöste.

Und was Drew betraf ... Ich hatte schlussendlich doch nicht mit ihm über Penny gesprochen. Ich wusste, dass er enttäuscht sein würde, wenn ich ihm gestand, was für einen Mist ich gebaut hatte, und da sie so tat, als wäre nie etwas zwischen uns gewesen, und sich zumindest vor den anderen völlig normal verhielt, hielt ich den Mund und hoffte, dass wir irgendwann wieder einen Punkt erreichen würden, an dem wir wieder normal miteinander umgehen konnten. Solange sie nicht schwanger war, nachdem ich Idiot zum ersten Mal überhaupt kein Kondom benutzt hatte.

Der Gedanke, eventuell Vater zu werden, lag mir wie ein Stein im Magen und ich wartete angespannt auf eine entsprechende Nachricht von Penny. Als sie sich dahingehend nicht rührte, fing ich sie einige Wochen später in einer ruhigen Minute ab, um sie danach zu fragen. So langsam müsste sie doch wissen, ob unser Zusammensein Folgen hatte. Penny schaute mich nur ausdruckslos an und meinte, der Zeitpunkt sei relativ ungefährlich gewesen und eine Schwangerschaft daher sehr unwahrscheinlich.

Verdammt, war ich erleichtert nach dieser Antwort! So erleichtert, dass ich die Last, die von mir abfiel, nicht versteckte und sie damit nur noch mehr verletzte. Als ich merkte, wie meine Reaktion auf sie wirken musste, war es schon zu spät. Sie ließ mich ohne ein weiteres Wort stehen und die Kluft zwischen uns war größer denn je. Trotzdem hoffte ich, dass sich unsere angeknackste Freundschaft irgendwie erholen würde. Die Zeit

heilte doch alle Wunden, oder? Irgendwann würde sie mir verzeihen und zur Tagesordnung übergehen. Wir brauchten Penny nicht nur als Freundin und Vertraute, sondern auch wegen ihrer organisatorischen Fähigkeiten, da wir beruflich neue Wege gingen. Mit Keith hatten wir unser eigenes Label gegründet und waren nicht mehr von Morton abhängig. Er und seine überzogenen Moralvorstellungen, an die er sich übrigens selbst nicht gebunden fühlte, konnten uns gepflegt am Arsch lecken.
Keith war nicht nur ein genialer Manager, er würde das Label auch erfolgreich führen, mit uns als gleichberechtigten Partnern. Er hatte darauf bestanden, damit wir musikalisch nie in die Situation kamen, aufgrund äußerer Einflüsse Mist produzieren zu müssen, weil Typen wie Morton meinten, sie hätten die Weisheit des Musikbusiness mit Löffeln gefressen. Morton war natürlich nicht besonders glücklich darüber, dass wir den Vertrag nicht verlängert hatten, und noch wütender war er, weil wir unsere ehemalige Vorband *The Edge of Nowhere* unter Vertrag genommen und Morton den Deal mit den Jungs vor der Nase weggeschnappt hatten.
Dumm gelaufen! Jetzt waren sie bei DAMN-Records - der Name des Labels war ein Anagramm aus den Anfangsbuchstaben unserer Vornamen - und die Band war verdammt glücklich, mit unserer Unterstützung ihre Karriere voranzutreiben. Keiner von ihnen mochte Calvin Morton, sie hielten ihn für ein Arschloch. Deshalb vertrauten uns Killian, Colton, Zander und Drummer Shade, ohne zu zögern, ihre Karrieren an. Eine Win-Win-Situation. Es war abzusehen, dass sie in naher Zukunft wie wir die größten Hallen füllen würden.
Ich betrat den Proberaum der Villa. Es war die erste Probe, seit Miles aus dem Krankenhaus entlassen worden war, und wir alle konnten es kaum erwarten, wieder das zu tun, was wir am besten konnten: Musik machen.
„Hey, ihr Nerds, alle schon da, wie ich sehe", grüßte ich grinsend in die Runde. Nixon saß bereits hinter seinem Schlagzeug,

umringt von Becken und Trommeln, und zeigte mir den Stinkefinger, während der Rest grölte.
„Beweg deinen Arsch hierher und lass uns endlich anfangen", forderte Miles ungeduldig. Seit er seine Missy wiederhatte, sprühte er förmlich vor Energie und ich musste zugeben, dass ich manchmal ein bisschen neidisch war, weil er so unglaublich zufrieden wirkte. Kaum zu glauben, dass ihm eine Frau genügte, aber er schaute keine andere mehr an.
Ich griff nach meiner Bassgitarre und strich prüfend über die Saiten, bevor ich den Verstärker aufdrehte. Das Brummen ließ den Raum vibrieren. Mit einem Kopfnicken signalisierte ich den anderen, dass ich bereit war, und schon erklangen die ersten Töne von Miles' neuestem Song. Selbstvergessen glitten meine Finger über die Saiten, ich entlockte dem Instrument kraftvolle Töne, auch die anderen legten los. Kurz darauf hörten wir Miles' rauchige Stimme.
„Rise up and raise your voice today, in a world of chains and restraints. Let the barriers fall, let your dreams fly. It's time to celebrate the freedom, it's time to defy."
Der Song war so etwas wie unser musikalischer Befreiungsschlag von *Morton Records* und ein klarer Seitenhieb auf Calvin. Er würde wahrscheinlich ausflippen, wenn er den Song zum ersten Mal hörte. Mich hingegen erfüllte der Text mit Zufriedenheit und Genugtuung. Die Basslinie, die ich dem Instrument entlockte, unterstützte Miles' Gesang und gab dem Lied eine kraftvolle Grundlage.
Wir spielten eine gute Stunde, bis wir genug hatten und beschlossen, für heute Schluss zu machen. Als unsere Instrumente und Miles' Stimme verstummten, lächelten wir uns an, glücklich, einen wichtigen Schritt in unsere Zukunft gemacht zu haben. DAMN-Records würde von nun an unser musikalisches Zuhause sein, und niemand würde uns je in unsere Musik reinreden. Wir waren frei.
Alles könnte perfekt sein, wäre da nicht die Sache mit Penny.

Ich verdrängte den Gedanken an sie und verließ schließlich mit den anderen den Proberaum.
„Hey, hat jemand Lust auf eine Pizza bei Mario?", fragte Drew in die Runde. Mario war ein alter Freund von uns und früher Gitarrist in einer befreundeten Band, bevor er das Restaurant seines Großvaters in Brooklyn übernommen hatte. Jetzt spielte er nur noch zum Spaß und zur Entspannung in seinen eigenen vier Wänden.
„Sorry, ich habe Besseres zu tun", erklärte Nixon mit einem eindeutigen Hüftschwung. Drew zog eine Augenbraue hoch. „Ich dachte, du fickst Georgie nicht."
„Tue ich auch nicht, ich treffe mich mit jemand anderem. Außerdem weißt du ganz genau, dass es mir bei Georgie nicht ums Ficken geht. Mit ihr ist es anders. Ich würde meinen unwürdigen Schwanz nicht einmal in die Nähe ihrer Muschi lassen", erklärte er voller Selbstverachtung. „Fürs Ficken habe ich genug andere Optionen. Georgie würde bei meinen Vorlieben sowieso schreiend das Weite suchen."
„Armes Ding, sie muss also warten, bis du deine Triebe befriedigt hast, bevor sie dich wiedersehen kann", neckte Miles. Wir hörten alle, dass er es nicht ganz ernst meinte. Alle außer Nixon natürlich. Er schnaubte ungnädig. „Als ob ... ich würde Georgie niemals wegen eines unwichtigen Ficks versetzen. Sie ist nicht in der Stadt, sie ist auf einer Fortbildung." Nixons Miene verfinsterte sich noch ein wenig mehr. „Sie lernt, wie man Bäume richtig zuschneidet", fügte er so düster hinzu, dass meine Mundwinkel zuckten. „Sie wird die ganze Woche weg sein, weil ihr blöder Chef darauf bestanden hat, dass sie an diesem Seminar teilnimmt. Sie war total begeistert. Könnt ihr das glauben? Dabei hätte sie mit mir viel mehr Spaß gehabt."
Dass ausgerechnet unser gepiercter, über und über tätowierter Schlagzeuger und Frauenmagnet mit ein paar Bäumen und Pflanzen um die Aufmerksamkeit eines Mädchens buhlen musste, erschien mir so absurd, dass ich in haltloses Gelächter

ausbrach. Die anderen ließen sich anstecken, woraufhin Nixon uns den Stinkefinger zeigte – irgendwie seine Lieblingsgeste in der letzten Zeit - und uns fluchend verließ. „Leckt mich am Arsch“, rief er uns noch über die Schulter zu, bevor er über die Treppe nach oben verschwand.
Nachdem wir uns etwas beruhigt hatten, sagte auch Miles ab. Er war mit Missy zum Essen verabredet, also blieben nur noch Drew und ich übrig. Der sah mich fast schon flehend an. „Bitte sag nicht, dass du auch keine Zeit hast.“
Ich legte Drew freundschaftlich den Arm um die Schulter. „Hey, ich lasse mich von keiner Frau an die Leine legen. Du kannst dich auf mich verlassen. Apropos Frau ... ist Summer nicht in der Stadt?“
Summer, eine sehr erfolgreiche Fitness-Influencerin, mit der Drew seit einigen Monaten eine lose Beziehung führte, war immer viel unterwegs, daher sahen sie sich nicht allzu oft und nutzten jede Gelegenheit, um sich zu treffen. Wenn sie es einrichten konnten, verschwanden sie die ganze Zeit in einem Schlafzimmer und vögelten sich die Seele aus dem Leib. Ansonsten lebte Drew fast wie ein Mönch. Keine Groupies mehr, davon hatte er nach der Trennung von Emberlee genug gehabt, und ich war bis heute davon überzeugt, dass ihm das exzessive Ficken damals nicht einmal Spaß gemacht hatte. Es war nur ein Weg gewesen, sich selbst zu beweisen, dass er Emberlee einen Gefallen getan hatte, als er mit ihr Schluss gemacht hatte.
„Sie hat kurzfristig ein Shooting für eine neue Bademodenlinie. Sie kommt erst in zwei Tagen zurück.“
„Dann wird es wohl ein reiner Männerabend“, antwortete ich und war insgeheim froh, heute nicht allein zu sein. Natürlich hätte ich eine meiner weiblichen Bekannten anrufen können, um Gesellschaft zu haben, aber seit dem Sex mit Penny hatte ich mich nicht mehr dazu überwinden können, eine andere anzufassen. Keine hatte mich ausreichend erregt, und ich fragte mich, wann meine Libido wieder erwachen würde.

Kapitel 9

Angel

Drew und ich fuhren mit meinem Camaro nach Brooklyn. Als wir das kleine italienische Restaurant betraten, stieg mir sofort der köstliche Duft von Knoblauch, frischem Basilikum und herrlich fruchtiger Tomatensauce in die Nase. Das Lokal war klein, aber unheimlich gemütlich, mit warmen Holzmöbeln und einer nostalgisch authentischen Atmosphäre, die an eine echte Trattoria in Italien erinnerte.

Nono, Marios Großvater, legte großen Wert darauf, dass die Gäste hier die Lebensfreude und Herzlichkeit seiner alten Heimat spürten. Mario kam uns schon mit einem breiten Grinsen entgegen. Er sah verdammt gut aus mit seinen rabenschwarzen Haaren und den dunklen Augen, eigentlich schade, dass er sein Rockstardasein gegen den harten Job des Restaurantbesitzers eingetauscht hatte, aber er war glücklich, das sah man ihm an. Und das war schließlich die Hauptsache.

„Angel ... Drew ... schön, euch zu sehen. Das letzte Mal ist schon eine Weile her.“

Nach dem üblichen Begrüßungsgeplänkel aus freundschaftlichem Schulterklopfen und rauen Männerumarmungen führte er uns zu einem Tisch abseits des Trubels. Noch während wir uns setzten, ließ ich meinen Blick durch den Raum schweifen, um die Umgebung genauer in Augenschein zu nehmen. Wie fast immer, wenn wir hier zu Gast waren, waren die meisten Gäste etwas älter. Die gedämpften Klänge ruhiger Gespräche schufen eine angenehme Atmosphäre. Meistens saßen Paare an den Tischen, keine größeren Gruppen oder Familien, was sicher daran lag, dass die Kinder um diese Zeit wohl schon schliefen. Nicht, dass ich eine Ahnung gehabt hätte, wann die kleinen Schreihälse normalerweise ins Bett geschickt wurden. Ich nahm gerade die Speisekarte von Mario entgegen, als mir ein Tisch auffiel, an dem zwei junge Frauen saßen. Aus Gewohnheit checkte ich sie ab. Jedenfalls die, die nicht mit dem Rücken zu mir saß, und mir gefiel, was sie optisch zu bieten hatte. Blondes, seidiges Haar umspielte in weichen Locken ihre Schultern und ihr hübsches Gesicht. Sie schaute auch in meine Richtung und ihre ganze Haltung straffte sich ein wenig. Sie saß aufrechter, sodass sich ihre üppigen Brüste unter dem engen Kleid abzeichneten. Ihr Gesichtsausdruck, der vorher eher neutral gewesen war, wirkte nun aufgeregt. Ich war mir nicht sicher, ob sie mich erkannte oder ob ich ihr einfach gefiel, jedenfalls verzog sie den Mund zu einem verheißungsvollen Lächeln. Vor ein paar Wochen hätte ich nicht gezögert, ihr zu signalisieren, dass ich sie sehr attraktiv fand, und sie direkt angesprochen. Schüchternheit konnte man mir nicht vorwerfen. Stattdessen saß ich da und mein nutzlos gewordener Schwanz rührte sich nicht. Verdammt, seit dem Morgen in Pennys Wohnung hatte ich keine andere Frau mehr mit ins Bett genommen. Es fühlte sich einfach immer falsch an. Als hätte sie meinen Schwanz an einer unsichtbaren Leine. Scheiße!

„Hey, bist du noch bei uns?"

Auf Drews Frage hinwandte ich den Blick von der Blondine ab

und sah ihn an. „Klar“, antwortete ich so lässig wie möglich und schnappte mir die Speisekarte, die Mario mir reichte. Auch Drew hatte seine schon in der Hand und studierte nun mit leicht gerunzelter Stirn das Angebot, als fiele es ihm schwer, sich zu entscheiden.

„Gibt es heute etwas Besonderes, das du empfehlen kannst?“

Drew liebte die italienische Küche und probierte immer gerne etwas Neues aus. Mario war sofort in seinem Element. Auch wenn ich es bedauerte, dass er sein musikalisches Talent ungenutzt ließ, konnte ich nicht leugnen, dass er in diesem Restaurant seiner wahren Berufung nachging.

„Als Vorspeise kann ich euch heute hausgemachte Arancini anbieten. Das sind frittierte Reisbällchen mit einer Füllung aus Fleisch, Käse oder Gemüse. Als Alternative empfehle ich Vitello tonnato. Das sind dünne Scheiben von gekochtem Kalbfleisch, die mit einer Thunfischsauce serviert werden. Köstlich, auch wenn die Kombination auf den ersten Blick etwas seltsam klingt.“

Drew und ich tauschten einen kurzen Blick aus und verstanden uns auch ohne Worte. Lächelnd klappte er die Speisekarte zu. „Dann nehme ich die Arancini und Angel nimmt das Kalbfleisch, oder?“

Er bestätigte das. Wir würden uns ohnehin gegenseitig etwas von den Tellern klauen, um von beidem probieren zu können. Mario tippte die Bestellung in sein Gerät, damit die Vorbereitungen in der Küche beginnen konnten, bevor er sich uns wieder zuwandte. „Wollt ihr das Hauptgericht schon bestellen oder noch warten?“

„Ich weiß schon, was ich will“, antwortete Drew. „Als Hauptgericht möchte ich Pollo alla Cacciatora.“

„Für mich Pasta al Pomodoro“, ergänzte ich.

Nachdem wir unser Essen bestellt hatten, fragte Mario nach unseren Getränkewünschen.

„Wein wäre gut“, sagte Drew.

„Probiert doch mal den Chianti Classico aus der Toskana. Der würde gut zu beiden Gerichten passen."
Wir stimmten zu und Mario vermerkte auch das. Dabei lächelte er die ganze Zeit ziemlich breit.
„Du scheinst heute sehr gut gelaunt zu sein", bemerkte ich amüsiert. „Gibt es dafür einen besonderen Grund?"
„Um ehrlich zu sein, ja! Ich habe endlich eine Verabredung mit einer ganz besonderen Frau, nachdem sie mich so oft abgewiesen hat. Deshalb wird sich ab jetzt Nonno um euch kümmern. Sie müsste jeden Moment auftauchen, und dann werde ich nur noch Augen für sie haben."
„Du triffst sie in deinem eigenen Restaurant?"
Drew schien zwischen Lachen und Kopfschütteln zu schwanken und Mario zuckte lässig mit den Schultern. „Warum denn nicht? Hier weiß ich, dass alles stimmt. Vom Ambiente bis zum Essen."
„Wer ist denn die Glückliche?"
Mario zögerte merklich mit der Antwort, fast so, als wäre es ihm unangenehm, mit uns darüber zu sprechen. Was absurd war. Es war mir egal, welchem Rock er nachstieg. Doch dann überkam mich eine Ahnung und meine Gelassenheit begann sich aufzulösen. Mario hatte Penny monatelang vergeblich um ein Date gebeten, jedes Mal, wenn sie uns hierher begleitete. Sie wirkte immer etwas irritiert, als könne sie nicht verstehen, warum ein heißer Typ wie er mit jemandem wie ihr ausgehen wollte. Manchmal wollte ich sie schütteln, weil sie ihre eigene Attraktivität so unterschätzte. Hatte sie keinen Spiegel? Ihre wunderbaren Kurven, ihre hübschen Augen, ihr volles dunkles Haar und ihr weicher Mund konnten einen Heiligen in Versuchung führen.
„Wer ist sie?", fragte ich noch einmal. Diesmal deutlich schärfer, was mir einen seltsamen Blick von Drew einbrachte.
Gerade als Mario antworten wollte, betrat eine mir bekannte Frau den Raum und meine Vermutung bestätigte sich. Es war

Penny. Mario räusperte sich. „Entschuldigung. Sie ist hier. Wenn ihr etwas braucht, Nonno wird euch jeden Wunsch erfüllen.“

Mario zog sich zurück, und zwar verdammt schnell. Normalerweise war er niemand, der Konfrontationen aus dem Weg ging. Er stand mit beiden Beinen im Leben und besaß ein gesundes Selbstbewusstsein, aber was auch immer er in meinem Gesichtsausdruck zu lesen glaubte, es veranlasste ihn, sich so schnell wie möglich aus meiner Reichweite zu entfernen.

„Heilige Scheiße, ist das unsere Penny?“

Drew klang überrascht, dann lachte er. „Ehrlich, ich hätte nie gedacht, dass er sie am Ende doch noch kriegt. Vielleicht sehen wir Mario in Zukunft öfter.“

Glaubte er wirklich, dass Penny sich auf Mario einlassen würde? Mir wurde schlecht. „Es ist nur ein verdammtes Essen, mach nicht mehr daraus, als es ist“, fuhr ich ihn so aggressiv an, dass er sofort begriff, was hier los war. Vor allem, als Penny uns entdeckte und bei meinem Anblick ein schmerzlicher Ausdruck über ihr Gesicht huschte, weil sie für einen Moment ihre Mimik nicht unter Kontrolle hatte. Gleich darauf fing sie sich wieder und hob die Hand zum Gruß, um sich dann mit einem Lächeln Mario zuzuwenden, der sie gerade erreichte und mit einem für meinen Geschmack viel zu langen Kuss auf die Wange begrüßte. Musste sie sich so eng an ihn schmiegen? Bestimmt spürte er die weichen Rundungen ihrer schönen Brüste. In mir erwachte etwas, das ich so noch nie erlebt hatte: Nackte Eifersucht auf einen Mann, den ich eigentlich als Freund ansah. Nur dass ich ihm in diesem Moment am liebsten den Schädel eingeschlagen hätte, weil er sich an Penny herangemacht hatte.

„Ich wusste, mit euch beiden stimmt was nicht“, rief Drew. „Sag jetzt bloß nicht, du hast was mit Penny angefangen und sie dann abserviert? Ich bin nicht blöd, ich habe gemerkt, dass sich zwischen euch etwas verändert hat und dass sie plötzlich mit Mario ausgeht, nachdem er monatelang vergeblich versucht hat,

sie zu einem Date zu überreden, kann doch kein Zufall sein, oder? Für mich sieht das so aus, als ob sie Trost sucht, weil ein anderer ihr das Herz gebrochen hat." Er sah mich vorwurfsvoll an. „Korrigier mich, wenn ich falschliege."
Mit dieser Vermutung sicherte sich Drew wieder meine ungeteilte Aufmerksamkeit. Scheiße, wie sollte ich da wieder rauskommen? Abgesehen davon kam ein „Geständnis" nach dieser Reaktion für mich nicht in Frage. Drew würde mich umbringen, wenn ich ihm die Wahrheit sagte.
„Du redest Unsinn! Zwischen mir und Penny ist alles wie immer", erwiderte ich unwirsch.
Drews Mimik verriet Skepsis, aber wenigstens hörte er vorerst auf, mich auszufragen. Allerdings ließ er nicht davon ab, mich weiterhin eingehend zu mustern. Als versuche er, aus dem, was er in meinem Gesicht zu erkennen glaubte, schlau zu werden. Sein durchdringender Blick machte mich nervös.
„Kannst du bitte aufhören, mich so anzustarren?", fuhr ich ihn genervt an.
„Entschuldige, aber ich kaufe dir einfach nicht ab, dass zwischen euch nichts läuft. Du bist seit einiger Zeit nicht du selbst."
„Das bildest du dir nur ein."
„Ach, wirklich? Man sieht dich nicht mehr mit Frauen, und ich frage mich langsam, was der Grund dafür ist, dass du dein Dasein als männliche Schlampe gegen das eines Mönchs eingetauscht hast."
Drew verfügte schon sein jeher über eine gute Beobachtungsgabe und die Fähigkeit, andere Menschen zu durchschauen. Sollte ich ihm vielleicht doch alles erzählen? Natürlich würde er wütend werden, und ich dürfte mich nicht einmal beschweren. Ich hasste mich dafür, dass ich der Versuchung nachgegeben und mit Penny geschlafen hatte. Andererseits machte es mich verrückt, mit niemandem darüber reden zu können. Mich Drew anzuvertrauen, würde eine schwere Last von meinen Schultern nehmen, auch wenn er mich für meinen Fehler vermutlich

verprügeln würde, sobald wir das Restaurant verließen. Während ich innerlich mit mir rang, führte Mario sie auf die andere Seite des Lokals. Von meinem Platz aus hatte ich immer noch einen guten Blick auf die beiden und vergaß völlig, mir Gedanken über Drews mögliche Reaktion zu machen. Live zu sehen, wie Mario wirklich alle Register zog und seinen Charme wie eine Waffe einsetzte, machte mich krank. Ich hatte ihn schon als Musiker in Aktion gesehen und wusste, wie gut er bei den Frauen ankam. Penny schien keine Ausnahme zu sein. Ihr schüchternes Lächeln und ihre geröteten Wangen verrieten, dass sie seine Schmeicheleien genoss.

„Oh Scheiße, du hattest wirklich was mit ihr", stieß Drew in diesem Moment aus und klang enttäuscht und ungläubig zugleich. Na super! Ich schluckte und konnte seinem Blick nicht ausweichen.

„Alter, was hast du dir dabei gedacht? Ausgerechnet Penny ..."

„Das war nicht geplant, okay!"

Sich unter Druck gesetzt zu fühlen, war alles andere als angenehm, zumal sie offensichtlich kein Problem damit hatte, das mit uns hinter sich zu lassen. Während ich es nicht schaffte, meinen alten Lebensstil fortzusetzen. Und wofür? Um jetzt zu sehen, wie sie sich Mario an den Hals warf?

Das nagte an mir, und ich beschloss, meine ungeplante Abstinenz zu beenden und für die kommende Nacht eine Frau aufzureißen. Koste es, was es wolle! Und zwar hier und jetzt, damit Penny es auch mitbekam. Es sollte ein Befreiungsschlag werden, und ich wusste auch schon, welche es werden sollte. Die hübsche Blonde zwei Tische weiter, die mir schon mit ihrem Lächeln signalisiert hatte, dass sie nicht abgeneigt wäre, mich näher kennen zu lernen. Vorher musste ich aber noch etwas mit Drew klären. Sein vorwurfsvoller Gesichtsausdruck ging mir nämlich auf die Nerven. „Ich weiß, was du jetzt denkst, aber Penny ist eine erwachsene Frau und ich habe sie zu nichts gezwungen. Zum Vögeln gehören immer zwei und das mit uns ist schon ein paar Wochen her. Hat sie gekündigt? Nein! Hat sie nicht. Penny ist immer noch bei uns, also hör auf, mich anzusehen, als hätte ich die nächste Assistentin vergrault. Sie ist diejenige, die schon mit dem Nächsten ausgeht, während ich aus Respekt darauf verzichtet habe, vor ihr mit anderen Frauen rumzumachen. Penny hat kein Problem mit irgendwelchen unerwiderten Gefühlen. Wäre es anders, wäre sie schon lange weg."

Drew schüttelte den Kopf. „Ich glaube, du machst dir etwas vor. Sie ist niemand, der andere im Stich lässt, schon gar nicht jetzt, wo gerade so viel Neues auf uns zukommt. Sie würde lieber still leiden, als uns in dieser Situation hängen zu lassen."

„Dann brauchst du dir ja keine Sorgen zu machen", antwortete ich aalglatt und wurde von einem jungen Kellner gestört, der uns die Vorspeise brachte, bevor ich noch mehr sagen konnte. Froh über die Unterbrechung begann ich kurz darauf zu essen. Dabei vermied ich allzu auffällige Blicke auf Penny, konnte es aber nicht lassen, sie ab und an zu beobachten, und was ich sah, gefiel mir gar nicht.

Mitzuerleben, wie meine Penny in Marios Gesellschaft aufblühte, tat fast körperlich weh. Sie lachte, alles an ihr, von der Mimik bis zur Gestik, wirkte gelöst und entspannt. Es zerriss mich innerlich, weil sie mir gegenüber immer so zurückhaltend war. Fast so, als traue sie sich nicht, einfach sie selbst zu sein und damit meinen Ansprüchen nicht zu genügen. Dabei war ich es, der nicht gut genug war. Das leckere Essen schmeckte plötzlich nicht mehr. Was war los mit mir? Sollte ich nicht froh sein, wenn sie sich jemand anderem zuwandte? Eine glückliche Penny in Marios Armen würde sich nicht mehr damit beschäftigen, mir wegen unseres One-Night-Stands böse zu sein. Ich wäre auf einen Schlag alle Probleme los. Aber nein, der gierige Mistkerl in mir wollte weiterhin all ihre Gefühle und Sehnsüchte für sich beanspruchen. Was mich zu einem Megaarschloch machte! Ich hatte immer deutlich gemacht, dass ich kein Interesse an einer festen Beziehung hatte, dass ich meine Freiheit wollte und keine emotionalen Verstrickungen brauchte. Ich war nicht bereit, mich zu binden. Und doch saß ich hier, konnte den Blick nicht von ihr wenden und sah grün vor Neid zu, wie Mario ihr einen tollen Abend bereitete.

Denkst du, ihr ist es in all der Zeit anders ergangen, flüsterte mir meine superschlaue, nervige Hinterkopfstimme ins Ohr. *Du wusstest doch immer, dass sie dich mehr mag, als gut für sie ist, und hast trotzdem mit all den anderen Frauen vor ihrer Nase rumgemacht.*

Mein Gewissen hatte Recht. Hatte ich deshalb in letzter Zeit keine Frauen mehr angemacht? Um ihr weiteren Kummer zu ersparen? Nicht einmal als unreifer Teenager musste ich eine so lange Zeitspanne ohne Sex auskommen, geschweige denn als Erwachsener. Um ehrlich zu sein, fiel es mir nicht einmal schwer, mich mit meiner Hand unter der Dusche zu begnügen, weil sich mein Schwanz nur noch nach einer Frau sehnte. Aber, so wie es aussah, würde ich nie wieder in den Genuss kommen, mich in Penny zu verlieren, und das war allein meine Schuld, weil ich zu festgefahren und verbohrt war, um etwas an meinem Leben zu ändern. Mit Veränderungen kam ich nicht gut klar und das Business hatte eine bestimmte Erwartungshaltung an seine Rockstars. Wir sollten die gängigen Klischees erfüllen und ich hatte mein Bestes getan um dem zu entsprechen. Und Penny, meine süße Penny … sie hatte dabei zugesehen, so lange Zeit und nun hatte sie endlich begriffen, dass ich ihrer nicht würdig war und orientierte sich anderweitig. Womit ich leider kein bisschen klarkam, sonst würde ich nicht hier sitzen und mit meinen Blicken Löcher in Marios Rücken brennen. Tatsächlich wünschte ich mir nichts sehnlicher, als zu ihm zu gehen und ihm klarzumachen, dass er seine Pfoten von ihr lassen sollte.

Lustlos stocherte ich in meinem Essen herum und erstickte jeden weiteren Versuch von Drew, mit mir ins Gespräch zu kommen. Plötzlich stand Penny auf und ging zur Toilette, während Mario zurückblieb. Als wäre ich fremdgesteuert, erhob ich mich ebenfalls, entschlossen, ihr zu folgen und sie zur Rede zu stellen. War es unfair von mir, ihr vielleicht den Abend zu verderben? Vermutlich, aber ich konnte nicht anders, die Eifersucht, der Wunsch zu verstehen, warum sie plötzlich mit ihm ausging, siegte über meine Vernunft.

„Hey, was hast du vor?" Drew sah mich mit gerunzelter Stirn an.

„Nichts, iss weiter, ich komme gleich wieder", antwortete ich und ging los. Bei jedem Schritt schlug mein Herz schneller, denn insgeheim wusste ich, dass dieses Gespräch unangenehm werden könnte.

Entschlossen folgte ich ihr und erreichte den schmalen Gang, der zu den Toiletten führte. Das Gemurmel der Gäste auf dem Weg dorthin verstärkte meine innere Unruhe, anstatt sie zu beruhigen.

Tu es nicht, du machst dich lächerlich und wirst sie wieder unnötig verletzen, mahnte mich mein Gewissen, aber der unwiderstehliche Drang, mit ihr zu reden, überwog bei weitem meine Vernunft. Der schwach beleuchtete Gang war eng, an den Wänden hingen Schwarzweißfotos von Nonnos alter Heimat. Nichts davon berührte mich, in Gedanken bereitete ich mich längst auf die bevorstehende Konfrontation vor. Sie würde nicht erfreut sein, mich zu sehen. Hätte sie mit mir reden wollen, wäre sie sicher zu mir und Drew an den Tisch gekommen, um uns zu begrüßen. Sie hatte es bei einem Winken belassen, ein klares Zeichen, dass sie in Ruhe gelassen werden wollte.

Vor der Damentoilette wartete ich, von einem Fuß auf den anderen tretend, bis sie herauskam. Meine Gefühle überschlugen sich und ich fragte mich, wie ich dieses Gespräch beginnen sollte, ohne wie ein eifersüchtiger Idiot zu klingen.

Endlich ging die Toilettentür auf und Penny kam heraus. Ihr überraschter Blick traf meinen und mein Puls beschleunigte sich. Sie atmete hörbar aus und strich sich die dunklen Haare an einer Seite aus dem Gesicht. „Warum lauerst du mir hier auf?"

Komm schon, du kannst dich immer noch mit Anstand herausreden. Sag einfach, du wolltest nur Hallo sagen und ihr einen schönen Abend wünschen.

Wenn ich ein anständiger Kerl gewesen wäre, hätte ich auf meine innere Stimme gehört. Aber ich war ein egoistisches Arschloch, und ihr offen zur Schau gestellter Unmut über mein Auftauchen ließ meine inneren Sicherungen durchbrennen.

„Warum zum Teufel gehst du plötzlich mit Mario aus? So kurz nachdem wir zusammen waren? Und ich Idiot habe deinetwegen aufgehört, andere Frauen zu vögeln. Vielen Dank auch!“

So würde ich die Dinge zwischen uns nicht in Ordnung bringen können, das war mir klar. Mein Ton war nicht nur sehr vorwurfsvoll, sondern auch sehr eifersüchtig. Penny seufzte und sah kurz zur Seite, bevor sie ihre hübschen Augen wieder auf mich richtete. „Ich habe nicht verlangt, dass du enthaltsam lebst, und es hat dich früher auch nicht gestört, wenn du vor meinen Augen mit Groupies rumgemacht hast. Obwohl du sicher geahnt hast, dass ich dich mag. Aber neulich hast du deinen Standpunkt klar gemacht, und ich habe verstanden, dass du nie sesshaft werden willst. Jedenfalls nicht mit mir“, fügte sie ironisch hinzu. „Du hattest deine Chance, und jetzt bekommt Mario seine. Er war immer so nett und geduldig, hat nie aufgegeben.“

„Das hat dich früher auch nicht davon abgehalten, ihn abzuweisen. Nett und geduldig ist Mist, Penny. Du brauchst jemanden, der das Feuer in dir weckt. Keinen italienischen Schleimer, der dich vollsülzt.“

Kaum ausgesprochen, schämte ich mich in Grund und Boden. Scheiße, Mario war mein Freund und alles andere als ein Schleimer.

„Fuck, das hätte ich nicht sagen sollen. Vergiss es einfach ...“

Frustriert, weil ich alles vermasselt hatte, fuhr ich mir durch die Haare. „Ich weiß nicht, was mit mir los ist“, gestand ich. „Ich habe dich mit ihm gesehen, und da hat etwas in mir ausgesetzt.“

In einer Geste der Frustration warf sie die Arme hoch. „Warum zum Teufel interessiert es dich plötzlich, was ich privat mache? Du willst mich nicht, aber ein anderer soll mich auch nicht haben? Läuft es darauf hinaus, Angel? Das wäre verdammt mies von dir, denn wie du dir vorstellen kannst, habe ich nicht allzu viele Möglichkeiten, einen *netten* Kerl“, sie betonte das Wort besonders deutlich, „abzubekommen. Ich bin keine Frau, nach der sich die Männer auf der Straße umdrehen, und nachdem du mich gehabt und für unzureichend befunden hast, muss ich versuchen, mein Leben weiterzuleben, ohne ständig darauf zu hoffen, dass du es dir eines Tages anders überlegst.“

Ihre Worte trafen mich wie ein Schlag. Mir wurde bewusst, wie sehr ich sie mit meiner ablehnenden Haltung verletzt haben musste.

„Du verdrehst die Dinge! Ich habe nie gesagt, dass du nicht gut genug bist, Penny. Was soll der Quatsch?“

Sie schnaubte verächtlich. „Ach, wirklich? Bei jeder anderen hättest du einen Nachschlag gewollt, bei mir konntest du danach nicht schnell genug deine Sachen zusammenpacken, um zu verschwinden.“

Der Schmerz in ihrer Stimme traf mich bis ins Mark. Ich hatte nie vorgehabt, ihr einen solchen Eindruck zu vermitteln. In mir keimte der Wunsch, ihr zu beweisen, wie wertvoll sie war und wie schön ich sie fand.

„Baby ...“, begann ich und wurde sofort von ihr unterbrochen.

„Nenn mich nicht Baby! Ich bin keine deiner üblichen Eroberungen, an die du dich am nächsten Tag nicht mehr erinnerst. Ich habe einen Namen, also benutze ihn.“

Wahrscheinlich war es falsch, aber die Art und Weise, wie sie mich gerade heruntergeputzt hatte, machte mich total an. Das war ich nicht gewohnt und sie war auch die Einzige, die sich das traute. „Penny“, begann ich wieder und sah ihr tief in die Augen. „Nichts an dir ist unzureichend. Du bist süß und warmherzig und lustig und der absolute Jackpot. Es macht mich wirklich fertig, dass du glaubst, es wäre anders. Dass du denkst, du wärst nicht gut genug. Denn du bist es. Aber egal, wie sehr du versuchst, es zu verbergen, ich weiß auch, wie verletzlich du sein kannst. Glaub mir, ich kenne mich selbst, und ich hatte Angst, dir eines Tages das Herz zu brechen. Ich dachte, ein harter, schmerzhafter Schnitt wäre das Beste. Deshalb wollte ich so schnell wie möglich weg. Solange ich noch konnte. Sonst hätte ich dich zurück auf dein Bett geworfen und dich die nächsten Stunden nicht mehr rausgelassen."

Zweifel standen in ihren Augen, sie glaubte mir nicht, und so erlag ich dem Impuls, sie in meine Arme zu ziehen und sie zu küssen. Tiefer, leidenschaftlicher und inniger als je eine Frau vor ihr. Sie seufzte in meinen Kuss hinein, ihre Fingerspitzen strichen sanft über mein Schlüsselbein, meinen Hals hinauf, wo sie meinen Puls fühlen konnte.

Das hier fühlte sich an wie der Himmel auf Erden. Ich wollte ... Nein, ich *brauchte* mehr! Selbstvergessen knabberte ich an ihrer Unterlippe, ein sanfter Biss, der nicht wehtun, sondern sie dazu bringen sollte, ihren Mund für mich zu öffnen. Penny keuchte und ich nutzte die Gelegenheit, um mit meiner Zunge einzudringen und noch mehr von ihr zu kosten. Und sie schmeckte so unglaublich süß, dass ich nach mehr gierte und ihren Körper fester an mich drückte. Es war mir egal, ob jeden Moment jemand auftauchen und uns beim Knutschen erwischen würde.

Sobald sie meine beginnende Erektion spürte, verkrampfte sie sich, aber ich ließ sie nicht mehr los. Ich stöhnte und küsste sie mit kalkulierter Intensität. Sie sollte sich das merken und daran denken, wenn Mario sie später in die Arme nahm. Doch mein Plan ging nur teilweise auf, denn anstatt sie für andere Kerle quasi zu verderben, war ich derjenige, der sich völlig in ihr verlor. Gierig nahm ich mehr und mehr, machte uns beide schwindelig vor Lust und dann ... Plötzlich waren meine Arme leer und sie zwei Schritte von mir entfernt. „Warte", keuchte sie mit zitternder Stimme, als ich wieder nach ihr greifen wollte. Wie

konnte sie sich mir nur entziehen, ausgerechnet in diesem Moment? *Weil sie keinen Schwanz hat, der ihr das Denken abnimmt*, lästerte meine innere Stimme auf meine Kosten.
Trotzdem versuchte ich erneut nach ihr zu greifen, um sie wieder zurück in meine Arme zu holen.
„Warte, ich muss dich etwas fragen“, sagte sie und trat noch einen Schritt zurück.
„Ich bin ganz Ohr“, antwortete ich heiser. Ich war erregt und konnte es nicht verbergen.
„Bitte sei ehrlich, okay?“
Ich nickte und wartete ab, was als Nächstes kommen würde.
„Könntest du dir irgendwann mehr zwischen uns vorstellen?“
Hatte ich nicht versucht, genau diese Situation zu vermeiden? Ohne es zu wollen, hatte ich mit meinem Überfall neue Hoffnungen in ihr geweckt, die ich nun enttäuschen musste.
Noch bevor ich mir eine passende Antwort überlegen konnte, erkannte sie wohl an meinem Gesichtsausdruck, was in mir vorging. Ihre Miene wandelte sich schlagartig von hoffnungsvoll zu einer verbitterten Grimasse. „Weißt du was? Spar dir die Antwort. Ich sehe es schon an deinem mitleidigen Blick.“ Sie wich zurück, als ich wieder die Arme nach ihr ausstreckte.
„Nein, fass mich nicht an“, fauchte sie. „Wenn dich der Gedanke an eine Beziehung so erschreckt, dann solltest du aufhören, mir vor irgendwelchen Toiletten aufzulauern und mich dann mit vorwurfsvollen Kommentaren zu belästigen. Ich gehe jetzt zurück zu Mario und es wäre nett, wenn du uns für den Rest des Abends ignorieren würdest. Er mag mich nämlich und wird sicher nicht gleich weglaufen, nachdem er mit mir geschlafen hat.“
Sie wandte sich ab und ging zurück ins Restaurant. Ein Schleier bildete sich vor meinen Augen, als ich mir die beiden zusammen vorstellte. Mein Temperament spielte verrückt. Leider war ich schon immer ein schlechter Verlierer gewesen, und der Drang, es ihr mit gleicher Münze heimzuzahlen, war zu stark, um ihn

zu unterdrücken. „Dann geh doch und lass es dir von ihm besorgen“, fauchte ich giftig.
Meine dunkle Seite gewann die Oberhand und wollte ihr nur noch wehtun. „Ich kann nicht glauben, dass ich wegen dir Rücksicht genommen und keine Frau mehr angerührt habe. Aber danke für die Erkenntnis, dass du meine Zurückhaltung nicht wert bist, denn offensichtlich ist es dir scheißegal.“
Sie blieb mitten im Schritt stehen, stand schon an der Tür und warf einen Blick über die Schulter. Tränen standen in ihren Augen und der Anblick wirkte wie Eiswasser auf die glühende Wut, die mich von Kopf bis Fuß erfasst hatte. Was hatte ich nur getan?
„Manchmal kannst du ein echtes Arschloch sein, Angel Turner“, sagte sie leise. Dass sie mich nicht anschrie, machte es nur noch schlimmer. Die Resignation in ihrer Stimme war erschütternd.
„Penny ...“ Bedauernd streckte ich meine Hand nach ihr aus, aber sie schüttelte nur den Kopf und ging ins Restaurant. Ich blieb zurück und hasste mich in diesem Moment so sehr, dass ich mit der Faust so heftig gegen die Wand schlug, dass Nonnos Bilder gefährlich zu wackeln begannen. Der körperliche Schmerz half mir, das plötzlich entstandene Loch in meinem Herzen zu ignorieren. Mit Penny hatte ich es wohl endgültig vermasselt. Sie war ein liebevoller und warmherziger Mensch, aber auch sie vergab nicht endlos Chancen, wenn man Mist gebaut hatte. Irgendwann war auch ihre Fähigkeit zu verzeihen erschöpft. Außerdem war sie nicht naiv und sie kannte mich. Menschen wie ich, die aufgrund ihrer kurzen Zündschnur dazu neigten, andere emotional zu verletzen, wussten genau, was sie taten. Keine Ausreden. Ich war zu weit gegangen. Ich lehnte mich mit der Stirn an die Wand und atmete tief durch, als Drew plötzlich in den Flur stürmte und mich am Hemdkragen packte. „Was zum Teufel hast du mit Penny gemacht?“, stieß er hervor, seine Stimme bebte vor Wut. Was an sich schon bemerkenswert

war, denn Drew ließ sich sonst durch nichts aus der Ruhe bringen. „Ich weiß nicht, wovon du redest“, log ich unwirsch, denn ich hatte keine Lust auf eine Diskussion.
„Von Penny, du Arsch. Das weißt du ganz genau. Sie ist gerade mit Tränen in den Augen rausgekommen. Mario versucht gerade, sie zu beruhigen und zu trösten.“
Ich konnte mir schon vorstellen, *wie* er sie gerne trösten wollte, und Penny war dank mir verletzlich genug, um sich darauf einzulassen. Der Gedanke an die beiden fraß sich wie ätzende Säure in mein Bewusstsein. Ich griff mir an die Brust und rieb sie, um die plötzliche Enge loszuwerden, dieses Gefühl, keine Luft mehr zu bekommen, weil das Mädchen, das ich eigentlich für mich wollte, heute Nacht mit einem anderen nach Hause gehen würde. Zum ersten Mal stellte ich meinen Wunsch nach absoluter Freiheit in Frage. War die Möglichkeit, alles tun und lassen zu können, mit wem und so oft ich wollte, es wirklich wert, Penny zu verlieren?
Ich erlaubte mir nicht, diesen Gedanken weiter zu verfolgen. Was immer ich für Penny empfand, musste ich für mich behalten. Ihr zuliebe. Ich hatte gerade bewiesen, dass ich nicht gut für sie war. Wahrscheinlich war sie mit Mario besser dran. Alles, was ich jetzt tun musste, war, dieses unerträgliche, dumpfe Brennen in meiner Brust loszuwerden, diese Leere, die nur verschwand, wenn sie in meiner Nähe war. Es gab nur eine weitere Sache, bei der das zuverlässig funktionierte. Sex. Der körperliche Genuss übertünchte für eine kurze Zeitspanne alle negativen Gefühle und es wurde Zeit, wieder zu meinem alten ich zurückzukehren. Heute Nacht würde meine Enthaltsamkeit enden. Bestimmt war es besser so.
„Willst du mir nicht antworten?“, fuhr mich Drew hörbar ungeduldig an.
„Das geht dich nichts an!“
Er hielt mich immer noch fest, wir standen uns Nase an Nase gegenüber. „Es geht mich sehr wohl etwas an. Sie zum Weinen

zu bringen, geht gar nicht." Eine andere Möglichkeit, meine schlimmste Seite zum Vorschein zu bringen, bestand darin, mich in die Enge zu treiben.
„Da spricht der Richtige", warf ich ihm mit bösem Unterton vor. „Du hast kein Recht, hier den Moralapostel zu spielen, nachdem du Emberlee so eiskalt das Herz gebrochen hast. Em hat nicht verdient, wie du sie behandelt hast. Sie hat dich über alles geliebt und du hast nur an deine Karriere gedacht."
„Du bist so ein Wichser", fuhr er mich an und zeigte mir den Mittelfinger. „Ich bezahle die Rechnung und nehme mir ein Taxi nach Hause. Ich habe echt die Schnauze voll von deiner Scheiße."
Mir war klar, dass die bloße Erwähnung von Emberlee diese Konfrontation schnell beenden würde. Er sprach nicht über sie. Niemals. Aber bevor er mich stehen ließ, konnte er eine Sache nicht verbergen. Drews dunkelgrüne Augen trübten sich in einem Schmerz, von dem ich geglaubt hatte, er hätte ihn längst überwunden. Die bloße Erwähnung von Emberlee hatte noch immer die Macht, ihn aus der Fassung zu bringen. Das Mädchen hatte ihn wirklich von ganzem Herzen geliebt. Das war keine Übertreibung, das war wirklich so gewesen. Und dass er sie dann so herzlos abserviert hatte - um sie dazu zu bringen, ihn zu hassen und so schneller über ihn hinwegzukommen - hatte Emberlee ziemlich aus der Bahn geworfen. Zumindest hatten mir das meine Eltern erzählt, die wie die Familien der anderen noch in meiner Heimatstadt Burlington lebten.
Drew hatte uns allen verboten, Emberlee jemals wieder zu erwähnen, und bei den seltenen Gelegenheiten, bei denen wir unsere Familien zu Hause besuchten, achtete er peinlich darauf, ihr nicht über den Weg zu laufen. Das war auch nicht nötig. Sie lebte mit ihrem viel älteren Mann ziemlich einsam außerhalb von Burlington und kam nur selten in die Stadt. Meine Mutter hatte mir erzählt, dass das fröhliche, sonnige Mädchen von damals nur noch ein Schatten ihrer selbst war und dass ihr Mann

sie wie sein persönliches Eigentum behandelte. Ich hatte einmal versucht, mit Drew darüber zu sprechen, aber er wollte nichts wissen, nichts hören. Emberlee war ein rotes Tuch für ihn.
Die Tatsache, dass ich sie benutzt hatte, um Drew loszuwerden, hinterließ ein bitteres Gefühl in meiner Magengrube. Wie der ganze verdammte Abend!
Wäre ich doch bloß nicht hergekommen ...
„Scheiße", murmelte ich und folgte Drew nach draußen. Er stand schon bei Nonno und redete leise auf ihn ein. Wahrscheinlich versuchte er, dem alten Mann schonend beizubringen, dass wir den Abend vorzeitig abbrechen würden, was er wahrscheinlich persönlich nehmen würde. Seine Gäste sollten sich hier wie zu Hause fühlen.
Dann überwand ich mich und schaute zu Penny und Mario hinüber. Er saß jetzt direkt neben ihr, den rechten Arm schützend um ihre Schulter gelegt. Sie hielt den Blick gesenkt, aber ihre Unterlippe zitterte. Wahrscheinlich versuchte sie, nicht in aller Öffentlichkeit in Tränen auszubrechen. Es war meine Schuld. Ganz allein meine.
Süße, es tut mir so verdammt leid.
Plötzlich wurde mir klar, wie dumm meine blöde Bindungsangst war. Hatte ich in letzter Zeit nicht bewiesen, dass ich nicht rumvögeln musste? Ich hatte nicht einmal das Bedürfnis, mit einer anderen ins Bett zu gehen, und selbst jetzt, nachdem ich mich entschlossen hatte, heute Abend jemanden zu suchen, war es nur mein verletzter Stolz, der mich dazu trieb. Eigentlich wollte ich keine andere. Ich wollte Penny. Überwältigt von dieser Erkenntnis sehnte ich mich danach, zu ihr zu gehen, mich zu entschuldigen und den Tröster zu spielen. Denn sie war mein Mädchen. Irgendwie würde ich das mit der Treue schon hinkriegen. Miles war der lebende Beweis dafür, dass es mit der richtigen Frau funktionierte. Penny war es auf jeden Fall wert, dass ich mich änderte, und das sollte sie wissen, nachdem ich sie vorhin so verletzt hatte. Bevor ich auch nur einen Schritt machen

konnte, spürte ich eine Berührung an meinem Oberarm und blickte stirnrunzelnd zur Seite. Dort standen die beiden Frauen, die mir schon zu Beginn des Abends aufgefallen waren. Die Blonde, die aus der Nähe noch besser aussah und einen wirklich verführerischen Mund hatte, lächelte mich schüchtern an.
„Ähm ... Entschuldige, aber du bist Angel Turner, oder?“
Musste sie mich ausgerechnet jetzt ansprechen? Sie trat an mich heran und legte mir ziemlich dreist eine Hand auf die Brust. „Du siehst genau so aus wie er“, fuhr sie fort und stand so dicht vor mir, dass ich sie am liebsten mit Gewalt von mir gestoßen hätte. Hin und wieder kam es vor, dass Fans die Grenzen nicht einhielten und uns anfassten, als wären wir öffentliches Eigentum. Gut, ich wollte nicht scheinheilig sein. Wenn es sich um schöne Frauen handelte, hatte es mich bisher nicht gestört, aber heute machte es einen völlig falschen Eindruck. Aus der Entfernung konnte man nicht eindeutig sagen, von wem diese Nähe ausging. Von mir oder von der Blonden. Ich wollte mir gar nicht vorstellen, wie das auf Penny wirken musste. Sie blickte starr in unsere Richtung. Trotz der Entfernung sah ich, wie sich Pennys Augen bei dieser Szene wieder mit Tränen füllten. Scheiße. Ich schüttelte den Kopf, um ihr zu signalisieren, dass es nicht so war, wie es aussah, aber ihre Reaktion war eindeutig. Sie schmiegte sich an Mario und gab ihm einen Kuss auf die Lippen. Zuerst schien er etwas überrascht zu sein, aber dann nutzte er die Gelegenheit und küsste sie zurück, direkt vor meinen Augen. Dann blickte er zärtlich lächelnd auf sie herab, nahm sie bei der Hand und stand auf. Nein, sie durfte nicht mit! Er führte sie hinaus und sie ließ es zu, erlaubte ihm sogar, seine Hand tief auf ihren Rücken zu legen, nur wenige Zentimeter über ihrem Hintern. Eine viel zu intime Geste und ich wusste, es war zu spät. Selbst wenn ich ihr hinterherlief und ihr erklärte, was gerade wirklich passiert war, würde sie mir nicht glauben. Nicht, nachdem ich mich vorhin so daneben benommen hatte. Game over! An der Tür mussten sie kurz anhalten, um die

ankommenden Gäste durchzulassen. Sie kuschelte sich an Mario und mir stieg die Magensäure hoch vor Übelkeit. Er hatte gewonnen, weil ich zu blöd war, die unzähligen Chancen zu nutzen, die sie mir gegeben hatte. Alles in mir wurde kalt und taub, und es fiel mir schwer, in Worte zu fassen, was in mir vorging. Mein Magen verkrampfte sich bei dem Gedanken, sie für immer verloren zu haben. Es war die Art von Schmerz, die einen langsam aber sicher durchdrang. Eine Mischung aus Reue und Frustration erfüllte mich, denn Mario war schlauer als ich und nutzte nun mein Versagen aus. Er würde mit ihr nach Hause gehen und der Mann sein, den sie verdiente. Er würde sie nicht zum Weinen bringen, sondern sie auf Händen tragen, während ich anscheinend nur gut darin war, sie zu verletzen. Immer und immer wieder. Alles, was mir blieb, waren diese beiden Frauen hier, die mich immer noch erwartungsvoll ansahen und auf eine Reaktion von mir warteten. Im Grunde hatten sie keine Ahnung, mit wem sie es zu tun hatten. Sie verehrten in erster Linie meine Rockstar-Persona, nicht mein wahres ich. Wieder überkam mich diese Leere, aber ich zwang mich, meinen Schmerz tief in mir zu vergraben und das zu tun, was ich immer tat. Ich setzte mein berühmtes Aufreißerlächeln auf und wandte mich den Frauen zu.

„Ich bin's, und ich freue mich immer, von so hübschen Fans angesprochen zu werden. Also, wie sieht's aus? Habt ihr heute Abend schon was vor? Ich wäre in der Stimmung, ein paar Clubs abzuklappern und Party zu machen."

Ich ignorierte die aufsteigende Übelkeit mit aller Kraft, weil sich das alles so falsch anfühlte. Aber Penny war ohne mich besser dran. Am besten vergaß ich meine kurze geistige Verwirrung, als ich mir eingeredet hatte, ich könnte der Mann sein, der Penny guttat, und konzentrierte mich auf Frauen, die nichts von mir erwarteten als ein paar Stunden Spaß und ihre fünf Minuten Ruhm, weil sie mit einem Rockstar gesehen wurden.

THE ROCK STAR

Kapitel 10

Penny

Ich fühlte mich wie in Trance, als Mario mich aus dem belebten Restaurant führte. Ihn mit diesen Frauen zu sehen, machte mich völlig fertig. Da Angel es bisher vermieden hatte, in meiner Gegenwart mit anderen Frauen zu flirten, seit wir miteinander geschlafen hatten, spürte ich jetzt die direkten Auswirkungen besonders stark. Eine Zeit lang hatte ich mir eingeredet, dass ich damit leben könnte. Jetzt merkte ich, dass das nicht möglich war. Ich konnte es nicht ertragen, und die Tatsache, dass ich Mario gerade benutzt hatte, um Angel zu beweisen, dass er nicht der Einzige war, der nach vorne blickte, machte alles nur noch schlimmer. Mario hatte wirklich etwas Besseres verdient. Mein schlechtes Gewissen erdrückte mich. Die Tür fiel hinter uns ins Schloss. Die Geräusche der Stadt, das Hupen der Autos, das Rumpeln der U-Bahnen, das Rattern der Züge und ab und zu die Sirenen der Krankenwagen durchbrachen die Stille. Bevor Mario mich zu seinem Auto bringen konnte, blieb ich kurz stehen, um die kühle Nachtluft einzuatmen. Der Wind strich über meine erhitzten Wangen und spielte mit meinen Haaren. Das half, meine aufgewühlten Gefühle ein wenig zu ordnen. Gott, ich war so dumm gewesen, ich fühlte mich verraten, obwohl ich kein Recht dazu hatte, und erschrak, als Mario sanft meine Wange berührte und eine einsame Träne wegwischte. „Hey, nicht weinen ..."

„Entschuldige, ich weiß nicht, was mit mir los ist. Der Abend hat so schön angefangen und ich dumme Kuh mache alles kaputt."

Zuerst sagte er nichts, dann hörte ich ihn seufzen.

„Bitte sei ehrlich zu mir. Warum bist du mit mir ausgegangen, wenn du Gefühle für Angel hast? Und bitte leugne es nicht. Ich bin nicht blind und habe gesehen, dass er dir vorhin gefolgt ist und aussah, als würde er vor Eifersucht platzen."

Beschämt senkte ich den Blick auf meine Schuhspitzen. Tränen stiegen mir in die Augen und ich räusperte mich, um meine Stimme unter Kontrolle zu bringen.

„Ich mag dich wirklich, Mario, und ich finde dich wahnsinnig attraktiv, aber ..."

„Aber du bist nicht in mich verliebt", beendete er den Satz für mich und ich nickte bestätigend.

„Es tut mir so leid. Ich habe wirklich mit den besten Absichten zugestimmt, mit dir essen zu gehen. Ich mag dich und ich dachte wirklich, dass ich mit der Zeit vielleicht ..."

Wieder verstummte ich, weil mir klar wurde, wie schrecklich das in seinen Ohren klingen musste. Kein Mann wollte so etwas hören.

„Ich fühle mich schrecklich deswegen", fuhr ich etwas gefasster fort. „Vor allem wegen vorhin ... du weißt schon ... als ich dich geküsst habe."

Mario legte mir freundschaftlich den Arm um die Schulter und gab mir einen Kuss auf die Schläfe. „Entschuldige dich nicht. Zumindest weiß ich jetzt, dass es nicht an mir liegt, sondern daran, dass dein Herz schon vergeben ist. Gefühle kann man

nicht erzwingen, auch wenn mein Ego zugegebenermaßen sehr darunter gelitten hat, dass sich bei dir während unseres Kusses nichts gerührt hat."
Sein selbstironischer Kommentar brachte mich zum Lachen. „Ich bin sicher, dass du normalerweise keine Probleme hast, weibliche Gesellschaft zu finden."
Er zuckte lässig die Schultern. „Mag sein, aber bisher war keine darunter, die Nonno Freudentränen in die Augen treiben würde, wenn ich sie ihm als meine Freundin vorstelle. Bei dir wäre das anders. Er vergöttert dich und wäre überglücklich, wenn wir zusammen wären. Und was dich angeht, du verdienst jemanden, der nur Augen für dich hat. Der dich schätzt und respektiert. Und obwohl ich Angel wirklich mag und ihn als Freund betrachte, fällt es mir schwer, zu glauben, dass er dir das alles geben kann."
„Meinst du, das weiß ich nicht? Aber das macht es für mich nicht leichter, ihn mit anderen Frauen zu sehen."
„Und deshalb bringe ich dich jetzt nach Hause, um dir den Anblick zu ersparen", erwiderte er entschieden. „Er ist selbst schuld, wenn er nicht erkennt, was für ein Schatz in seiner Reichweite liegt. Komm, versuche, alles zu vergessen. Morgen wird es dir besser gehen."
Er legte mir die Hand auf den Rücken und wollte mich zu seinem Auto führen, als sich die Tür des Restaurants öffnete und Angel mit den beiden Frauen herauskam. Mir war sofort klar, wie dieser Abend für ihn enden würde. Es war keine wirkliche Überraschung, aber zum zweiten Mal innerhalb weniger Minuten damit konfrontiert zu werden, war einfach zu viel. Ich schwankte und war froh über die stützende Nähe von Mario, der sofort zu mir kam. Ein menschliches Schutzschild gegen den Schmerz, der mich gerade überwältigte. Angels schönes Gesicht erstarrte für einen Moment, bevor er sein gewohntes lässiges Grinsen aufsetzte. „Penny ... Mario ... ich dachte, ihr wärt längst weg."

Das glaube ich dir gern, dachte ich zynisch. Um das Maß meiner Demütigung vollzumachen, legte er demonstrativ seine Arme um die Hüften der beiden Frauen. Er wollte mir zeigen, dass er sich auch ohne mich amüsieren konnte, nachdem ich mich ihm verweigert hatte, und verdammt, es funktionierte. Eifersucht und innere Qualen fraßen mich fast auf, aber wie durch ein Wunder gelang es mir, die Fassung zu bewahren. Zumindest bis er den Mund aufmachte.

„Die Nacht ist noch jung. Diese beiden Schönheiten und ich wollen noch die Nachtclubs unsicher machen. Komm doch mit, Penny. Dann hast du bestimmt mehr Spaß als mit Mario. Das wird echt wild!"

Seine Worte trieften vor überlegener Arroganz und ich war nicht dumm und durchaus in der Lage, die Botschaft zwischen den Zeilen zu lesen. Er wollte die Nacht mit beiden Frauen verbringen und hatte keine Skrupel, es mir unter die Nase zu reiben und mich sogar dazu einzuladen. In mir kochten Hass und Enttäuschung hoch, weil er mich absichtlich verletzen wollte. Wie konnte er mich so behandeln, nur weil ich mein Herz und meine Seele vor weiteren Verletzungen schützen wollte, indem ich nicht ein zweites Mal seinem Charme erlag? War sein Ego so zerbrechlich, dass er das brauchte?

„Du bist wirklich das Letzte. Ich würde mich lieber vor einen fahrenden Zug werfen, bevor ich dir je wieder erlaube, mich anzufassen. Reicht dir das als Antwort?"

Ich war verdammt stolz auf die Entschlossenheit in meiner Stimme. Keine Chance, ihm zu zeigen, was seine Worte in mir auslösten. Diese Genugtuung wollte ich ihm nicht geben. Für einen Moment schien er etwas überrascht über meine Reaktion, aber er fing sich schnell wieder. „Ach komm, du weißt doch, dass du für mich immer etwas Besonderes sein wirst. Aber gut, wenn du nicht willst, dann ist das eben so. Ich werde mich auch ohne dich gut amüsieren." Er schenkte seinen beiden Begleiterinnen ein schmelzendes Lächeln. „Nicht wahr, ihr Hübschen?"

„Du Mistkerl“, stieß Mario hervor und spannte sich merklich neben mir an. Gleich würde er Angel eine verpassen. Bevor die Situation eskalieren konnte, legte ich ihm beruhigend die Hand auf den Arm. „Lass das“, sagte ich leise und sah ihn flehend an. Zuerst schien er nicht hören zu wollen, doch dann entspannte er sich. „Komm, ich bringe dich hier weg.“
Ohne einen Blick zurück folgte ich Mario zu seinem Auto und ließ mein armes Herz in den Händen jenes Mannes zurück, der offenbar große Freude daran hatte, auf ihm herumzutrampeln.

***

Mein schlimmer Streit mit Angel lag nun fast eine Woche zurück. Am nächsten Tag waren die sozialen Medien voll mit Bildern von Angel und den beiden Frauen. Wie sie feierten, wie sie sich aneinander klammerten und offensichtlich auf Tuchfühlung gingen und wie er mit ihnen den letzten Club mit unbekanntem Ziel verließ. Ich wusste, wohin er sie gebracht hatte. In sein luxuriöses Domizil mit dem riesigen Bett, wo er sich vermutlich für die ganze Zeit der Abstinenz entschädigt hatte. Ich war nicht stolz darauf, sagen zu müssen, dass ich danach nicht mehr in der Lage war, ihm gegenüberzutreten. Ich rief Keith an und sagte ihm, ich sei krank und würde die nächsten Tage zu Hause bleiben. Das war nicht einmal gelogen. Es ging mir wirklich schlecht. Nicht nur psychisch, sondern auch physisch. Als hätte Angels Verhalten einen Schalter in meinem Körper umgelegt, reagierte er nun jeden Morgen mit massiver Übelkeit und ich hing mehr oder weniger ständig über der Kloschüssel. Ich ahnte den Grund und plünderte die Apotheke. Nun saß ich wie betäubt auf dem Badewannenrand und starrte auf das Ergebnis des Schwangerschaftstests in meiner Hand. Ein kalter Schauer lief mir über den Körper. Es kam mir so unwirklich vor, obwohl es nach dem Ausbleiben meiner Periode eigentlich keine Überraschung sein sollte. Ich war schwanger. Am Anfang hatte ich noch Hoffnung, dass alles gut gehen würde. Ich redete mir ein, dass dieses eine Mal ohne Gummi und zu einem halbwegs sicheren Zeitpunkt nicht gleich zu einer Schwangerschaft führen würde. Außerdem war mein Zyklus schon immer unberechenbar. Das hatte ich auch Angel erzählt, als er mich vorsichtig auf eine mögliche Schwangerschaft angesprochen hatte. Die Erleichterung, die sich daraufhin auf seinem Gesicht abzeichnete, hatte mich tief getroffen. Er wollte weder mich noch ein Kind von mir. Damit musste ich mich abfinden und nun standen wichtige Entscheidungen an, denn in wenigen Monaten würde ich Mutter werden.

Im Grunde wusste ich schon, was ich tun würde. So wie er reagiert hatte, würde ich ihm vorerst nichts von dem Baby erzählen. Ich wollte Angel seine Freiheit lassen, er sollte nicht an mich und unser Baby gebunden sein. Vielleicht würde ich das in ein paar Tagen anders sehen, aber jetzt schien es mir für meinen Seelenfrieden klüger, Angel außen vor zu lassen. Aber ich musste meinen Job in der Band aufgeben, um irgendwo in Ruhe das Baby zu bekommen.

Mühsam schluckte ich den Kloß in meinem Hals hinunter, Tränen sammelten sich in meinen Augen. So einsam und verlassen wie in diesem Moment hatte ich mich noch nie gefühlt. Der Gedanke, ein Kind ohne einen Partner an meiner Seite großzuziehen, überforderte mich, machte mir sogar Angst.

Wie sollte ich die kommenden schlaflosen Nächte überstehen, das ständige Wickeln, Füttern, Baden oder die Unsicherheit, weil es mein erstes Kind war und ich sicher nicht alles auf Anhieb richtig machen würde? Und wer würde mir beistehen, wenn ich mit meinen Kräften am Ende war und die Zukunft ungewiss und beängstigend erschien?

Zitternd umklammerte ich den Schwangerschaftstest fester und machte mir Mut. Ich war stark und hatte in meinem Leben schon ganz andere Dinge gemeistert. Schließlich hatte ich die Enttäuschung meiner Eltern, meiner Schwestern und auch die

unerwiderte Liebe von Angel überstanden. Warum sollte ich das nicht auch schaffen? Ja, verdammt, ich würde mein Baby mit allem, was mich ausmachte, beschützen und lieben und ihm ein liebevolles Zuhause geben.
Etwas zuversichtlicher strich ich mir über den Bauch. „Hab keine Angst, mein kleiner Schatz. Mama ist immer für dich da. Wir brauchen niemanden, der uns immer wieder enttäuscht, weil er sich nicht binden will."
Es war erstaunlich einfach, alle Brücken hinter mir abzubrechen. Wenn man wie ich fast nur für die Arbeit lebte, gab es nicht viel zurückzulassen. Die Wohnung war schnell gekündigt, die Möbel eingelagert und einen richtigen Freundeskreis hatte ich sowieso nicht, weil ich meine ganze Zeit in die Band gesteckt hatte. Der schwierigste Teil meines Neubeginns war die Kündigung bei Keith, der sich nicht mit halbgaren Erklärungen abspeisen ließ und die genauen Gründe für meine Entscheidung wissen wollte. Während ich im Auto saß und über die kurvenreichen Landstraßen zu meiner Tante fuhr, ließ ich das Gespräch mit ihm in Gedanken noch einmal Revue passieren. Keith war niemand, dem man etwas vormachen konnte, und so hatte ich gar nicht erst versucht, ihm die Wahrheit zu verschweigen.
Keith war nicht begeistert. Nicht wegen der Schwangerschaft, sondern über meine Entscheidung, Angel zumindest vorerst nichts zu sagen. Er hielt das für einen Fehler und sagte mir auf den Kopf zu, dass Angel ein Recht darauf habe, von seiner bevorstehenden Vaterschaft zu erfahren. Selbst dann, wenn er im Grunde gar kein Kind wollte.
Im Grunde stimmte ich ihm zu, aber Angels erste Reaktion war mir zu sehr in Erinnerung geblieben, und ich wollte einfach nicht noch einmal mit der puren Panik in seinen Augen konfrontiert werden. Wenn mich das zu einem Feigling machte, konnte ich damit leben. Für den Moment war es in meinen Augen die einzig richtige Entscheidung. Es war verdammt noch

mal an der Zeit, dass ich wenigstens einmal in meinem Leben zuerst an mich dachte und nicht an andere. Egal, was der Rest der Welt davon hielt.

Keith hatte widerwillig zugestimmt, Stillschweigen zu bewahren, und ich hoffte, dass er sein Wort halten würde, bis ich eine endgültige Entscheidung getroffen hatte, ob und wann ich Angel einweihen würde.

Als ich das Ortsschild von Avon Lake passierte, fühlte ich eine Mischung aus Aufregung und Nervosität in mir aufsteigen. Die Straßen waren breit und gepflegt, flankiert von grünen Bäumen und gepflegten Vorgärten. Es war eine typisch amerikanische Stadt, die eine warme und einladende Atmosphäre ausstrahlte.

Als ich durchfuhr, fielen mir die verschiedenen Geschäfte entlang der Hauptstraße auf. Es gab ein nettes Café mit kleinen Tischen im Freien, an denen die Leute ihren Kaffee genossen und sich angeregt unterhielten. Gleich daneben war eine Buchhandlung mit einer bunten Auslage. Auf dem Bürgersteig schlenderten Menschen, manche mit Einkaufstüten in der Hand, andere mit Hunden an der Leine. Am anderen Ende der Stadt angekommen, dauerte es nicht lange, bis ich das zweistöckige Haus meiner Tante erreichte. Davor befand sich ein gepflegter Vorgarten mit bunten Blumenbeeten. Vor dem Haus erstreckte sich eine weiße Veranda. Ich parkte das Auto in der Einfahrt, die von einer alten, knorrigen Eiche beschattet wurde. Der Duft von frisch gemähtem Gras lag in der Luft und ich konnte das Summen der Bienen in den Blumenbeeten hören. Mein Herz schlug schneller, als ich die Stufen zur Veranda hinaufstieg und die Klingel betätigte. Kam ich vielleicht ungelegen? Ich wusste, dass sie mich wie eine Tochter liebte, aber es war gut möglich, dass sie Pläne hatte, die ich mit meinem Auftauchen durcheinanderbrachte.

Kurz darauf hörte ich eilige Schritte, die Tür ging auf und Tante Maura machte große Augen, als sie mich sah. „Penny, was machst du denn hier?“

Bevor ich antworten konnte, zog sie mich in ihre Arme und drückte mich halb zu Tode. Ich spürte, wie glücklich sie war, mich zu sehen, und dass es ihr egal war, dass ich mich nicht angemeldet hatte. Die herzliche Begrüßung trieb mir die Tränen in die Augen und ein Schluchzen entfuhr mir. Ich konnte meine Gefühle nicht länger unterdrücken. Tante Maura rückte ein Stück von mir ab und sah mich betroffen an. „Mein Mädchen, was ist los?“
Ich versuchte, etwas zu sagen, aber es gelang mir nicht. Die Tränen kullerten ungehindert über meine Wangen und Tante Maura schaltete in den Muttermodus, den sie, obwohl sie selbst nie ein Kind zur Welt gebracht hatte, besser beherrschte als meine eigene.
„Weißt du was? Vergiss es! Du musst dich erst mal beruhigen. Alles andere besprechen wir später.“
Sie zog mich in den kühlen, leicht abgedunkelten Flur und führte mich in ihre gemütliche Küche, wo sie mich auf einen Stuhl drückte und mir einen Kuss auf die Stirn drückte. „Ich mache uns eine schöne Tasse Tee und dann erzählst du mir, was los ist.“
„O ... okay“, stimmte ich schniefend zu und nahm das Taschentuch, das meine Tante mir reichte. Ich putzte mir geräuschvoll die Nase, atmete tief durch und war ein wenig benommen von dem Aufruhr in mir, als ich sah, wie Tante Maura Tee einschenkte und jedem von uns ein Stück Apfelkuchen auf einen Teller legte. Obwohl sie noch nicht wusste, was los war, strahlte sie eine Zuversicht aus, die sich auf mich übertrug, und ich spürte instinktiv, dass sie für mich da sein würde. Komme, was wolle. Zu ihr zu gehen, war die richtige Entscheidung gewesen. Hier konnte ich Kraft tanken für die nächsten Schritte in meine Zukunft. Während sie das Messer abspülte, sah ich mich um. Seit meinem letzten Besuch hatte sich nichts verändert.
Die Küche im Landhausstil strahlte noch immer eine heimelige Gemütlichkeit aus und war, wie die meisten amerikanischen

Küchen, relativ großzügig dimensioniert. Sie liebte es zu kochen und zu backen und legte großen Wert darauf, dass sie dafür genügend Platz hatte. Bald durchzog der Duft von frisch gebrühtem Tee die Luft und sie schenkte mir eine Tasse aus ihrer mit Blumenmustern verzierten Teekanne ein. Dann holte sie die Teller mit den Kuchenstücken und setzte sich zu mir. Sie beobachtete, wie ich einen Schluck trank und die Tasse vorsichtig absetzte. Ich seufzte und kam mir nach meinem Gefühlsausbruch etwas albern vor. Aber Tante Maura gehörte nicht zu den Menschen, die andere verurteilten, und lächelte mich herzlich an. „Besser?“, fragte sie, und ich nickte.
„Gut. Erzählst du mir jetzt, was los ist?“
Gott, wo sollte ich anfangen? Würde sie enttäuscht sein, weil ich Angels Charme erlegen war? Sie hatte nie einen Hehl daraus gemacht, dass sie seinen Lebensstil nicht schätzte und meine Schwärmerei für ihn für gefährlich hielt. Und nun saß ich in ihrer Küche, arbeitslos, schwanger und ohne Perspektive.
„Ich habe Mist gebaut und brauche einen Ort, an dem ich eine Weile bleiben kann.“
Obwohl sie versuchte, es sich nicht anmerken zu lassen, sah ich die wachsende Sorge in ihren Augen.
„Jetzt machst du mir ein bisschen Angst. Vor allem, nachdem du vorhin einfach in Tränen ausgebrochen bist. Du bist doch sonst so beherrscht.“
„Ich bin nicht beherrscht, ich bin schwanger“, erklärte ich, um es hinter mich zu bringen, wich aber jedem Blickkontakt aus.
Tante Maura schwieg. So lange, dass ich nicht anders konnte, als sie wieder anzusehen. Seltsamerweise wirkte sie nicht einmal überrascht. Auch nicht enttäuscht.
Sie blieb ganz ruhig. „Ich nehme an, dass jemand aus der Band der Vater ist, und ich nehme auch an, dass dieser jemand Angel ist, denn wenn es anders wäre, würdest du einfach so lange weiterarbeiten, wie du kannst, und in der Zwischenzeit mit dem Vater des Kindes nach einer Lösung suchen.“

Ich nickte und spielte mit dem Zipfel der Stoffserviette. Tante Maura seufzte. „Ich würde dir ja gerne gratulieren, aber so, wie du aussiehst, scheint sich die Freude bei dir in Grenzen zu halten. Wirst du das Kind behalten?"
Etwas verblüfft über die Frage blickte ich auf. „Natürlich", antwortete ich bestürzt. Die Frage, ob ich das Kind austragen würde oder nicht, hatte sich mir gar nicht gestellt.
„Zieh nicht so ein strenges Gesicht, es wäre durchaus eine Option gewesen, auch wenn ich mich freue, dass du es behalten willst. Es ist schon eine Weile her, dass ich so ein kleines Baby im Arm halten durfte."
Tante Maura nahm meine Hand. „Du siehst verängstigt aus, das kann ich verstehen, aber alles wird gut. Du und Angel müsst nur einen Weg finden, damit umzugehen." Sie lächelte. „Ein Baby ist ein wunderbares Geschenk. Ich wünschte, Jim und ich wären Eltern geworden, aber es hat nicht sollen sein."
„Ich freue mich auch auf das Kind", gestand ich und legte in einer schützenden Geste die Hand auf meinen Bauch. „Aber ich habe schreckliche Angst vor der Zukunft und wie ich mit all dem umgehen soll. Ich habe gekündigt und bin einfach gegangen."
Ohne mich von der Band zu verabschieden, fügte ich in Gedanken hinzu und fühlte mich schrecklich deswegen. Aber mich zu verabschieden, hätte bei den Jungs Fragen über meine plötzliche Entscheidung aufgeworfen, die ich nicht hätte beantworten können, ohne die Wahrheit zu verraten.
Meine Tante runzelte die Stirn. „Versteh mich nicht falsch, Penny. Du bist hier immer willkommen und kannst so lange bleiben, wie du willst, aber glaubst du nicht, dass es für Angel schwierig sein wird, an der Schwangerschaft teilzuhaben, wenn so viele Meilen zwischen euch liegen?"
Jetzt kam der unangenehme Teil. „Er weiß nichts von dem Kind", gestand ich und räusperte mich, weil Tante Maura einen schockierten Laut ausstieß. „Aber du musst es ihm sagen!"

„Ich muss gar nichts“, erklärte ich stur, obwohl sie recht hatte. „Als er nach dem Sex erfahren hat, dass ich nicht verhüte, ist er wegen einer möglichen Schwangerschaft total ausgeflippt. Er will kein Kind, das hat er mir unmissverständlich zu verstehen gegeben. Angel will sich nicht binden. Wenn ich nichts sage, tue ich ihm nur einen Gefallen.“

Tante Maura schnaubte verächtlich. „Warum solltest du ihm einen Gefallen tun? Wenn er dich geschwängert hat, muss er dazu stehen und seinen Teil dazu beitragen. Wenn er nicht bereit ist, kleine Rockstar-Babys in die Welt zu setzen, sollte er vielleicht ein Kondom benutzen.“ Sie machte eine Pause und runzelte dann die Stirn. „Mein Gott ... warst du schon beim Arzt und hast dich untersuchen lassen? Vielleicht hast du dir von ihm mehr eingefangen als ein Baby.“

Wenigstens in diesem Punkt konnte ich sie beruhigen. „Die Jungs lassen sich regelmäßig untersuchen und er hat Stein und Bein geschworen, dass er vor mir immer ein Kondom benutzt hat. Bei mir ist es ihm zum ersten Mal passiert.“

Die feinen Augenbrauen meiner Tante hoben sich ein wenig. „Wie interessant ...“, murmelte sie und rieb mir aufmunternd den Handrücken. „Um auf Angel zurückzukommen ... du weißt, dass ich nicht viel von seinem Lebensstil halte, und vielleicht will er wirklich nichts mit dem Kind zu tun haben, aber er sollte zumindest die Wahl haben, selbst zu entscheiden. Meinst du nicht?“

Sie sagte das nicht, um mich zu demoralisieren, sondern weil sie mich liebte und das Beste für mich wollte.

„So einfach ist das nicht. Du hast nicht gesehen, wie ihn der Gedanke an ein Kind in Panik versetzt hat.“

„Aber du fühlst diese Panik doch auch. Ich weiß, dass er nicht gerade ein Vorbild für einen perfekten Vater ist, schon gar nicht bei dem Leben, das er führt, aber es ist sein Fleisch und Blut, und du weißt nicht, wie er reagieren wird, wenn das Kind nicht nur eine vage Vorstellung, sondern eine reale Verantwortung ist. Außerdem gibt es keinen perfekten Zeitpunkt, um ein Baby zu bekommen. Nicht für dich und nicht für ihn."

„Es geht nicht darum, was das Beste für Angel ist. Alles, was ich will, ist eine schöne und stabile Kindheit für mein Baby. Und die Voraussetzungen dafür muss ich jetzt schaffen, damit mein Kind nicht die gleiche Ablehnung erfährt wie ich. Hast du vergessen, wie ich aufgewachsen bin? Du kennst Mom und Dad, ihre Ansprüche und ihre Enttäuschung, weil sie mit jemandem wie mir bestraft wurden. Ich will nicht, dass mein Kind sich eines Tages auch unerwünscht fühlt, weil Angel immer seine Musik und seine Karriere in den Vordergrund stellt. Und um mir darüber klar zu werden, brauche ich einfach noch ein bisschen Zeit."

Tante Maura nickte verständnisvoll, stellte dann aber eine Frage, die mich ins Wanken brachte. „Glaubst du wirklich, dass er sich nicht um euer Kind kümmern würde? Auch wenn es immer so klingt, als würde ich ihn nicht mögen, muss ich ihn in Schutz nehmen. Angel ist ein Playboy, und ja, Verantwortung zu übernehmen gehört wahrscheinlich nicht zu seinen Stärken, aber jeder kann sich ändern, und ich halte ihn nicht für einen schlechten Menschen. Ich könnte mir sogar vorstellen, dass er, wenn er sich erst einmal an den Gedanken gewöhnt hat, gut in die Vaterrolle hineinwachsen könnte".

„Das sind mir ein paar Risikofaktoren zu viel. Was, wenn er es nicht schafft? Es reicht nicht, alle paar Monate aufzutauchen und den Spaßvater zu spielen. Ich glaube nicht, dass er jemals bewusst grausam sein wird, aber die tiefsten Einschnitte sind die unbewussten, und allein sein Partyleben und die wochenlangen Touren würden früher oder später dazu führen, dass sich das Kind zurückgesetzt und nicht gewollt fühlt. Kinder brauchen Konstanz und kein Elternteil, das regelmäßig in der Boulevardpresse auftaucht."

„Du willst ihm also wirklich das Kind vorenthalten?"

„Ja! ... Nein! Oh, ich weiß nicht. Bitte, Tante Maura. Gib mir ein paar Wochen, um mich an alles zu gewöhnen, bevor ich mich entscheide.“

Meine Tante nickte und ihr Gesichtsausdruck zeigte Verständnis. „Entschuldige, ich möchte dich wirklich nicht unter Druck setzen oder über deine Entscheidungen urteilen. Du kannst so lange bleiben, wie du willst, das meine ich ernst, und alles andere wird sich schon finden.“

Kapitel 11

Angel

Ich öffnete die Tür zum Billardraum und sah sofort Miles, Nixon und auch Drew, der an einem der beiden Billardtische lehnte und mich mit finsterer Miene aus der Ferne ansah. Offensichtlich war er immer noch sauer wegen unseres Streits bei Mario und ich wich seinem Blick geflissentlich aus. Dass Penny sich gleich am nächsten Tag krank gemeldet hatte und schon seit Tagen fehlte, trug nicht gerade zu meiner Rehabilitation bei. Wir wussten beide, dass sie wegen mir „krank" war und das nagte an mir. Ich war zu weit gegangen und im Nachhinein schämte ich mich, dass ich ihr die beiden Frauen unter die Nase gerieben und sie quasi zu einer Orgie eingeladen hatte. Das hatte sie nicht verdient. Sie wollte sich nur vor Liebeskummer schützen, und ich hatte vor lauter Eifersucht auf Mario jeden Anstand verloren. Ich würde nie ihren Gesichtsausdruck vergessen, als ich mit den beiden Frauen das Restaurant verließ. Für ein paar Sekunden hatte sie ihren Schmerz offen gezeigt, bevor sie ihre Mimik wieder unter Kontrolle hatte. Sie konnte ja nicht ahnen, dass ich die beiden nach einer langen Partynacht, die mir nicht einmal Spaß gemacht hatte, nicht mit nach Hause genommen und schon gar nicht gevögelt hatte. Wahrscheinlich hatte sie nur die Schlagzeilen in den sozialen Netzwerken verfolgt, die mit schlüpfrigen Andeutungen nicht gegeizt hatten. Kein Wunder, dass sie das Gefühl hatte, Abstand von mir zu brauchen.

Drew war nicht dumm und ahnte das auch. Also beschloss ich, ihn vorerst nicht anzusprechen und wandte mich stattdessen Miles und Nixon zu, die beide auf der großen Ledercouch lümmelten und auf ihre Smartphones starrten.

„Weiß jemand, warum Keith uns so dringend sprechen wollte?"

Miles zuckte mit den Schultern. „Er hat mir nichts gesagt, nur dass er Neuigkeiten für uns hat und uns jemanden vorstellen möchte. Und bevor du fragst ... Nein, ich habe keine Ahnung, wer das sein könnte. Es geht wahrscheinlich um das Label."

Plötzlich überkam mich ein seltsames Gefühl. Mein Blick traf den von Drew, der auf einmal besorgt wirkte. Auch ich konnte mich des Eindrucks nicht erwehren, dass Keiths kurzfristig anberaumtes Treffen nichts mit DAMN-Records zu tun hatte, sondern mit Penny.

Das ungute Gefühl verstärkte sich, als Keith eintrat, gefolgt von einem jungen Mann, der aussah, als käme er gerade vom College. Er trug einen legeren Anzug, darunter ein blaues Hemd, aber keine Krawatte. Sein dunkles Haar trug er akkurat kurz, sein Gesicht war glatt rasiert. Sein Lächeln wirkte etwas aufgesetzt, entweder aus Arroganz oder aus Nervosität. Jedenfalls strahlte er den Enthusiasmus eines frisch gebackenen Universitätsabsolventen aus, die Keith so gerne beschäftigte.

Der Kloß in meinem Hals wurde immer größer, denn ich begann zu ahnen, warum er diesen Typen mitgebracht hatte.

Nein, das würde sie nicht tun. Sie würde nicht gehen, versuchte ich mir einzureden.

Keith räusperte sich. „Schön, dass ihr es so kurzfristig einrichten konntet." Verdammt, er klang wie ein lebloser

Roboter, wie immer, wenn er schlechte Nachrichten überbringen musste.
„Wie ihr seht, habe ich jemanden mitgebracht. Das ist Albert Haywood und er wird euch in Zukunft als persönlicher Assistent zur Seite stehen. Was mich gleich zum nächsten unerfreulichen Punkt bringt. Penny hat uns leider verlassen und kommt nicht wieder."
Miles sprang vom Sofa auf, sein Mund stand vor Verblüffung leicht offen. „Wenn das ein Witz sein soll, kann ich nicht darüber lachen, Keith."
Nixon blieb sitzen, aber er runzelte die Stirn und wirkte genauso irritiert wie Miles. „Das ist unmöglich", erklärte er. „Penny würde nicht einfach gehen, ohne etwas zu sagen."
„Oh doch, das würde sie", warf Drew vom Billardtisch aus ein und grinste sardonisch.
„Was meinst du damit?"
Offenbar konnte Nixon mit Drews Bemerkung nichts anfangen, Miles auch nicht. Ich hingegen wusste genau, worauf er hinaus wollte.
„Lass die Anspielungen und sag einfach, was du zu sagen hast", schlug ich ihm kühl lächelnd vor, bevor ich mich an Miles und Nixon wandte. „Sie ist wegen mir gegangen. Ich erspare euch die Details, ihr könnt euch ja denken, was passiert ist."
Jetzt stand auch Nixon auf, sein weißblonder Iro leuchtete gespenstisch in dem mäßig beleuchteten Raum. „Du hast sie gefickt?"
Bei seiner Wortwahl zuckte Albert heftig zusammen und verzog missbilligend die Mundwinkel. Na toll! Ein Typ, der bei jeder Obszönität zusammenzuckte wie eine Nonne. Das hatte uns gerade noch gefehlt. Wo hatte Keith nur immer diese Leute her? Penny war so ziemlich die Einzige, die etwas auf dem Kasten hatte, ohne sich wie ein karrieregeiles Klischee zu benehmen.
Keith griff ein, bevor es ungemütlich werden konnte.
„Hört endlich auf, euch gegenseitig anzugreifen. Die Gründe

für Pennys Kündigung sind privater Natur und werden hier nicht diskutiert. Damit das klar ist. Akzeptiert ihre Entscheidung und schaut nach vorne."

„Aber warum hat sie es uns nicht selbst gesagt?" Nixon schmollte. „Sie hätte sich wenigstens verabschieden können."

„Bedank dich bei ihm", warf Drew ein und zeigte auf mich. Yep, er war definitiv sauer auf mich und gab mir - zu Recht - die Schuld an Pennys unerwartetem Abgang.

„Jungs, könntet ihr versuchen, euch von eurer besten Seite zu zeigen und Albert willkommen zu heißen?"

Als wir ihn begrüßten, klangen wir nicht sonderlich begeistert. Keith seufzte und strich sich über den Nasenrücken, bevor er sich Albert zuwandte. „Lassen Sie sich nicht entmutigen. Sie sind nur überrascht."

Während er auf Albert fucking Haywood einredete, drifteten meine eigenen Gedanken ab, und ich gab mich meinem schlechten Gewissen hin. Drew hatte es auf den Punkt gebracht. Es war alles meine Schuld und ich fühlte mich, als würde mir der Boden unter den Füßen weggezogen. Sie war weg. Einfach so, ohne ein Wort des Abschieds, ohne Vorwarnung. Verdammt noch mal! Was zum Teufel hatte ich mir dabei gedacht, meinen tiefsten Sehnsüchten nachzugeben und sie damit zu verscheuchen? Mir wurde fast schwindelig, als ich begriff, was das bedeutete. Ich würde Penny vielleicht nie wieder sehen.

Den anderen wurde das wohl auch gerade bewusst. Eine bedrückende Stille legte sich über den Raum. Auch unser neuer Assistent schien sich unwohl zu fühlen, während er unsere Reaktionen aufnahm. Nicht gerade der beste Start in einen neuen Job. Ich hätte Mitleid mit ihm haben können, wenn ich nicht schon genug mit mir selbst zu tun gehabt hätte. Wie sollte ich leben, ohne Penny jeden Tag zu sehen? Bis dahin war mir nicht bewusst gewesen, wie sehr ich mich auf ihre Anwesenheit in meinem Leben verlassen hatte und wie sehr sie mir schon nach wenigen Tagen fehlte.

„Das ist alles scheiße“, murmelte Nixon und rannte zur Tür.
„Wo willst du hin?“, rief Keith ihm hinterher.
„Weg“, antwortete Nix und drehte sich um. „Oder gibt es sonst noch etwas zu sagen?“
Zuerst sah es so aus, als würde Keith widersprechen, doch dann schüttelte er den Kopf. „Nein, das war für den Moment alles.“
„Dann muss ich nicht länger hier herumhängen.“ Nixon verließ die Bibliothek, auch Miles und Drew verabschiedeten sich und folgten ihm hinaus. Ich wollte auch gehen, aber Keith hielt mich auf.
„Warte, ich will noch mit dir reden.“ Er sah Albert an, der neben ihm stand, wie bestellt und nicht abgeholt. Wahrscheinlich war er ganz in Ordnung, abgesehen von seiner Prüderie, aber er war nicht Penny. Niemand konnte sie ersetzen. Auf keinen Fall.
„Albert, Sie können nach Hause gehen. Kommen Sie morgen früh zum Label, dann können Sie und die Band sich besser kennen lernen und die Pläne für die nächsten Tage besprechen.“
Albert schien erleichtert und ließ sich nicht zweimal bitten. Er nickte mir zum Abschied zu und ich blieb mit Keith zurück. Ein mulmiges Gefühl machte sich in mir breit. Wahrscheinlich stand mir jetzt die größte Standpauke meines Lebens bevor.
„Du kannst dir sicher denken, warum ich mit dir reden will.“ Seine Stimme klang ruhig, doch die Enttäuschung war nicht zu überhören.
„Sag einfach, was du zu sagen hast“, kommentierte ich seinen Satz, um es hinter mich zu bringen.
„Eigentlich müsste ich dir eine reinhauen“, fuhr er mit grimmiger Miene fort. „Du hast die beste Assistentin vergrault, die ihr je hattet. Ich hatte Pläne für Penny, sie hätte mit dem Label richtig durchstarten können, aber du konntest dich nicht zurückhalten und musstest sie verführen.“
„Hey, es gehören immer zwei dazu“, warf ich ein. Aber mein Protest klang ziemlich schwach.
„Was hast du dir dabei gedacht?“

„Ist das jetzt eine ernsthafte Frage?“ Statt einer Antwort bedachte er mich mit seinem typischen stoischen Blick, der keinen Widerspruch duldete. Seufzend fuhr ich mir durch die Haare und hatte in diesem Moment einen kurzen Flashback. Auch Penny hatte ihre zarten Hände in meinem Haar vergraben und ekstatisch an den Strähnen gezogen, je härter und tiefer ich in sie eindrang. Ich hatte mich völlig in ihrer Weichheit und Wärme verloren, und ich würde nie wieder die Chance bekommen, sie zu spüren, weil ich es vermasselt hatte.
„Du hast ihr das Herz gebrochen, ich hoffe, das ist dir klar“, sagte er.
„Quatsch, es war nur einmal, so schnell verliebt man sich nicht“, widersprach ich, obwohl ich es besser wusste. Pennys Gefühle waren nicht über Nacht entstanden, sie hatten sich über Monate aufgebaut.
„Angel, das Mädchen ist in dich verliebt, seit sie bei euch angefangen hat, und das weißt du verdammt gut.“
Langsam ging er mir auf die Nerven. Niemand wusste besser als ich, was für einen Mist ich gebaut hatte. Aber was wollte er? Dass ich sie zurückholte, indem ich ihr das Blaue vom Himmel versprach, nur um später meine Versprechen zu brechen?
„Was möchtest du eigentlich mit diesem Gespräch erreichen, Keith? Es tut mir leid, okay? Wenn ich die Zeit zurückdrehen könnte, würde ich es ungeschehen machen, aber das kann ich nicht.“
Er musterte mich eingehend. „Dann macht es dir nichts aus, dass sie weg ist? Du nimmst das einfach so hin?“
„Was soll ich denn deiner Meinung nach tun?“
„Wenn du das fragen musst, dann ist es wahrscheinlich wirklich besser, wenn sie nie wieder zurückkommt.“
Seltsam. Keith wirkte enttäuscht, als hätte er sich eine andere Antwort von mir erhofft. Das machte mich misstrauisch. „Gibt es etwas, das ich über Penny wissen sollte?“
Keith schwieg einen Moment, dann schüttelte er entschieden

den Kopf. „Nein, ich wollte dich nur daran erinnern, dass du und die anderen eine Verantwortung gegenüber der Band habt. Ihr könnt euch nicht einfach durch die Weltgeschichte vögeln und verbrannte Erde hinterlassen. Dir mag es egal sein, dass sie weg ist, du machst einfach weiter wie bisher. Aber Penny hatte wirklich eine vielversprechende Zukunft beim Label und dank deines Egoismus wird sie diese Chance nicht wahrnehmen. Und du kannst davon ausgehen, dass Morton jeden, der irgendwie mit uns in Verbindung steht, auf eine schwarze Liste gesetzt hat. Sie wird es schwer haben, in dieser Branche überhaupt noch einen Job zu finden."

Scham strömte durch meinen Körper, weil ich, ohne auch nur einen Gedanken an mögliche Konsequenzen zu verschwenden, meine Bedürfnisse über Pennys gestellt hatte.

Obwohl es sinnlos war, versuchte ich mich zu verteidigen. „Ich habe nicht an die Auswirkungen gedacht", gab ich zerknirscht zu. „Ich mag Penny, sehr sogar, und nachdem Miles über den Berg war, war ich einfach erleichtert und wollte das Leben feiern. Penny war da, ich wollte sie, sie wollte mich. Wir haben nicht wirklich nachgedacht und danach wurde es schwierig. Ich habe mich wie ein Idiot verhalten. Aber ich wollte nie, dass sie geht."

„Eine erbärmliche Entschuldigung, an die falsche Person und viel zu spät. Aber wir können es nicht ändern."

„Weißt du, was sie jetzt macht, wo sie hingegangen ist?"

„Nein, sie hat mir nicht gesagt, was sie vorhat. Ich hoffe, du denkst das nächste Mal nach, bevor du die vielversprechende Karriere einer jungen Frau wegen einer dummen kleinen Fickerei zerstörst und ihr dabei auch noch das Herz brichst."

„Das war keine dumme kleine Fickerei", warf ich ein. „Penny bedeutet mir etwas, also tu nicht so, als hätte ich sie nur benutzt, um Druck abzulassen."

Er zuckte mit den Schultern. „Was ich denke, ist unwichtig. Was zählt, ist das Ergebnis. Penny ist ein tolles Mädchen. Meiner

Meinung nach kann dir nichts Besseres passieren, als mit ihr zusammen zu sein, und ich hatte gehofft, dass du vielleicht nur einen Schubs in die richtige Richtung brauchst, um das Richtige zu tun, aber wenn du das nicht willst, dann ist es sinnlos, weiter darüber zu reden."

Ich wollte ja, das war nicht wirklich das Problem. Penny war ein verdammter feuchter Traum auf zwei Beinen, ein warmherziger Engel, der mir das Leben leichter machte. Scheiße, ich war mir ziemlich sicher, dass ich in sie verknallt war. Aber in einer Sache hatte Keith Unrecht. Ich war nicht durch und durch egoistisch, sonst hätte ich jeden Stein in der Stadt umgedreht, um sie zu finden. Das eigentliche Problem war also nicht, ob ich mit ihr zusammen sein wollte, sondern ob ich es auf Dauer konnte.

Konnte ich sie genug lieben?

Konnte ich sie glücklich machen?

Konnte ich ihr treu sein?

Konnte ich der Mann sein, den sie verdiente?

Nachdem ich jahrelang auf der Überholspur gelebt und alles an Vergnügen mitgenommen hatte, was die Welt zu bieten hatte, war ich mir nicht sicher, ob ich wirklich darauf verzichten konnte.

„Hast du jetzt alles gesagt?"

Keith machte eine abweisende Handbewegung und ich verließ schweren Herzens den Billardsaal. Ich wurde das Gefühl nicht los, dass ich mir meine Vorbehalte gegen eine feste Bindung nur einredete. Ich lebte das Leben, das ich wollte, ohne emotionale Verpflichtungen, ohne Bindungen, ohne Penny ...

Und verdammt, glücklich war ich damit nicht. Kein bisschen.

***

Ich stand mitten in einem Club, der mir wie ein überdimensionales Raumschiff vorkam. Alles leuchtete und blinkte in allen Farben des Regenbogens und die Musik war so laut, dass sie meinen ganzen Körper durchdrang. Ich war umgeben von tanzenden Menschen, fühlte mich aber überflüssig und fehl am Platz. Selbst auf die eindeutigen Angebote verschiedener Frauen reagierte ich mit Ablehnung, obwohl ich zum wiederholten Male gerade deswegen hier war. Um endlich abzuschließen und wieder Spaß zu haben. Aber mein Herz spielte nicht mit. Ich wollte nicht flirten, nicht trinken, nicht vögeln, ich wollte nur nach Hause und mich selbst bemitleiden. So wie ich es jetzt seit beinahe fünf Monaten tat. So lange war es her, dass Keith uns von Pennys Kündigung erzählt und mir mit dieser Nachricht den Boden unter den Füßen weggezogen hatte.

Albert fucking Haywood hatte ihren Platz eingenommen, und er füllte ihn nicht annähernd aus. Der arrogante kleine Sack hatte nicht vor, länger als nötig unser Kindermädchen zu spielen, er strebte nach Höherem und benahm sich auch so. Niemand in der Band mochte ihn, und jedes Mal, wenn ich sein dummes Gesicht sah, erinnerte mich das daran, dass ich selbst ein erstklassiges Arschloch war. In Gedanken ging ich immer wieder das letzte Gespräch mit Penny durch und schämte mich jedes Mal ein bisschen mehr für die Worte, die ich zu ihr gesagt hatte. Außerdem erwies sich mein Gedächtnis als fieses Miststück, das in einer Endlosschleife bittersüße Szenen vor meinem inneren Auge abspulte.

Meine Unbeständigkeit hatte eine unüberbrückbare Kluft zwischen uns geschaffen. Jetzt weinte ich ihr nach und bedauerte meinen fehlenden Mut, mich für sie zu ändern. Gleichzeitig schrie alles in mir danach, sie zurückzubekommen, denn ich vermisste sie wie verrückt in jeder wachen und schlafenden Minute. Ohne sie zu sein war unerträglich, egal wie sehr ich versuchte, mich abzulenken. Stattdessen wünschte ich mir, ich könnte die Zeit zurückdrehen und all meine Fehler ungeschehen machen. Plötzlich hielt ich die laute Musik und die vielen feiernden Menschen nicht mehr aus und stupste Drew an, der mit Summer neben mir stand und ihr gerade etwas ins

Ohr flüsterte. Was sie mit einem heiseren Lachen quittierte. Summer war in Ordnung, auch wenn ich sie nicht wirklich durchschauen konnte. Sie wirkte immer etwas distanziert, wenn sie mit uns sprach, und obwohl sie und Drew schon seit einem halben Jahr mehr oder weniger zusammen waren, zeigte sie kein Interesse daran, die anderen Bandmitglieder näher kennen zu lernen. Ganz im Gegensatz zu Missy und ihrer Freundin Georgie, die Nixons Herz gestohlen hatte, auch wenn der Idiot das noch nicht gemerkt hatte und es immer noch für Freundschaft hielt. Als Drew meine Berührung spürte, sah er mich an. „Was ist los?"
„Ich gehe", sagte ich und sah, wie er die Stirn runzelte. Zum Glück war er nicht mehr böse auf mich, auch wenn er immer noch der Meinung war, ich hätte königlichen Mist gebaut. Ich stimmte ihm aus vollem Herzen zu.
„Bist du sicher? Wir sind doch gerade erst angekommen", sagte er über den Lärm hinweg.
„Mir ist nicht nach Feiern zumute. Amüsiert euch, wir sehen uns in der Villa."
Ich ließ ihn stehen und ging nach draußen. Die frische Nachtluft tat mir gut und ich machte mich auf den Weg zu meinem Auto. Nachdenklich fragte ich mich, was mit mir los war. Warum konnte ich nicht einfach Spaß haben wie alle anderen? Warum konnte ich Penny nicht vergessen? Ihre Augen, ihre Stimme, ihre Art, mich herauszufordern. Alles an ihr fehlte mir. Sogar ihre nervige Angewohnheit, immer Recht zu haben. Irgendwie musste ich lernen, damit umzugehen. Ich konnte nicht ewig in der Vergangenheit leben, ich musste in die Zukunft schauen. Aber wie sollte die aussehen? Ich versuchte, mir ernsthaft ein Leben vorzustellen, in dem sie nie wieder eine Rolle spielen würde, und hatte sofort das Gefühl zu ersticken. Abrupt hielt ich inne und schnappte nach Luft. Warum suchte ich immer noch nach Ausreden? Ohne sie war ich nicht glücklich. Ich konnte nicht richtig schlafen, das Essen schmeckte

nicht mehr, und Sex hatte für mich seinen Reiz verloren, wenn er nicht mit Penny stattfand. Es war eigentlich ganz einfach. Ich liebte Penny, hatte sie immer geliebt, auch wenn meine Gefühle für sie anfangs nur freundschaftlicher Natur waren. Aber seit ich die ersten sexuellen Fantasien über sie hatte, veränderte sich meine Wahrnehmung. Jede Frau, die ich gevögelt hatte, war nur ein lauwarmer Ersatz für die Frau, die ich wirklich begehrte und nachdem ich sie endlich gehabt hatte, verloren alle anderen jeden Reiz. Ich war nur zu feige und zu ängstlich gewesen, mir das einzugestehen. Ich musste sie erst verlieren, um zu begreifen, wie sehr ich Penny in meinem Leben und in meinem Bett wollte. Wenn ich nicht an diesem verdammten Liebeskummer zugrunde gehen wollte, musste ich mir mein Mädchen zurückholen. Entschlossen ging ich zu meinem Camaro und setzte mich hinters Steuer. Mein Ziel war klar. Zuerst zu Keith. Ich brauchte die Adresse ihrer Eltern und ich war mir sicher, dass er sie hatte. Wenn jemand wusste, wo sie war, dann ihre Familie. Mein Camaro glitt geschmeidig durch die nächtlichen Straßen von Manhattan. Ich schaute konzentriert auf die Fahrbahn, der Verkehr war trotz der späten Stunde noch dicht. Wahrscheinlich würde Keith nicht begeistert sein, wenn ich ihn so spät am Abend störte, aber ich wollte keine Sekunde länger warten, um Pennys Aufenthaltsort herauszufinden. Ich hatte schon genug Zeit verloren. Endlich erreichte ich das imposante Gebäude, in dem Keith wohnte. Der Portier ließ mich wortlos passieren, er kannte mich schon lange, schließlich war ich nicht zum ersten Mal hier. Ich stieg in den Aufzug und drückte den Knopf für das oberste Stockwerk.

Wenig später betrat ich den Flur und stand vor Keiths Wohnung. Aus dem Inneren drang gedämpfte Musik, gefolgt von einem weiblichen Lachen. Mist, er hatte Besuch. Das hielt mich aber nicht davon ab, zu klingeln. Zuerst schien er mich ignorieren zu wollen, nichts passierte. Also klingelte ich noch einmal und hielt den Daumen auf dem Knopf, bis die Tür aufging und

ich einem wütenden Keith gegenüberstand, der nur einen dunklen Männerbademantel übergeworfen hatte. Wahrscheinlich hätte ich ein schlechtes Gewissen haben sollen, weil ich offensichtlich störte, aber da er der Einzige war, der mir helfen konnte, empfand ich keinerlei Schuldgefühle.
Keiths Stimme verriet, wie verärgert er war. „Hättest du nicht vorher anrufen können? Ich bin beschäftigt, verdammt!"
„Du bist mein Manager und du hast selbst gesagt, jemand wie du hat nie Feierabend. Lässt du mich jetzt rein?"
Ohne seine Antwort abzuwarten, drängte ich mich schamlos an ihm vorbei in sein luxuriöses Apartment. Es war beeindruckend, das musste ich zugeben, wenn auch etwas steril. Es fehlte an persönlichen und dekorativen Gegenständen, man merkte, dass nicht er, sondern ein auf Hochglanz getrimmter Innenarchitekt die Hand im Spiel hatte. Alles war auf das Notwendigste reduziert und strahlte einen kühlen Minimalismus aus. Aber die Möbel, die er besaß, waren von höchster Qualität und mussten ihn ein kleines Vermögen gekostet haben.
Keith schloss die Tür und folgte mir. „Ich hoffe, du hast einen guten Grund, um diese Zeit unangemeldet hier aufzutauchen."
Bis zu einem gewissen Grad konnte ich verstehen, dass er über meinen Überfall nicht begeistert war. An seiner Stelle hätte ich mich auch geärgert, deshalb wollte ich ihn nicht unnötig lange von dem abhalten, was ich durch mein Auftauchen unterbrochen hatte. „Keine Sorge, ich brauche nur eine Information von dir, dann verschwinde ich so schnell, wie ich gekommen bin."
Keith kam näher. „Und was ist so wichtig?"
In diesem Moment erschien eine Frau in der Tür seines Zimmers, nur in ein dünnes Laken gehüllt und mit schmollender Miene. „Keith, was ist los? Isch h'asse es, wenn man misch warten lässt?"
Donnerwetter, was für eine Granate, und sie war Französin. Ihr Akzent klang irgendwie sexy. Ich hatte keine Ahnung, wer sie

war oder wo Keith sie kennengelernt hatte, aber mit ihren zerzausten roten Haaren, der milchweißen Haut und den feurig blickenden Augen war sie eine der rassigsten Frauen, die ich je getroffen hatte. Und doch ... genau wie bei den beiden Freundinnen, die ich in Marios Restaurant aufgegabelt hatte, regte sich bei mir sexuell nichts. Ich hegte nicht den Wunsch, mit ihr zu schlafen, obwohl ich noch vor ein paar Monaten versucht hätte, Keith zu überreden, die Schöne mit mir zu teilen. Nicht, dass er jemals auf eine solche Bitte eingegangen wäre. Er gehörte zu den besitzergreifenden Männern. Irgendwie verständlich. Ich würde Penny auch nicht teilen. Allein der Gedanke war absurd. Und genau das machte es mir schließlich leicht, über meinen Schatten zu springen und sie zu suchen. Ich konnte es nicht ertragen, sie mir mit jemand anderem vorzustellen, und sie musste dasselbe empfinden. Also würde ich meinem und ihrem Elend ein Ende setzen, endlich meinen Mann stehen und sie zurück in mein Leben holen. Und verdammt, ich würde alles tun, um sie glücklich zu machen.

Keith warf seiner Eroberung einen beruhigenden Blick zu. „Gib mir fünf Minuten, Dominique. Das ist geschäftlich."

Dominique sah mich kurz an, lächelte verführerisch und ließ das Laken fallen. „Gut, aber beeil disch ... mir wird kalt."

Dann drehte sie sich um und verschwand wieder im Schlafzimmer. Ich pfiff leise durch die Zähne. „Donnerwetter, wo hast du die denn aufgegabelt?"

Keith räusperte sich. „Sie ist Diplomatin und arbeitet für die französische Botschaft. Wir haben uns auf einer Gala kennengelernt."

„Du hast einen guten Geschmack", erklärte ich und konnte nicht anders, als ihn aufzuziehen. „Aber ich dachte, du wärst insgeheim scharf auf Natalie und würdest dein Glück bei ihr versuchen, sobald sie bei uns im Label anfängt."

Dass Miles' Schwester für DAMN Records arbeiten sollte, sobald man sie aus ihrem aktuellen Arbeitsverhältnis entließ, war

Miles' Idee gewesen, und Keith hatte nur widerwillig zugestimmt. Die beiden konnten sich nicht ausstehen, und mein Kommentar war daher nicht wirklich ernst gemeint. Abgesehen davon war Keith elf Jahre älter als Natalie, und ihr jugendliches Ungestüm ging ihm auf die Nerven, während sie ihn einen Cyborg nannte und keinen Hehl daraus machte, wie kalt und berechnend sie ihn fand.

Deshalb war ich überrascht, wie heftig Keith reagierte. „Pass auf, was du sagst. Ich habe mich gerade erst mit Miles versöhnt. Wenn er auch nur eine Sekunde glaubt, dass ich mich an seiner kleinen Schwester vergreife, wird er mich bei lebendigem Leib häuten. Außerdem würde ich dieses kleine Gör nicht einmal mit der Kneifzange anfassen. Sie ist nicht mein Typ und nicht Frau genug, um mit mir und meinen Bedürfnissen fertig zu werden. Aber genug davon. Warum bist du hier?"

Okay, genug um den heißen Brei herumgeredet, jetzt musste ich Keith gegenüber Farbe bekennen und quasi meine Seele vor ihm ausbreiten, damit er die Adresse ihrer Eltern herausrückte. Er mochte wie ein eiskalter Bastard wirken, und meistens verhielt er sich auch so, aber er hatte auch eine äußerst beschützende Seite gegenüber den Menschen, die es schafften, seine Sympathie zu gewinnen, und Penny gehörte definitiv dazu.

„Ich möchte dich um die Adresse von Pennys Eltern bitten."

Ein erstauntes Aufblitzen huschte über sein Gesicht, gefolgt von einem Anflug von Misstrauen. „Was hast du vor?"

Wie ich vermutet hatte, würde er es mir nicht leicht machen, also blieb mir nichts anderes übrig, als ihm die Wahrheit zu gestehen. „Ich vermisse sie, ich muss sie finden und mit ihr reden."

„Das ist keine Antwort auf meine Frage", erwiderte er und setzte sich auf die Couch. Unter zusammengezogenen Augenbrauen sah er mich an. „Du musst mir schon mehr geben, um mich zu überzeugen. Es ist über drei Monate her, und plötzlich

fällt dir ein, dass sie dir fehlt? Penny ist zu verletzlich für deine Spielchen. Solange du mir nicht klar sagst, was du genau du mit deiner Kontaktaufnahme bezweckst, gebe ich dir die Adresse nicht."
„Das sind keine Spielchen", rief ich und spürte, wie sich Frustration in mir ausbreitete. Jetzt bedauerte ich, dass ich mir den wohlverdienten Ruf eines verantwortungslosen und leichtlebigen Schürzenjägers erworben hatte. Keith würde mir meinen inneren Wandel vielleicht nicht abkaufen, und mit jedem Tag, der verging, standen die Chancen gut, dass jemand anderes erkannte, was für ein Schatz sie war, und sie mir vor der Nase wegschnappte.
„Du hast doch selbst gesagt, dass du hoffst, dass ich mit ihr zusammen sein kann."
„Ja, aber nur, wenn du dir darüber im Klaren bist, dass du das auch willst, und den Eindruck hast du damals nicht erweckt. Dir war es wichtiger, dein Leben so weiterzuführen wie bisher."
„Das war ein Fehler", gestand ich leise und senkte den Blick. „Damals wusste ich noch nicht, wie beschissen es sich anfühlen würde, so lange, ohne sie zu sein."
„Was ist, wenn du sie nur vermisst, weil sie so lange bei uns war? Manchmal vermisst man Leute, die plötzlich weg sind, und man fängt an, alles was sie betrifft zu glorifizieren, und wenn man sie wieder hat ...".
Er beendete den Satz nicht, das war auch nicht nötig. Er dachte, dass ich sie nur wollte, weil sie im Moment unerreichbar schien. Dass es gar keine Liebe war, die mich antrieb, sondern der Wunsch, dass alles wieder so wurde wie früher. Aber das war nicht möglich. Ich wollte nicht meine Assistentin zurück - obwohl wir alle Albert fucking Haywood am liebsten loswerden würden -, sondern die Frau, die ich so sehr vermisste, dass ich manchmal kaum noch atmen konnte.
„Keith", ich legte alle Kraft in meine Stimme. „Ich weiß, welchen Ruf ich habe und dass ich nie eine feste Beziehung wollte.

Mit niemandem, aber verdammt, das Schicksal hat mich nicht gefragt. Penny hat sich in mein Herz geschlichen, erst als Freundin, dann als Frau, und ich will uns eine Chance geben, wenn sie mich noch will. Wird es für immer sein? Keine Ahnung. Das kann ich nicht versprechen. Ich weiß nur, dass ich sie so sehr vermisse, dass ich es kaum aushalte. Am Anfang dachte ich, es geht vorbei und dass es irgendwann besser wird. Aber es wird immer schlimmer. Morgens gibt es einen Moment, kurz nach dem Aufwachen, wo ich mich gut fühle, bis mir wieder einfällt, dass sie nicht mehr da ist, und dann ist der Tag für mich gelaufen. Nichts macht mir mehr Spaß. Andere Frauen interessieren mich nicht mehr. Scheiße, sag das niemandem, aber ich hatte seit ihr keine andere mehr. Ich lebe wie ein verdammter Mönch."

Bei diesem Geständnis schnappte Keith nach Luft, er schien ehrlich schockiert, dass ich Penny die Treue hielt, obwohl wir kein Paar waren. Ermutigt durch diese Reaktion versuchte ich, seine letzten Zweifel zu zerstreuen. „Bitte, Keith, ich weiß genau, was ich will, und das ist sie. Ich kann nicht mehr ohne sie leben. Ich will mein Mädchen zurück und wenn sie wieder bei uns ist, werde ich ihr die ganze Welt zu Füßen legen."

„Du brauchst nicht so dick aufzutragen, ich gebe dir ja die Adresse", brummte Keith, dem mein Gefühlsausbruch sichtlich unangenehm war. Früher hätte ich einen Kerl, der sich so benahm wie ich, für eine Pussy gehalten und ihm geraten, sich seine Eier wieder zurückzuholen und irgendeine heiße Braut zu vögeln. Jetzt war ich die Pussy und es war mir scheißegal.

„Ich bin überrascht, dass du ihre Eltern kontaktieren willst", sagte Keith, schnappte sich sein Handy vom Wohnzimmertisch und schickte mir die Kontaktdaten. Gleich darauf hatte ich sie auf meinem Handy und blickte stirnrunzelnd vom Display auf. „Warum?"

„Sie hat keine gute Beziehung zu ihnen. Wusstest du das nicht? Ich habe die Adresse der Eltern nur, weil Penny sie für Notfälle

angegeben hat, und es ist gut möglich, dass sie gar nicht wissen, wo sie gerade ist. Sie sind wahrscheinlich die letzten Personen auf der Welt, an die sie sich wenden würde, wenn sie etwas bräuchte. Aber es gibt eine Tante, die ihr sehr nahe steht."
„Dann gib mir die Adresse dieser Tante."
Ich sah meine Felle davonschwimmen, bei der Möglichkeit, dass ihre Eltern nicht wussten, wo sie sein könnte.
„Die habe ich leider nicht. Aber ihre Familie mit Sicherheit. Verlass dich allerdings nicht darauf, dass sie dir den Wohnort der Tante verraten. Pennys Eltern haben ihre Berufswahl noch nie gutgeheißen und sind wahrscheinlich heilfroh, dass sie gekündigt hat. Eventuell jagen sie dich weg."
„Ich versuche es trotzdem und gebe nicht auf, bis ich sie wieder habe. Wenn es sein muss, engagiere ich einen Detektiv, der ihren Aufenthaltsort für mich herausfindet."
Während ich das sagte, fühlte ich mich wie der letzte Mensch, weil ich mich nie für ihr Leben vor der Band interessiert hatte. Sonst hätte ich gewusst, wie durchwachsen und schwierig das Verhältnis zu ihrer Familie war. Aber ich hatte mich immer nur auf meine Bedürfnisse und Wünsche konzentriert, und nun erfuhr ich ausgerechnet von Keith, wie schlecht ihr Verhältnis zu ihren Eltern war. Sogar unser Manager, der nicht gerade für sein Einfühlungsvermögen bekannt war, hatte mehr Empathie in seinem kleinen Finger als ich in meinem ganzen Körper. Es war an der Zeit, mich zu ändern und über mein Verhalten nachzudenken. Ich musste besser werden, um Penny zu gewinnen. Trotz meines Egoismus hatte sie sich nie beschwert, war immer da, wenn ich sie brauchte, völlig selbstlos. Meine Penny war einzigartig, und wenn sie mir noch eine Chance gab, würde ich dafür sorgen, dass sie immer zu mir kam, wenn sie sich Sorgen machte oder jemanden zum Reden brauchte. Ich wollte nicht nur ihr Liebhaber sein, sondern auch ihr bester Freund.
Keith stand wieder auf und räusperte sich. „Wenn das alles war, wäre es schön, wenn du endlich verschwindest. Ich habe heute

Abend noch etwas vor."
Er musste mich nicht zweimal bitten. „Bin schon weg. Und danke ..."
„Lass es mich nicht bereuen, Angel. Wenn das wieder nur eine Laune von dir ist und du ihr wehtust, kriegst du großen Ärger."
„Keine Sorge, fünf Monate ohne sie haben gereicht, um mich von meiner Bindungsangst zu heilen. Ich weiß jetzt, was ich will."
Ich spürte, wie eine große Last von mir abfiel, als ich mich von Keith verabschiedete und ihn in die Arme seiner französischen Diplomatin entließ.

Kapitel 12

Penny

Die Schwangerschaft war nicht mehr zu übersehen. Statt in der schützenden Blase des Hauses meiner Tante zu entscheiden, ob ich Angel einweihen sollte oder nicht, war ich unentschlossener denn je. Mit jedem Tag, der verging, fiel mir die Entscheidung schwerer. Was würde er wohl von mir denken, wenn ich plötzlich auftauchen und ihm sagen würde, dass er in ein paar Monaten Vater werden würde? Inzwischen fürchtete ich nicht mehr seine Ablehnung, sondern eher seinen Zorn, weil ich es ihm so lange verschwiegen hatte. Tante Maura tat ihr Bestes, um sich herauszuhalten, aber ich spürte ihre wachsende Sorge um mich. Sie sah, wie ich mich innerlich aufrieb und dass es mir nicht gut ging. Psychisch und seit Beginn der Schwangerschaft auch körperlich. Mir war übel, und das fast ununterbrochen. Tante Maura vermittelte mir einen Termin bei ihrer Gynäkologin, die bei mir eine leichte Form von *Hyperemesis gravidarum* mit ständigem Erbrechen, Gewichtsverlust und Austrocknung diagnostizierte. Zum Glück war eine intravenöse

Flüssigkeitszufuhr nicht notwendig, solange ich die Anweisungen der Ärztin befolgte und ausreichend elektrolythaltige Getränke zu mir nahm. Außerdem verschrieb sie mir Doxylamin und Pyridoxin gegen die Übelkeit. Zuerst war ich skeptisch, aber die Gynäkologin hatte mir versichert, dass sich die Kombination dieser Wirkstoffe als sehr wirksam gegen die morgendliche Übelkeit erwiesen habe. Tatsächlich ging es mir seitdem etwas besser und ich konnte wieder einen Teil meiner Nahrung bei mir behalten. Da ich nicht mehr ständig über der Kloschüssel hing, konnte ich mich wieder mehr um andere Dinge kümmern. Ich musste meine finanzielle Situation analysieren, um zu sehen, wie lange meine Ersparnisse reichen würden. Eine ganze Weile, stellte ich schließlich fest, dank der sehr guten Bezahlung bei *Hopeless Minds*. Meine Krankenversicherung lief weiterhin über Keiths Managementfirma, obwohl ich nicht mehr bei der Band angestellt war. Er hatte darauf bestanden und ich hätte ihn nun im Nachhinein dafür küssen können. Damit nahm er mir eine große Last ab. Ich wollte mir gar nicht vorstellen, wie kompliziert der bürokratische Teil gewesen wäre, vor allem in meinem jetzigen Zustand.

Im Moment saß ich in Tante Mauras gemütlicher Küche vor meinem Laptop und suchte in den Stellenanzeigen nach möglichen Heimarbeitsplätzen. Obwohl ich finanziell nicht schlecht dastand, würden meine Ersparnisse nicht ewig reichen, auch wenn ich ein paar Monate ohne neuen Job über die Runden käme. Aber ich hatte nicht damit gerechnet, eines Tages alleinerziehende Mutter zu sein. Was, wenn ich keinen Job fand, der zu meiner Situation passte? Dann blieb mir nichts anderes übrig, als Angel um Hilfe zu bitten. Aber ich konnte doch nicht einfach nach Monaten des Schweigens zu ihm gehen, ihm an den Kopf knallen, dass er Vater war und ihn um Geld bitten. Nein, das kam überhaupt nicht in Frage!

Seufzend lehnte ich mich in meinem Stuhl zurück und legte die Hand auf den Bauch. Ich war im fünften Monat und unter meinem weiten T-Shirt zeichnete sich schon ein sichtbarer Babybauch ab. Ich rieb vorsichtig darüber und trank einen Schluck von meinem mit Elektrolyten angereicherten Wasser. Die gemütliche Küche war erfüllt von warmem Licht, das durch das Fenster hereinströmte. In Gedanken versunken bemerkte ich erst durch ein Räuspern, dass meine Tante die Küche betreten hatte. Ein beklemmendes Gefühl breitete sich in meiner Brust aus, als ich ihren Gesichtsausdruck bemerkte. Ich wusste sofort, dass etwas nicht stimmte.

„Was ist?“, fragte ich besorgt, meine Stimme kaum mehr als ein Flüstern.

Sie seufzte schwer und wich meinem Blick aus. Das war sonst überhaupt nicht ihre Art. „Ich weiß nicht, wie ich es sagen soll, also mache ich es kurz. Deine Eltern sind auf dem Weg hierher.“

Ein eisiger Hauch schien sich über den Raum zu legen, ich erstarrte förmlich und hatte das Gefühl, keine Luft mehr zu bekommen. Keine gesunde Reaktion auf die bevorstehende Ankunft der eigenen Eltern, aber die Beziehung zu ihnen war alles andere als normal. Eher toxisch, und ich spürte, wie mir der kalte Schweiß ausbrach bei dem Gedanken, ihnen heute noch gegenübertreten zu müssen. Panik durchfuhr meinen Körper. Sie würden meine Situation niemals akzeptieren und mich mit Vorwürfen überschütten.

Ich versuchte, meine Angst zu verbergen, konnte aber nicht verhindern, dass sich mein Gesicht zu einer starren Maske der Unsicherheit verzerrte. Tante Maura sah mir an, wie ich mich fühlte. „Es tut mir leid. Ich wollte sie davon abhalten, hierher zu kommen, aber du weißt ja, wie sie sein können, wenn sie sich etwas in den Kopf gesetzt haben.“

Ich rang mir ein gequältes Lächeln ab. „Schon gut, wann kommen sie?“

„Sie haben mich vom Auto aus angerufen und ich denke, sie werden jeden Moment hier sein.“

Ich hatte nicht einmal Zeit, mich seelisch und moralisch auf sie vorzubereiten. Genau in diesem Moment hörten wir beide Motorengeräusche. Ich stand auf und stellte mich ans Fenster. Ein dunkler BMW hielt direkt vor dem Haus. Mein Puls raste und ich klammerte mich an die Kante der Küchenarbeitsplatte, als meine Eltern ausstiegen und mit versteinerten Mienen auf das Haus zugingen. Mein Atem stockte endgültig, als ein anderes Auto hinter dem BMW anhielt. Meine Hand legte sich über meinen Mund, mein Blick blieb wie hypnotisiert an dem Fahrzeug hängen. Es war Angels Camaro.

Bevor ich einen klaren Gedanken fassen konnte, stieg er aus und folgte meinen Eltern in einigem Abstand. Die Realität schien sich zu verzerren und ich fühlte mich wie gelähmt. Meine Eltern und Angel, alle an einem Ort, und ich war völlig unvorbereitet. Die Vorstellung, jeden Moment allen gleichzeitig gegenüberstehen zu müssen, brachte mich an den Rand einer Ohnmacht. Ich taumelte. Tante Maura griff nach mir, um mich zu stützen, und sah dann die kleine Delegation, die zum Eingang stürmte. „Ist das nicht dein Angel?“, hauchte sie.

„Er ist nicht *mein* Angel“, antwortete ich leise und atmete tief durch. Mir wurde schwindelig. „Ich glaube, ich muss mich hinsetzen.“

„Natürlich ...“ Sie zog mich zurück zum Tisch. „Warte hier, ich mache die Tür auf. Atme in der Zwischenzeit tief durch. Ich werde die ganze Zeit bei dir sein. Okay?“

Nickend versuchte ich, nicht noch mehr in Panik zu geraten und trank einen großen Schluck Wasser, während sie verschwand. Angst durchfuhr meinen Körper, als ich an meinem T-Shirt zupfte, als könnte ich damit die Wölbung darunter verbergen. Am liebsten hätte ich mich in Luft aufgelöst, aber es gab kein Entkommen, und so wartete ich mit trockenem Mund auf das Unvermeidliche. In meinen Ohren hallte das rasende Pochen meines Herzens nach, meine Hände wurden feucht, während ich mich auf den kommenden Sturm vorbereitete. Ich hörte gedämpfte Geräusche und Gemurmel, als meine Tante sie alle ins Haus ließ. Ich fühlte mich nicht gut, trank hastig einen Schluck und versuchte, so tief wie möglich zu atmen. Endlich kam der Moment der Konfrontation, vor dem ich mich so gefürchtet hatte.

Sie betraten die Küche. Tante Maura ging voraus und kam sofort zu mir, gefolgt von meinen Eltern und Angel. Als hätten die eisblauen Augen meiner Mutter einen Magneten, begegnete ich ihrem Blick. Obwohl ich sie seit Monaten nicht gesehen hatte, wirkte sie so elegant und königlich wie eh und je. Ihr perfekt frisiertes Haar und ihr scharf geschnittenes Gesicht verliehen ihr eine fast unnahbare Aura. Neben ihr stand mein Vater mit seinen nicht minder eiskalten Augen und der distanzierten Haltung, die er seit Jahren an den Tag legte. Wieder sah ich meine Mutter an und vermied es, in Angels Richtung zu blicken, weil ich seine Reaktion fürchtete und diesen Moment noch ein paar Sekunden hinauszögern wollte. Im Gegensatz zu mir trug sie einen schicken Hosenanzug, der ihre fast unterernährte Figur betonte, während ich in Sweatpants und T-Shirt wie ein weiblicher Hillbilly aussah. Mein Bäuchlein war nicht zu übersehen, und nachdem sie meine etwas verwahrloste Erscheinung mit einem verächtlichen Blick bedacht hatte, entdeckte auch sie die deutliche Wölbung, und ein Keuchen entfuhr ihr.

„Du bist schwanger?“, rief sie und kam mit ungläubigem Gesichtsausdruck näher. „Wir haben uns schon Sorgen gemacht, als Mr. Turner bei uns auftauchte und nach dir fragte. Stell dir unsere Überraschung vor, als wir von ihm erfuhren, dass du gekündigt hast und seitdem unauffindbar bist. Aber jetzt verstehe ich, warum du dich versteckst.“ Meine Mutter schüttelte den Kopf. „Mein Gott, wie dumm kannst du eigentlich sein? Erst setzt du dich über unsere Wünsche hinweg und studierst diesen Unsinn, anstatt wie deine Schwestern etwas Sinnvolles zu tun, und dann bist du auch noch so blöd und lässt dir ein Kind

andrehen." Sie wandte sich an meinen Vater, der mich stirnrunzelnd ansah. „Ich habe immer gewusst, dass sie so endet, wir hätten ihr das alles nicht durchgehen lassen dürfen. Und jetzt sieh sie dir an! Was sollen die Leute von uns denken?"
Ich fühlte mich wie vor den Kopf gestoßen. Alles, was sie interessierte, war die Meinung der anderen, wie ich mich fühlte, schien ihr völlig egal zu sein, und das tat weh. Ich fühlte mich klein und verletzlich, überwältigt von Scham, und meine Augen brannten, weil mir die Tränen kamen.
„Es reicht!" Tante Mauras Stimme hallte so ungewohnt scharf und laut durch die Küche, dass sogar mein sonst so stoischer Vater zusammenzuckte. „Schämt ihr euch nicht, dass ihr eure Tochter, der es offensichtlich nicht gut geht, so zusammenfaltet? Sie ist kein Projekt, an das ihr bestimmte Erwartungen knüpft, sie ist euer Kind. Penny ist ein gutes Mädchen, sie ist erwachsen. Was sie tut oder nicht tut, ist ihre Sache, und wenn ihr nicht sofort aufhört, sie so niederzumachen, werde ich euch alle zum Teufel jagen."
Gott, ich habe sie noch nie so geliebt wie in diesem Augenblick.
Überheblich hob meine Mutter das Kinn. „Ich verhätschle meine Kinder nicht, ich sage nur die Wahrheit." Sie drehte sich zu mir um. „Wer ist denn überhaupt der Vater? Oder weißt du das nicht?"
„Genug!" Angel schien seinen ersten Schock überwunden zu haben und kam näher, aber im Moment sah er nicht mich an, sondern meine Mutter. „Noch ein Wort, und ich komme Pennys Tante zuvor. Sprechen Sie nie wieder in diesem Ton mit Penny. Und was den Vater betrifft, der steht vor Ihnen."
Die sonst so schmalen Katzenaugen meiner Mutter weiteten sich. „Sie?" Sie drehte sich wieder zu mir um. „Du hast dich ausgerechnet von einem herumhurenden Rockstar schwängern lassen? Willst du dich den Rest deines Lebens von ihm aushalten lassen? Ich kann nicht glauben, dass du so tief gesunken bist. Du hattest alle Möglichkeiten, aber nein, du musstest deinen

Kopf durchsetzen, weil du dachtest, du wüsstest alles besser."
Wie gelähmt ließ ich ihre Schimpftiraden über mich ergehen. Meinem Vater schien die ganze Sache inzwischen sehr unangenehm zu sein und sein Gesichtsausdruck zeigte nun tatsächlich so etwas wie Besorgnis, während er meinen äußeren Zustand musterte. „Joanna, das reicht jetzt wirklich. Du siehst doch, dass es ihr nicht gut geht."
Plötzlich rutschte Angel auf den Stuhl neben mir und nahm meine Hand. „Hey, endlich habe ich dich gefunden", sagte er leise und ignorierte alle anderen im Raum. Er klang überhaupt nicht böse. Im Gegenteil, er wirkte eher erleichtert und in seinem Blick, mit dem er meinen Bauch streifte, lag eher aufgeregte Ungläubigkeit und auch eine gewisse Ehrfurcht, aber keine Wut. Dennoch konnte ich die unausgesprochenen Fragen in seinen Augen lesen, als sich unsere Blicke trafen.
„Gott, wie rührend", unterbrach meine Mutter den Moment. „Lass dich nicht von ihm einwickeln. Solche Männer taugen nicht als Väter. Wenn du schon so blöd bist, dir ein Kind anhängen zu lassen, dann such dir einen Mann, auf den du dich verlassen kannst und keinen unsteten Playboy, der ständig auf Achse ist."
Nun, in diesem Punkt hatte sie wohl recht, und der winzige Hoffnungsfunke, der in mir erwachen wollte, wurde von meiner Mutter wirkungsvoll erstickt. Deshalb war ich nun schon seit fünf Monaten hier in Avon Lake. Denn Angel konnte nie das sein, was ich mir erträumte, was ich brauchte. Die Spannung in der Küche war kaum auszuhalten, als sich die negativen Energien zwischen mir und meinen Eltern weiter aufbauten. Meine Gedanken wirbelten durcheinander, während ich versuchte, meine Gefühle unter Kontrolle zu halten. Plötzlich wurde mir das alles zu viel. Ich ertrug diese Vorwürfe und diese vergiftete Atmosphäre nicht länger. Mein Herz begann zu rasen und ich spürte, wie sich meine Muskeln verkrampften. Irgendetwas stimmte nicht, ich konnte förmlich spüren, wie mein Körper

gegen etwas ankämpfte. Meine Atemzüge wurden flacher und unregelmäßiger, während ich versuchte, die aufsteigende Panik zu unterdrücken. Es gelang mir fast, aber dann überkam mich ein intensives Gefühl von Übelkeit. Meine Umgebung verschwamm mir vor den Augen und obwohl ich auf einem Stuhl saß, fühlte es sich an, als würde ich den Boden unter meinen Füßen verlieren. War das normal? Trotz der heftigen Übelkeit, die mich seit Beginn der Schwangerschaft plagte, hatte ich etwas Ähnliches noch nicht durchlebt und ich bekam Angst um meinen kleinen Mitbewohner, von dem ich noch nicht wusste, ob es ein *er* oder eine *sie* war.

„Mein Baby ...", rief ich, und die Angst in meiner Stimme ließ sogar meine Mutter verstummen, die nicht aufgehört hatte, auf mich einzureden.

„Was ist los?" Angels Griff um meine Hand wurde fester.

„Ich weiß nicht, mir ist schwindelig und mir ist schlecht …"

Er holte scharf Luft, als er wohl die Angst in meiner Stimme wahrnahm. „Ruft einen Krankenwagen. Sofort!"

Was dann geschah, verlor sich in einer Art Nebel. Mir wurde schwindelig, in meinen Ohren summte es. Ich spürte noch, wie Angel mich festhielt, damit ich nicht vom Stuhl fiel, und ich hörte, wie mein Vater telefonierte, wahrscheinlich mit der Notrufzentrale. Gleich darauf versicherte er Angel, dass Hilfe unterwegs sei, und dann hüllte sich der Raum in einem dunklen Dunst und sämtliche Geräusche kamen mir weit weg vor.

Ich konnte nicht einschätzen, wie lange es dauerte, bis die Sanitäter in die Küche stürmten. Vorsichtig wurde ich auf eine Trage gelegt, Blutdruck und Puls wurden gemessen. Einer der Männer redete beruhigend auf mich ein. „Bleiben Sie ruhig, Sie sind jetzt in guten Händen. Alles kommt in Ordnung."

Angel bestand darauf, mit mir im Krankenwagen zu fahren. Sie erlaubten es ihm erst, als ich sie anflehte, ihn nicht wegzuschicken. Sobald ich auf der Bahre lag und die Ambulanz mit quietschenden Reifen davonfuhr, spürte ich, wie sich meine

Angst in mir ausbreitete. Tränen liefen mir über die Wangen, während ich verzweifelt versuchte, ruhig zu bleiben. Inmitten all meiner Sorgen spürte ich Angels warme Hand auf meiner. Auch in seinem Blick lag Besorgnis, und doch strahlte er ruhige Entschlossenheit aus, die er sonst nie an den Tag legte. Angel nahm außer seiner Musik fast nie etwas ernst, aber in diesem Moment schien er plötzlich erwachsen und sich seiner Verantwortung bewusst geworden zu sein. „Penny, du schaffst das, du musst das nicht alleine machen. Ich bin bei dir."
Wäre ich nicht so ängstlich und benebelt gewesen, hätte ich mich gefreut, ihn das so selbstverständlich sagen zu hören. Mein Gott, er hatte gerade erst von dem Baby erfahren. Wahrscheinlich stand er selbst unter Schock. Tränen liefen mir über die Wangen, während ich verzweifelt versuchte, ruhig zu bleiben und mich auf die Wärme seiner Hand zu konzentrieren. „Ich habe solche Angst."
Meine Stimme brach. Der Notarzt, der neben Angel saß, lächelte mich beruhigend an. „Wir sind gleich in der Klinik. Dort wird man sich gut um Sie und das Baby kümmern."
Trotz der tröstenden Worte konnte ich meine Sorge um das Baby nicht abschütteln.
In der Klinik wurde ich sofort in ein steriles Untersuchungszimmer gebracht. Angel musste draußen bleiben. Er rief mir zu, dass er warten würde, egal wie lange es dauerte. Seine Worte verstummten, als sich die Tür schloss und mich eine Ärztin gründlich untersuchte. Sie diagnostizierte eine orthostatische Hypotonie. Übersetzt bedeutete das eine vorübergehende Abnahme des Blutdrucks und das hatte zu dem Schwindel und der Ohnmacht geführt. Die Gründe dafür konnten vielfältig sein, ich war ja ohnehin schon angeschlagen durch die Schwangerschaftsübelkeit, aber ich vermutete, dass mein Geist sich einfach der unangenehmen Situation in der Küche entziehen wollte und mein Körper dafür gesorgt hatte. Möglicherweise war es auch einfach nur ein dummer Zufall. Die Ärztin hörte die Herztöne

des Babys ab und versicherte mir, dass es ihm gut gehe. Darüber war ich so unendlich erleichtert, dass ich sofort wieder in Tränen ausbrach. Ich wurde in ein Einzelzimmer gebracht, damit ich mich ausruhen konnte, bis Tante Maura und Angel zu mir kommen würden. Bei meinen Eltern war ich mir nicht sicher. Sie hatten gesagt, was sie sagen wollten, und waren wahrscheinlich schon auf dem Weg nach Hause.

Nachdem die Schwester mich versorgt hatte, ging sie hinaus und ich starrte an die Decke. Da nun keine akute Gefahr mehr für mich und das Baby bestand, konnte ich den Fragen, die Angel zweifellos an mich hatte, nicht länger ausweichen. Wie erwartet öffnete sich die Tür leise, er steckte seinen Kopf durch den Spalt und sah mich liegen.

„Kann ich reinkommen? Oder riskiere ich, dass die Schwester mich rausschmeißt?"

Ich musste grinsen. „Keine Sorge, mit mir sind sie fertig. Ich soll nur klingeln, wenn ich etwas brauche oder jemanden loswerden will."

Er kam herein und schloss die Tür, bevor er sich umdrehte und zu mir kam. Behutsam setzte er sich neben mich auf die Bettkante. Ich nahm mir einen Moment Zeit, um seinen Anblick auf mich wirken zu lassen. Er trug ein schwarzes Hemd und Jeans, sein schulterlanges, goldblondes Haar sah aus, als wäre er ein Dutzend Mal mit der Hand hindurchgefahren. In seinem geliebten Gesicht entdeckte ich deutliche Spuren von Müdigkeit. Die Fältchen um seine Augen waren tiefer als sonst, dunkle Schatten lagen darunter und er hatte sichtbar an Gewicht verloren.

Es schien, als hätte er in letzter Zeit nicht genug geschlafen, und ich fragte mich traurig, ob er zu sehr mit Partys und Frauen beschäftigt gewesen war, um sich um sich selbst zu kümmern. Nur seine Lippen waren so einladend sinnlich wie immer und verzogen sich gerade zu einem Lächeln.

„Ich bin so froh, dass du außer Gefahr bist", gestand er. „Hätte ich gewusst, dass dich das alles so aufwühlt, hätte ich niemals

deine Eltern besucht und sie um Hilfe gebeten. Aber ich wollte unbedingt herauszufinden, wo du steckst."
„Schuldzuweisungen bringen niemanden weiter. Es wäre vermutlich auch so passiert, es hatte nichts mit euch zu tun. Es war nur schlechtes Timing".
Sanft nahm er meine Hand und strich mit den Fingerspitzen darüber. Wir schwiegen beide, aber ich sah ihm an, dass er mich am liebsten mit Fragen gelöchert hätte, sich aber zurückhielt, um mich nicht wieder aufzuregen. „Ich werde dich jetzt nicht fragen, warum du verschwunden bist oder warum du mir die Schwangerschaft verschwiegen hast. Nachdem ich mich so dumm benommen habe, ist es nicht schwer, deine Motive zu erraten. Du sollst nur wissen, dass ich für dich und unser Kind da sein werde, Penny. Du musst das nicht alleine durchstehen."
Seine Worte berührten mich tief. Zu wissen, dass er mir zur Seite stehen und sich um unser gemeinsames Kind sorgen würde, war ein unbeschreibliches Gefühl. „Ich hätte nie gedacht, dass du mit der Wahrheit so gut umgehen kannst", gestand ich. „Eigentlich war ich fest davon überzeugt, dass du ausflippen und die Flucht ergreifen würdest."
Angel runzelte die Stirn. „Bin ich wirklich so schlimm? Ich weiß, ich habe nicht gut reagiert, aber Penny ... ich würde dich niemals im Stich lassen. Egal, wie viel Angst ich vor der Verantwortung habe."
Die folgenden Worte blieben mir fast im Halse stecken, aber ich musste die Wahrheit erfahren, sonst würde ich an all dem Unausgesprochenen ersticken, das zwischen uns stand. „Und jetzt? Hast du immer noch Angst?"
Angel dachte lange über meine Frage nach, bevor er nickte und mir das Herz in der Brust stockte. „Sehr große sogar", gestand er.
„Aber wovor genau?", fragte ich am Rande der Verzweiflung, um zu verstehen, was in ihm vorging.
„Ich hasse Veränderungen, das war schon immer so, weil man

nie weiß, wie sie sich auswirken. Mein Party-Lebensstil, die vielen Frauen, mein Rockstar-Dasein, das waren alles Dinge, an die ich mich gewöhnt und die ich geliebt habe. Ich fühlte mich lebendig und unbesiegbar. Ein anderes Leben erschien mir unvorstellbar, denn das hätte bedeutet, auf alles zu verzichten, was ich so sehr genossen habe."

Seine Worte trafen mich hart, ich blinzelte, weil mir wieder die Tränen kamen. Verdammt, warum war ich in letzter Zeit nur so nah am Wasser gebaut? Sein Geständnis kam schließlich nicht unerwartet. Er hatte nie einen Hehl daraus gemacht, dass er sich nicht ändern wollte.

„Aber ...", fuhr er fort, und sein Tonfall veränderte sich, und nun sah er mir auch wieder in die Augen. „Gleichzeitig habe ich mich emotional von allem abgekapselt. Wahrscheinlich um mich selbst zu schützen. Ich weiß es nicht."

„Zu schützen? Wovor denn?"

„Ob du es glaubst oder nicht, aber auch Rockstars haben Gefühle", meinte er scherzhaft, aber ich erkannte den Ernst hinter dieser Aussage. „Wenn wir auf Tour sind, stehen wir jeden Abend vor Zehntausenden von Menschen. Sie jubeln uns zu, feiern uns. Wir fühlen uns wie Götter, sobald wir die Bühne betreten. Wenn alles vorbei ist, sind wir wieder wir selbst, aber all diese Fans wollen nicht den wahren Angel Turner. Sie wollen nur den, der mit den anderen Jungs die Bühne rockt. Soll ich mich mein Leben lang verstellen, um nicht verlassen zu werden, wenn sie merken, dass meine Bühnenpersönlichkeit nur eine Fassade ist, die ich nicht rund um die Uhr aufrechterhalten kann? Es ist einfacher, niemanden an sich heranzulassen und sich ganz dem Leben als Rockstar hinzugeben. Und dieses Bühnen-Alterego hat sich so sehr in mein Bewusstsein gefressen, dass es mich nicht mehr loslassen wollte. Nicht einmal, als die Möglichkeit bestand, dass du schwanger sein könntest."

„Wenn du so viel Angst vor Verantwortung und Veränderung hast, wie kannst du dann hier sitzen und mir sagen, dass du für mich da sein willst?“ Er sah mich intensiv an. „Als du von einem Tag auf den anderen verschwunden bist, war ich erst schockiert und dann wütend. Auf dich, aber auch auf mich, weil ich wusste, dass es meine Schuld war. Die Sache im Restaurant ... diese Frauen ...“

„Bitte, Angel ... Ich will nichts davon hören“, flehte ich, weil es einfach wehtat, mich daran zu erinnern.

„Ich habe sie nicht mit nach Hause genommen und auch sonst nichts mit ihnen gemacht, außer sie von einem Club zum nächsten zu schleppen. Ich konnte einfach nicht.“

Überrascht und hoffnungsvoll schaute ich ihm in die Augen. „Wirklich nicht?“

Ein sanftes Lächeln umspielte seine Lippen. „Ich schwöre es dir. Ich hatte ständig deinen verletzten Gesichtsausdruck vor Augen, ich hatte keine Sekunde Spaß in dieser Nacht.“ Er führte meine Hand an seine Lippen und sah mich durchdringend an. „Eine Zeit lang habe ich mir eingeredet, es wäre besser so und dass ich bald zu meinem alten Lebensstil zurückkehren würde. Aber diese Illusion hat sich schnell zerschlagen. Je mehr Zeit verging, desto mehr hast du mir gefehlt. Die Leere, die du hinterlassen hast, war das Schlimmste, was ich je erlebt habe, und plötzlich erschien mir alles, was ich so verzweifelt behalten wollte, völlig sinnlos. Dich zu verlieren zwang mich, meine Prioritäten zu überdenken, und mir wurde klar, dass ich nicht ohne dich leben wollte. Also habe ich versucht, dich zu finden, und bin bei deinen Eltern gelandet. Ich hätte nie gedacht, dass sie dich mit Vorwürfen überschütten würden. Das musst du mir glauben.“

Seine Worte weckten so viel neue Hoffnung in mir und ich konnte nicht ignorieren, dass sich bei Angel etwas Grundlegendes verändert hatte. Er war bereit, sich für mich und unser Kind einzusetzen. Vielleicht gab es doch eine Chance für uns. Wenn nicht als Paar, dann wenigstens als Eltern.

Während die Gefühle in mir hochkochten, fragte ich mich, wie

unsere Zukunft wohl aussehen würde. „Und wie geht es jetzt weiter?“
Sein Gesicht blieb ernst. „Ich kann nicht in die Zukunft sehen, Penny, genauso wenig wie du. Ich weiß nur, dass ich ein Teil von allem sein möchte. Ich muss mich noch daran gewöhnen, dass ich bald Vater sein werde, aber mit einer so starken Frau wie dir an meiner Seite werde ich es schaffen. Und ich hoffe, dass du mir dabei helfen wirst. Zu wissen, dass du all die Monate allein warst, weil du mir nicht vertraut hast, bringt mich fast um.“
„Ich war nicht allein, Tante Maura hat mir geholfen“, versuchte ich ihn zu trösten und fügte etwas zögernd hinzu: „Und wie soll es jetzt weitergehen?“
„Ich will, dass du mit mir zurückkommst. Nicht in deine alte Wohnung, sondern in die Villa. Ich habe Keith schon angerufen, während ich darauf gewartet habe, endlich zu dir zu kommen, und er wird alles mit den Jungs besprechen. Du müsstest dir um nichts Sorgen machen und es wäre immer jemand da, der auf dich und das Baby aufpasst, wenn ich es nicht kann.“
Es war eine verlockende Vorstellung, aber ich musste sicher sein, dass es für uns beide das Richtige war. „Du musst das nicht machen, weil du ein schlechtes Gewissen hast. Zu wissen, dass du dich mit dem Gedanken anfreunden kannst, Vater zu werden, ist mehr, als ich erwartet habe.“
Kopfschüttelnd, aber mit einem entschlossenen Lächeln auf den Lippen, sah er mich an. „Wenn du glaubst, dass ich dich von jetzt an auch nur eine Sekunde aus den Augen lasse, musst du verrückt sein. Die erste Hälfte musstest du alleine gehen, den Rest des Weges werde ich bei dir sein. Koste es, was es wolle.“
In diesem Moment fühlte ich eine tiefe Verbundenheit mit Angel, auch wenn ich mir keine Illusionen machte, dass es einfach werden würde. Menschen änderten sich nicht über Nacht, und es war möglich, dass er in ein paar Wochen aufwachte und der Rockstar Angel wieder die Oberhand gewann. Aber ich war

bereit, der Sache eine Chance zu geben, auch wenn ich zu meinem eigenen Schutz vorerst keine sexuelle Beziehung mit ihm eingehen wollte. Wenn er das erwartete, würde er enttäuscht sein. Im Moment war ich einfach froh, dass er sich auf das Abenteuer Vaterschaft einlassen wollte, und so wie ich mich im Moment fühlte, war Sex sowieso das Letzte, worauf ich Lust hatte.

THE ROCK STAR

Kapitel 13

Angel

Ich stand in der Küche am großen Fenster. Von hier aus hatte ich einen perfekten Blick auf Penny, die mit Missy und Miles unter dem großen Sonnenschirm saß und über etwas lachte, das Miles gerade erzählte. Eigentlich wollte ich nur ein paar Getränke holen, aber anstatt mich darum zu kümmern, konnte ich nicht aufhören, Penny anzustarren. Seit ihrem Krankenhausaufenthalt waren einige Monate vergangen, und die Geburt unseres Kindes stand kurz bevor. Obwohl sie immer sagte, sie fühle sich dick und hässlich, fand ich sie schöner denn je. Der Wind wehte sanft durch ihr gesundes, glänzendes Haar und ihr entspanntes Lächeln zauberte eine Aura der Ruhe um sie herum. Bei ihrem Anblick fühlte ich eine Mischung aus Stolz, Glück und tiefer Zuneigung, und obwohl wir beschlossen hatten, unsere Beziehung nach ihrer Entlassung aus dem Krankenhaus vorerst ruhen zu lassen, fiel es mir verdammt schwer, meine Hände bei mir zu behalten, sobald sie in meine Nähe kam. Aber zumindest in einer Sache waren wir uns einig. Wir wollten uns gemeinsam um das Baby kümmern, das war ihr unheimlich wichtig und was meine Süße wollte, das bekam sie auch. Im Moment wollte sie sich nur auf die Geburt unseres kleinen Mädchens konzentrieren. Ja, wir würden ein Mädchen bekommen, und ich hatte die Hosen voll, weil ich ständig daran denken musste, dass es da draußen Jungs gab, die genauso waren wie ich. Obwohl ... nein, als frauenverschlingenden Rockstar konnte man mich im Moment wirklich nicht bezeichnen. Mein letzter Sex war über neun Monate her, und die Frau, mit der ich ihn gehabt hatte, saß nur fünf Meter Luftlinie entfernt bei meinen Freunden. Ein One-Night-Stand, um meinen Körper zu entlasten, kam nicht in Frage, wenn ich noch eine Chance auf eine Zukunft mit Penny haben wollte. Sie musste verstehen, dass ich treu sein und meine Triebe kontrollieren konnte. Im Moment traute sie mir und meinen Gefühlen noch nicht. Was ich ihr nicht verübelte. Ab und zu zweifelte ich selbst daran, ob ich es schaffen würde, vor allem im Hinblick auf die bevorstehende Festivaltour, die jeden Sommer stattfand. So viele Konzerte, so viele Frauen. Würde ich den Verlockungen widerstehen können? Vielleicht war es besser, nicht mitzufahren, bis meine Beziehung zu Penny geklärt und gefestigt war.

Jedenfalls litt ich gerade unter dem schlimmsten Fall von blauen Eiern, den die Menschheit je gesehen hatte. Dass sie, ihr Babybauch und ihre unglaublich prallen Brüste mich tierisch anmachten und bis in meine Träume verfolgten, machte die Sache nicht besser. Dass ich überhaupt so viel Willenskraft aufbrachte und nicht versuchte, sie zu verführen, war ein verdammtes Wunder, denn seit sie in der Villa wohnte, quasi zum Greifen nah, ging es ihr von Tag zu Tag besser und ihre Schönheit machte mich fast sprachlos. Sie hatte jetzt diese unvergleichliche Ausstrahlung, die von innen zu kommen schien, und ich begehrte sie jede wache Minute.

Ich betete, dass unsere Tochter nicht mehr lange auf sich warten lassen und bald zur Welt kommen würde, damit Penny und ich endlich den nächsten Schritt wagen konnten. Ich vertraute darauf, dass die Geburt uns für immer zusammenschweißen würde.

Irgendwie gelang es mir, mich von ihrem verführerischen Anblick loszureißen. Ich sollte Getränke holen und nicht wie ein liebeskranker Esel in der supermodernen Küche stehen und sie durchs Fenster anstarren.

Ich wandte mich ab und ging zum Getränkekühlschrank. Die Tür öffnete sich mit einem Klappern und sofort strömte mir kalte Luft entgegen. Das Innere war geräumig und gut organisiert, dank unserer Haushälterin. Seit wir alle beschlossen hatten, die Villa für einen längeren Zeitraum zu nutzen, weil es uns hier gefiel und jeder trotz der Größe genug Privatsphäre hatte, hatten wir Margaret fest angestellt. In den oberen Regalen standen verschiedene Flaschen und Dosen mit Erfrischungen. Es gab eine Auswahl an kühlen Limonaden, prickelndem Mineralwasser und fruchtigen Eistees. Ich nahm zwei Wasser für Miles und mich, die Mädchen wollten beide einen Fruchtsmoothie.

Ich lud meine Ausbeute auf ein Tablett, als Miles plötzlich in die Küche kam. Ihm ging es wohl nicht schnell genug. „Hey, ich bin schon unterwegs."

Miles sah mich ernst an. „Ich bin nicht wegen der Drinks hier, ich wollte nur die Gelegenheit nutzen, kurz unter vier Augen mit dir zu reden."

Er klang ernst. „Worum geht es denn?"

„Um die bevorstehende Sommertournee", sagte Miles, nachdem er sich geräuspert hatte. „Ich weiß, dass du gerade andere Dinge im Kopf hast, und ich will dir wirklich nicht die Vorfreude verderben, aber wir müssen langsam anfangen, uns darauf vorzubereiten. Die Tournee beginnt in acht Wochen und wir müssen wissen, ob du mitkommen oder ob du dieses Mal aussetzen willst? Das würden wir alle verstehen. Es sind nur ein paar Festivals und für so eine kurze Zeit könnten wir sicher einen Ersatz organisieren."

Nun musste ich mich schneller entscheiden, als mir lieb war. Ich war innerlich zerrissen. Die Festivaltour war seit Jahren fester Bestandteil unseres Tourplans und ich freute mich immer darauf. Es gab einfach nichts Geileres und Aufregenderes als Open-Air-Konzerte mit Tausenden von gut gelaunten Fans. Das war immer so ein Woodstock-Feeling, auch wenn keiner von uns damals auf der Welt gewesen war. „Ehrlich gesagt, ich weiß es noch nicht. Wenn ich es verpasse, wird mir wirklich etwas fehlen, aber ich fühle mich nicht wohl bei dem Gedanken, sie so kurz nach der Geburt für fast einen Monat allein zu lassen.“

Das war einer der Momente, vor denen ich mich gefürchtet hatte, als ich anfangs so panisch auf Pennys mögliche Schwangerschaft reagiert hatte. Ich konnte nicht alles haben, ich musste hier und da Abstriche machen, und die Sommertour gehörte wohl dazu. „Ich denke, ihr solltet einen Ersatz für mich finden.“

„Das wird nicht nötig sein“, hörte ich Pennys entschlossene Stimme aus dem Hintergrund und erschrak, denn ich hatte nicht bemerkt, dass sie die Terrasse verlassen hatte und nur wenige Meter von mir entfernt auf der Küchenschwelle stand. „Ich will nicht, dass du wegen mir deine Pflichten vernachlässigst.“

Ich ging um die Kücheninsel herum, direkt auf sie zu, und als ich sie erreicht hatte, griff ich nach ihrer Hand. Ihre zarten Finger fühlten sich kalt an. „Das ist keine große Sache“, wiegelte ich ab. „Du und unsere Kleine sind wichtiger. Die Tour kann auch ohne mich stattfinden.“

„Aber wo ziehst du die Grenze, Angel?“, wandte sie ein. „Es wird immer etwas geben, das wichtig ist, und das Letzte, was ich will, ist, dich zurückzuhalten. Du liebst es doch mehr als alles andere, auf der Bühne zu stehen, und deine Fans kommen deinetwegen und nicht, um einen Ersatz zu sehen.“

Mein Herz schlug schneller. „Aber was ist mit dir?“

„Ich bin hier in guten Händen“, erklärte sie. „Missy ist die meiste Zeit hier, und Margaret kann schon jetzt nicht aufhören, mich von Kopf bis Fuß zu verwöhnen. Sobald das Baby da ist, wird sie mich keine Sekunde aus den Augen lassen." Sie hielt kurz inne und lächelte, etwas gequält, wie ich mir dachte, aber wahrscheinlich war es nur mein schlechtes Gewissen. „Geh auf diese Tour. Sie ist relativ kurz und du hast nicht nur eine Verantwortung gegenüber unserem Baby, sondern auch gegenüber deinen Fans. Abgesehen davon sind die meisten Leute gezwungen, wieder zur Arbeit zu gehen. Kaum jemand kann sich den Luxus leisten, mehrere Wochen zu Hause zu bleiben, wie du es tun wirst. Das Baby wird fast zwei Monate auf der Welt sein, bevor die Tour beginnt. Es gibt also wirklich keinen Grund, nicht mitzufahren."

Dieser Argumentation war nichts hinzuzufügen und ich betete, dass ich den endlosen Verlockungen der Tour widerstehen konnte. Ich wollte es. Unbedingt. Aber ein Glas zu viel, dazu die monatelange sexuelle Abstinenz ... Scheiße, was, wenn ich es so kurz vor dem Ziel doch noch vermasselte?

Dann hast du Penny auch nicht verdient, tönte meine innere Stimme. Das stimmte. Dieses Festival würde meine letzte Prüfung sein, der Beweis an mich selbst, dass ich der Mann sein konnte, der Penny glücklich machte, und zwar in jeder Hinsicht.

„Gut, dann kannst du auf mich zählen", sagte ich zu Miles, der uns schweigend zugesehen hatte. Er nickte. „Dann sage ich Keith Bescheid und gehe wieder raus zu Missy. Kommst du mit, Penny? Ich würde dir meinen stützenden Arm leihen."

Ein weiterer Grund, warum ich zustimmte, länger in der Villa zu bleiben, war die Fürsorge, die Penny von allen hier erfuhr. Sie lächelte ihn dankbar an. „Das ist nett, aber eigentlich bin ich reingekommen, weil ich mich vor dem Abendessen noch etwas hinlegen wollte."

„Ich bringe dich nach oben", bot ich sofort an, denn ich nutzte jede Gelegenheit, um mit ihr allein zu sein. Vor allem jetzt, nachdem die Entscheidung zugunsten der Tour gefallen war, brauchte ich einfach mehr Nähe, um nicht zu vergessen, was

für mich auf dem Spiel stand. Keine Pussy der Welt war es wert, Penny zu verlieren.
Man kann nur verlieren, was man hat. Im Moment seid ihr nur werdende Eltern, kein Paar, mischte sich die innere Stimme meiner Rockstar-Persona ein, die es gar nicht cool fand, dass ich dem Sex & Drugs & Rock'n Roll-Lifestyle abgeschworen hatte und schon lange nicht mehr vögelte. Ich brachte dieses Alter Ego von mir resolut zum Schweigen und begleitete sie fürsorglich nach oben. Kurz darauf betraten wir ihr Zimmer, das gegenüber von meinem lag. Ich hatte darauf bestanden, sie in meiner Nähe unterzubringen, wenn sie schon auf getrennten Räumen bestand. Der Teppich fühlte sich weich und flauschig unter meinen Füßen an, durch die schweren Vorhänge drang sanftes Licht. Ich führte sie zum Bett, und sie ließ sich mit einem Seufzer der Erleichterung darauf nieder. „Gott, ich werde es bald mit einem Elefanten aufnehmen, ich kann kaum noch laufen", murmelte sie, was mich auf eine großartige Idee brachte. „Soll ich dir die Füße massieren? Ich habe mir sagen lassen, dass ich magische Hände habe", erklärte ich augenzwinkernd.
Eine zarte Röte breitete sich auf ihren Wangen aus, sie zog die Unterlippe zwischen die Zähne, und um ein Haar hätte ich aufgestöhnt, denn der Drang, sie zu küssen, wurde so stark, dass es wehtat, ihn zu unterdrücken.
„Das glaube ich dir gern", antwortete sie etwas schnippisch, lächelte dann aber. „Tu dir keinen Zwang an. So ein Angebot kann man nicht ablehnen."
Endlich konnte ich sie wieder berühren. Inzwischen begnügte ich mich sogar mit Kleinigkeiten, und jede Gelegenheit, um sie anzufassen, war mir willkommen. „Lehn dich gegen die Kissen und entspann dich", forderte ich sie mit rauer Stimme auf. Sie gehorchte. Sobald sie es sich bequem gemacht hatte, bewunderte ich ihren Babybauch, unter dem sich meine kleine Tochter verbarg. Seltsam, ich hatte solche Angst vor dieser Verantwortung gehabt, bevor ich überhaupt sicher wusste, dass dieses

Kind existierte, und jetzt konnte ich es kaum erwarten, sie in meinen Armen zu halten.
„Okay, ich bin bereit", sagte sie mit einem burschikosen Unterton. Sobald die Stimmung zu intim wurde, versuchte sie gegenzusteuern, als hätte sie Angst, sich wieder auf zu viel Nähe einzulassen. Eigentlich hätte man das eher von mir erwartet, aber verdammt, ich war „all-in", wie man so schön sagte.
Sanft streichelte ich ihre nackten Knöchel und sah ihr in die Augen. Ihr Atem ging ein wenig schneller, ihr Blick wurde trüb und blieb an meinen Lippen hängen. Oh ja, sie wollte mich noch. Auch wenn sie es sich noch verbot. Während ich meine Hände über ihre Füße gleiten ließ, spürte ich, wie sich die Anspannung langsam aus ihrem Körper löste. Penny schloss mit einem seligen Seufzer die Lippen und genoss meine gekonnten Berührungen. Meine Finger wanderten immer höher, massierten ihre Waden, und als ich es nicht mehr aushielt, glitt ich unter den Saum ihres Kleides und streichelte die Außenseite ihrer samtweichen Oberschenkel.
Sofort schlug sie die Augen auf. „Angel ...", hauchte sie, ohne mich wegzustoßen. Meine Finger verharrten einen Moment, dann rückte ich näher, bis ich neben ihr saß. „Penny, ich weiß, du willst es langsam angehen, aber ich muss dich küssen, sonst drehe ich durch."
Ihre Lippen waren rosa und geschwollen, ihre Augen hell, aber verschleiert. Alles in mir schrie danach, endlich wieder ihren weichen Mund unter meinem zu spüren. Ich war ihrer magnetischen Anziehungskraft hilflos ausgeliefert. Noch nie hatte ich eine Frau so sehr begehrt wie sie in diesem Augenblick. In meinen Augen war sie perfekt, ihr schwangerer Körper stieß mich nicht ab, sondern weckte alle animalischen Instinkte in mir. Wahrscheinlich stimmte es, Männer waren von der Evolution auf Fortpflanzung getrimmt. Ich jedenfalls wollte jede Kurve, jede Rundung unter meinen Lippen spüren und sie zum Stöhnen bringen.

„Angel ... ich will dich auch, aber ich habe Angst. Ich habe immer das Gefühl, nicht genug zu sein. Schon immer und du bist so perfekt und ... ich ... ich.“
Sie verstummte und mir brach das Herz, weil sie so offen ihre Verletzlichkeit zeigte. Mein Mädchen, meine Penny ...
„Ich werde dir beweisen, was du mir bedeutest, und ich schwöre dir, du wirst es nicht bereuen.“
„Bitte tu mir nicht weh, Angel“, flehte sie und ich schluckte. Wieder schwor ich mir, sie auf Händen zu tragen und mich ihrer würdig zu erweisen. Mit Taten, nicht nur mit Worten. Penny schien ein gebranntes Kind zu sein und brauchte mehr als leere Versprechungen. Ich konnte mir vorstellen, was für eine Kindheit sie mit solchen Eltern gehabt haben musste. Diese hatten sich inzwischen bei ihr für ihr Verhalten im Haus ihrer Tante entschuldigt und bemühten sich um eine Annäherung zu ihrer Tochter. Das bedeutete Penny viel, aber eine Entschuldigung konnte nicht die ganze Vergangenheit ungeschehen machen. Aber es war zumindest ein Anfang.
„Niemals“, schwor ich und beugte mich über sie. Mein Mund streifte ihren, ein Beben ging durch meinen Körper, so unglaublich gut fühlte sich diese harmlose Berührung an. Sie war das ganze Warten mehr als wert. Sie öffnete die Augen, legte ihre Hände auf beide Seiten meines Gesichts und zog mich zu ihrem Mund, als hätte sie nur darauf gewartet, sich auf mich zu stürzen. Ich stöhnte auf, als sie den Kuss vertiefte. Ich zog mich zurück, sie streckte mir ihre weiche Unterlippe entgegen und verführte mich, darauf zu beißen. Meine Hand wanderte fast von selbst zu ihrer vollen Brust und streichelte sie über den Stoff. Sie reagierte sofort, mein Daumen kreiste zärtlich und ich wurde fast verrückt vor Lust und wollte sie nur noch von dem störenden Kleid befreien, um die pralle Knospe zu lecken.
„Darf ich?“, fragte ich, bevor ich den ersten Knopf durch den kleinen Schlitz schob. Erst zögerte sie, schien abzuwägen, ob sie das wirklich zulassen sollte, dann stieß sie ein „Gott, ja,

bitte ..." aus, und ich war nicht mehr zu bremsen. Langsam öffnete ich ihr Kleid und der Anblick ihrer prallen Titten brachte mich an den Rand des Wahnsinns. Der Verschluss des BHs war vorne, Gott sei Dank, und ich befreite sie erst obenrum von dem Kleid, ehe ich ihr den Büstenhalter abstreifte und ihre weichen Brüste meine Hände füllten. Ich drückte leicht zu und senkte meinen Mund. Zuerst zügelte ich um den Warzenhof herum, bevor ich die Knospe tief einsaugte und ihr ein Stöhnen entlockte. Während sie sich unruhig bewegte, streichelte ich unermüdlich die andere Brust, spielte mit der steifen Warze und bereitete auch sie für meinen Mund vor. Penny wand sich hin und her. Ihre Erregung stand der meinen in nichts nach. Ich brachte meine Erektion in eine etwas bequemere Position, ignorierte sie aber. Das hier sollte allein für sie sein. Um mich selbst würde ich mich unter der Dusche kümmern. Daran war ich inzwischen gewöhnt. Seit Monaten hatte ich nur noch meine eigene Faust gefickt.

Dann geschah etwas Unerwartetes. Penny setzte sich auf, schob mich von sich weg und schwang sich unerwartet geschmeidig auf meinen Schoß, so dass ihre Knie zu beiden Seiten meiner Hüften lagen. Sie lehnte sich ein wenig zurück, damit ihr Bauch nicht im Weg war, und sah mich mit glühenden Wangen und einem erotischen Funkeln in den Augen an. „Ich will dich, Angel", flüsterte sie mir zu und bewegte sich unmissverständlich auf meinen Schoß. Gott, ich wäre fast in meiner Jeans gekommen. Ihre nackten Brüste bebten bei jeder Bewegung, während sie ihre Muschi gierig an der Beule unter meiner Jeans rieb und ihre Haut wie Samt schimmerte. Ich legte meine Hände an ihre Seiten und streichelte auf und ab. „Du kannst mich haben, immer, jederzeit", versicherte ich ihr und spürte, wie sie sich an meiner Jeans zu schaffen machte. Sie erhob sich leicht und dann holte sie meinen Schwanz heraus und strich mit ihrer kleinen Hand liebevoll an meinem Schaft auf und ab. Die Spitze tropfte schon und als sie mich aus ihren verschleierten Augen ansah und sich dabei über die Lippen leckte, als könne sie es kaum erwarten, meinen Saft zu schmecken, wurde mir schwindelig vor Verlangen. Ich hatte gehört, dass viele schwangere Frauen gerade im letzten Drittel der Schwangerschaft ein unersättliches Verlangen nach Sex entwickelten, und ich wollte ihr gerne helfen, dieses Verlangen zu stillen. Wenn ich nicht schon vorher wie ein unreifer Teenager viel zu früh meine Ladung abschoss. Dann kam mir ein ernüchternder Gedanke, und so sehr ich sie auch begehrte, musste ich doch erst einmal sichergehen, dass alles seine Ordnung hatte.

„Penny, warte. Ist das nicht zu gefährlich?"

Unsere Blicke trafen sich und ich konnte mit Fug und Recht behaupten, dass sie gerührt war. „Es ist alles bestens. Sex ist kein Problem, das hat mir meine Ärztin versichert. Er soll mir sogar helfen, mich zu entspannen."

Okaaay, jetzt würde mich nichts und niemand mehr davon abhalten können, in ihrer engen, feuchten Muschi zu versinken. Sie half mir auch, mein Hemd auszuziehen. Es landete irgendwo im Raum. Ihre Hände wanderten über meine Brust und meine Bauchmuskeln, bis ich es nicht mehr aushielt und mich nach vorne beugte, um ihren Hals und ihren Kiefer mit Küssen zu bedecken. Mein Schwanz war steinhart und pulsierte von der Hitze, die sich zwischen uns aufbaute. Sie wiegte ihre Hüften und drückte ihre Brust nach vorne, bis sich ihre perfekten Titten direkt vor meinem Gesicht befanden und erneut darauf warteten, in meinen Mund gezogen und angebetet zu werden. Mein heißer Blick heftete sich auf ihre feucht glänzenden Brustwarzen und ich hörte auf, meinem Verlangen zu widerstehen. Meine Zunge kreiste und leckte, bis sie sich auf meinem Schoß krümmte und kleine, erregende Laute von sich gab. Mit meiner Linken umfasste ich eine Brust und hob sie an meinen Mund, während ich leckte, saugte und knabberte, wanderte die andere in ihr durchnässtes Höschen, bis ich ihren glatten Eingang fand und vorsichtig einen Finger hineinschob. Sie stöhnte meinen

Namen, als sich ihre inneren Wände um meinen Finger zusammenzogen, während ich ihn in einem langsamen Rhythmus hinein und wieder heraus bewegte. Sie klammerte sich an meine Schultern und ging ein wenig auf die Knie, um mir einen besseren Zugang zu ermöglichen. Sie keuchte, als ich einen zweiten Finger einführte. Um ihre Lust zu steigern, legte ich den Daumen auf ihren Kitzler und massierte ihn mit zunehmendem Druck. Ihre inneren Wände zuckten um meine Finger und saugten mich noch tiefer in sie hinein. Ich spürte, dass sie kurz vor ihrem Höhepunkt stand und intensivierte den Stoßrhythmus. Ich wollte sie unbedingt kommen sehen, doch dann packte sie mein Handgelenk und stoppte meine Bewegungen. Irritiert blickte ich ihr in die Augen, eine stumme Frage nach dem Warum stand mir sicher ins Gesicht geschrieben. „Ich will deine Finger nicht", stellte sie klar und streichelte meinen schmerzhaft erregten Schaft. Sie führte mich zu ihrem Eingang, bevor sie den Stoff ihres Slips zur Seite schob und sich auf mich senkte. Das Gefühl sprengte mir fast den Schädel. Ihre feuchte Wärme umschloss meinen steifen Schwanz wie ein zu enger Handschuh. Ihr Inneres massierte meine Härte und es fiel mir verdammt schwer, nicht sofort zu kommen. Sie war so feucht und eng, dass alles um mich herum verblasste, während sie mich fickte. Langsam hob und senkte sie sich auf mich, sie schien keine Eile zu haben, und ich hielt mich zurück. Eine Welle der Lust nach der anderen durchströmte mich, vermischte sich mit ihrer. Penny ließ sich ein wenig nach hinten fallen, um Platz für ihren Bauch zu schaffen. Feine Schweißperlen sammelten sich auf ihrer Stirn, es musste wahnsinnig anstrengend für sie sein. So sehr ich es auch genoss, von ihr geritten zu werden, mein Beschützerinstinkt überwog.
„Baby, lass mich die Arbeit machen", bat ich zwischen zusammengebissenen Zähnen und legte die Hand auf ihren Bauch. Ich fing an, von unten in sie hineinzustoßen. Kraftvoll schob ich mich in ihre enge Pussy, sie schrie auf und verkrampfte sich,

ihre inneren Wänden krampften und entspannten sich, während ihres Orgasmus. Ich kam ebenfalls in langen und befriedigenden Schüben und es war so erschütternd schön, dass ich kaum noch klar denken konnte. Tatsächlich erinnerte ich mich nicht daran, jemals so einen unglaublichen Höhepunkt erlebt zu haben. Penny saugte mir nicht nur den Samen aus dem Leib, sondern auch meinen Verstand. Alles was blieb waren Gefühle und davon eine ganze Menge. Überwältigt von diesem Erlebnis schlang ich die Arme um sie und presste den Mund auf ihren, trank ihre leisen Seufzer der Hingabe und des Glücks. Fuck, ich liebte diese Frau. Liebte ihren Körper, ihre Wärme, ihre Hingabe und ihre Verlässlichkeit. Einfach alles, was sie ausmachte. Penny war alles, was zählte und ich würde mein Bestes geben, um mein Leben mit ihr und unserem Kind an meiner Seite zu führen.

Nachdem sich mein rasender Herzschlag ein wenig beruhigt hatte, strich ich ihr ein paar verschwitzte Haarsträhnen aus dem erhitzten Gesicht. Sie leuchtete förmlich von innen und das Lächeln auf ihren Lippen stahl mir endgültig das Herz. Während ich sie so ansah, wusste ich wieder ganz genau, wieso ich all die Monate keine andere angerührt hatte. Es gab einfach keine Frau auf diesem Planeten, die es mit ihr aufnehmen könnte. Nicht, weil sie schöner oder intelligenter als andere gewesen wäre, sondern weil sie genau das war, was ich brauchte. Penny war mein Gegenstück, nur gemeinsam waren wir komplett perfekt und der Beweis unserer Vollkommenheit war dieses Leben in ihrem Bauch.

Kapitel 14

Penny

Ich lag im Bett und wartete auf Angel, der kurz duschte, nachdem er mich liebevoll mit einem Schwamm gereinigt hatte. In diesem Moment war ich voller Hoffnung und wagte es, an eine gemeinsame Zukunft mit ihm zu glauben. Okay, es war vielleicht nicht alles perfekt, vor allem, wenn ich an sein Gespräch mit Miles in der Küche dachte. Es wäre ihm sehr schwergefallen, auf diese Tour zu verzichten. Nicht, dass ich das von ihm erwartet hätte, aber ein kleiner Teil von mir hatte auf eine solche Antwort gehofft, und als sie ausblieb, war ich enttäuscht. Ich wusste sofort, dass er die Festivaltour nicht verpassen wollte. Obwohl es mir wehtat, dass er lieber mit den Jungs unterwegs war, als bei mir und dem Baby zu bleiben, durfte ich nicht egoistisch sein. Wie konnte ich von ihm erwarten, sich zwischen seiner Berufung als Musiker und seinem Kind zu entscheiden? Damit würde ich all seine Sorgen und Ängste bestätigen, die ihn am Anfang geplagt hatten. Also nahm ich ihm die Entscheidung ab und gab ihm die Erlaubnis, ohne schlechtes Gewissen mit

Hopeless Minds auf Festivaltour zu gehen, obwohl ich wahrscheinlich keine ruhige Minute haben würde. Ich war ja nicht blöd, ich wusste, was speziell auf der Sommertour los war. Tausende von wunderschönen Frauen, die ihn anhimmelten, viele von ihnen würden sich ihm an den Hals werfen. Vor allem, weil wir trotz des Sex, den wir gerade hatten, kein Paar im eigentlichen Sinne waren. Außerhalb unseres engsten Kreises wusste auch niemand, dass er Vater werden würde. Wir wollten es so lange wie möglich geheim halten, um mich vor den Papparazzi zu schützen. Er war also offiziell Single, und wie viele Männer waren gefestigt genug, um Nein zu sagen, wenn sie mit anzüglichen Angeboten überhäuft wurden? Wahrscheinlich nicht viele. Trotzdem musste ich lernen, ihm zu vertrauen. Es würde nicht die letzte Tour sein, weitere würden folgen. Ich musste mich dem stellen oder es bleiben lassen.

Ja, die Dinge waren nicht perfekt, aber ich weigerte mich, zu schwarz zu sehen, und wollte die Chance nutzen, die sich mir mit Angel bot. Seit er mich im Haus meiner Tante gefunden und zu sich in die Villa geholt hatte, war die Schutzmauer um mein Herz jeden Tag ein bisschen mehr zerbröckelt, bis sie vor einer Stunde ganz eingestürzt war. War es klug gewesen, mit ihm zu schlafen? Wen interessierte das? Wir hatten es beide gewollt, und nach all der liebevollen Fürsorge, die er mir entgegengebracht hatte, seit ich hier eingezogen war, zweifelte ich nicht mehr daran, dass ihm wirklich etwas an mir lag.

Ja, aber liebt er dich auch? Du hast noch nie einem Menschen ganz genügt. Warum sollte es bei ihm anders sein?

Die giftige Stimme in mir wollte mir diesen Moment der Zufriedenheit einfach nicht gönnen. Zielstrebig brachte sie alle Zweifel wieder an die Oberfläche, während ich darauf wartete, dass er aus dem Bad kam und sich zu mir legte. Plötzlich fühlte ich mich seltsam und spürte, wie alles um mich herum feucht wurde. Wie in Zeitlupe sah ich nach unten und bemerkte, dass meine Oberschenkel und die Matratze unter mir nass wurden.

Ich blinzelte einmal, zweimal, dann traf mich die Erkenntnis wie ein Blitz. Meine Fruchtblase war geplatzt.
„Angel!“ Mein panischer Schrei hallte durch den Raum. Gleich darauf stürmte er aus dem Bad, nur mit Boxershorts bekleidet.
„Was ist los?“
Ich deutete auf meinen Bauch. „Ich glaube, es ist soweit. Meine Fruchtblase ist geplatzt.“
Angels Gesicht verlor jede Farbe, als er begriff, dass er in den nächsten Stunden Vater werden würde. Dann straffte er sich und zu meinem Erstaunen reagierte er ruhig und gefasst. Er kam auf mich zu und nahm meine Hand. „Okay, dann sollten wir uns auf den Weg in die Klinik machen. Alles wird gut, wir sind gut vorbereitet. Ich hole dir erst ein Handtuch und helfe dir dann beim Anziehen.“
Wenige Minuten später waren wir so weit. Vorsichtig führte er mich zu seinem Wagen. Von den anderen war nichts mehr zu sehen oder zu hören, sie waren wohl alle weggeflogen. Angel half mir hinein, dann nahm er die gepackte Tasche und stieg selbst ein.
„Wir schaffen das“, flüsterte er mir zu und startete den Wagen. Während der ganzen Fahrt zum Krankenhaus hielt er meine Finger fest und beruhigte mich immer wieder mit liebevollen Worten. Als wir in der Klinik ankamen, überkam mich eine Mischung aus Panik und Erleichterung. Es gab so viele Dinge, die bei einer Geburt schief gehen konnten, und das machte mir Angst, aber andererseits konnte ich es kaum erwarten, meinen kleinen Engel endlich in den Armen zu halten.
Angel brachte mich zur Aufnahme und drängte zur Eile, denn ich hatte inzwischen leichte Wehen. Ja, unsere Tochter drängte auf die Welt und es war ein unglaubliches Gefühl, auch wenn ich auf die Schmerzen hätte verzichten können. Die Schwester nahm unsere Anmeldung auf, dann durfte ich direkt in einen der freien Kreissäle, statt auf die normale Station. Der Raum war gemütlich und mit den modernsten medizinischen Geräten

ausgestattet. Das gedämpfte Licht und die leise Hintergrundmusik sorgten für eine entspannte Atmosphäre, die mich sofort beruhigte. In der Mitte des Zimmers stand das Entbindungsbett mit weichen Kissen, daneben der Monitor, der die Herztöne des Babys überwachte, und ein Gerät, das die Wehen aufzeichnete. Eine Krankenschwester kam auf mich zu und begrüßte mich herzlich. Sie führte mich zu einem bequemen Stuhl, auf dem ich Platz nehmen konnte, wo sie mir zunächst einige Fragen stellte und meine Vitalwerte überprüfte. Ihre sanfte Art gab mir das Gefühl, in guten Händen zu sein. Angel blieb die ganze Zeit an meiner Seite, aber die Nervosität stand ihm nun deutlich ins Gesicht geschrieben.

Die Stunden vergingen. Die Wehen kamen in immer kürzeren Abständen und die Anstrengung versetzte mich in einen fast tranceartigen Zustand. Ich hielt Angel an der Hand, der meine wechselnden Launen und Beschimpfungen tapfer ertrug und mir gleichzeitig durch seine Anwesenheit so viel Kraft gab. Die Hebamme machte mir Mut und erklärte mir, dass jede Wehe, jeder Schmerz mich meinem Baby näher bringe. Das war Motivation genug, um durchzuhalten. Ich atmete also genau nach Anweisung und schließlich verspürte ich einen starken Drang zu pressen.

„Oh Gott, es muss endlich raus“, stieß ich keuchend hervor, während meine Kraftreserven schwanden. Angel tupfte mir mit einem feuchten Tuch die Stirn ab und feuerte mich an. „Du schaffst das, Penny. Glaub mir, du bist der stärkste Mensch, den ich kenne. Ich bin so stolz auf dich.“

Erleichtert spürte ich, wie das Baby vorwärts drückte. Der Druck und die Anstrengung waren so intensiv, dass ich nicht wusste, wie lange ich es noch aushalten konnte und dann ... ließ der Druck einfach nach und ich hörte den ersten Schrei unserer Kleinen. Ein Schluchzen brach aus mir heraus. Sie schrie wie am Spieß und es war der schönste Klang, den meine Ohren je gehört hatten. „Ein wunderschönes und gesundes Mädchen“, sagte die Hebamme und wandte sich Angel zu. „Wollen Sie die Nabelschnur durchtrennen, bevor ich sie zu ihrer Mutter bringe?"

Erst jetzt bemerkte ich seinen ehrfürchtigen Gesichtsausdruck. Er nickte, schnitt mit Hilfe der Hebamme die Schnur durch und sie legte mir mein Baby auf die Brust. Tränen liefen mir über das Gesicht, als ich mein kleines Wunder zum ersten Mal in den Armen hielt, und ich fühlte eine so große und tiefe Liebe zu diesem kleinen Wesen, dass ich keine Worte dafür fand. Angel kam zu mir und legte seine Hand auf den nackten Rücken unserer Kleinen, um sie seine Körperwärme spüren zu lassen.

Die Geburtshelferin ließ uns Zeit, diesen unwirklichen Moment zu genießen, bevor sie uns freundlich darauf hinwies, dass sie noch einige Routineuntersuchungen durchführen müsse. Nur widerwillig gaben wir unser Baby in ihre erfahrenen Hände. Auch ich fand keine Ruhe. Die Plazenta kam und ich wurde entsprechend versorgt. Erst danach brachte die Krankenschwester die Kleine wieder. Diesmal legte sie unser Mädchen zuerst in Angels Arme, und ich würde seinen stolzen und liebevollen Gesichtsausdruck nie vergessen. Waren es Tränen in seinen Augen?

„Sie ist so schön", flüsterte er und streichelte ihre kleinen Finger. „Hallo, Prinzessin. Hier ist dein Daddy."

Die Art, wie er mit ihr umging, so behutsam und beschützend, berührte etwas tief in mir. Er beugte sich vor und drückte ihr einen zärtlichen Kuss auf die kleine Stirn. „Daddy hat dich schon so lieb. Ich werde dir die Welt zu Füßen legen."

Er schaute mich über die kurze Distanz an und etwas in mir machte klick und ich erlaubte mir wirklich, an uns zu glauben. Die Vergangenheit und die Zweifel verblassten und ich streckte meine Hand nach ihm aus. Er kam auf mich zu, legte mir unsere Tochter in den Arm und drückte auch mir einen Kuss auf die Lippen. „Danke", flüsterte er in meinen Mund und lächelte. „Wie sollen wir sie jetzt nennen?"

Ach ja, den Namen. Es war noch keine Entscheidung gefallen.
„Was hältst du von Evangeline? Meine Großmutter hieß so, und ich fand den Namen schon als Kind unglaublich schön. Und man kann ihn immer noch zu Evie abkürzen."
„Evangeline ... Evie", wiederholte er betont langsam, als wolle er jede Silbe des Namens auskosten. Dann lächelte er. „Es klingt wunderschön." Er strich Evangeline sanft über den Rücken. „Nun, was hältst du von unserer Wahl? Kannst du damit leben?"
Sie gab ein gurgelndes Geräusch von sich, das uns beide zum Lachen brachte.
Die Welt um uns herum stand für einen Moment still, und ich hoffte, dass meine Liebe für uns beide stark genug war, auch wenn er sie vielleicht nie hundertprozentig würde erwidern können.

***

Mitten in der Nacht wachte ich von Evies Weinen auf, das durch das Babyphone zu hören war. Ihr Zimmer lag direkt neben meinem und war durch eine Verbindungstür zu erreichen. Ich war noch halb im Schlaf, als ich meine Beine aus dem Bett schwang und nach nebenan tapste. Mein kleiner Engel konnte schreien wie ein kleiner Dämon und holte mich alle vier, wenn ich Glück hatte, alle fünf Stunden aus dem Bett, weil sie Hunger hatte. Diesmal waren es sogar nur etwas mehr als drei Stunden, wie ich mit einem Blick auf die Uhr feststellte. Erschöpfung durchströmte meinen Körper und doch hätte ich mit niemandem auf der Welt tauschen wollen. Leise betrat ich das Zimmer und ging zur Wiege. Ein Nachtlicht erhellte das liebevoll eingerichtete Zimmer, dessen Wände in beruhigenden Pastelltönen gestrichen waren. Über dem Bettchen hingen bunte Mobiles, in den Regalen reihten sich die Stofftiere, mit denen sie eines Tages spielen würde, und der Duft von Babypuder und Milch erfüllte die Luft. „Na, wer ist denn da schon wach?“, murmelte ich liebevoll und beugte mich über meine Tochter. Obwohl sie in den etwas mehr als acht Wochen seit ihrer Geburt schon ein ganzes Stück gewachsen war, kam sie mir immer noch so winzig vor. Ihre Arme und Beine zuckten, ihr Gesicht war unwillig verzogen und vom Weinen gerötet. Liebevoll streichelte ich ihre weiche Wange und hob sie vorsichtig hoch. Ihr Körper fühlte sich in meinen Armen warm und zerbrechlich an. Ich drückte sie an meine Brust, eine Hand hielt ihren kleinen Kopf dicht an meinem Hals. Ich spürte ihren Atem auf meiner Haut und ließ mich seufzend in den großen Sessel sinken, der neben der Wiege stand und den ich immer zum Stillen benutzte. Ich liebte diese enge Verbindung zu meinem Kind und das Wissen, ihm alles geben zu können, was es brauchte. Ich öffnete das Nachthemd, und kurz darauf schloss sich ihr suchender Mund um meine Brustwarze. Gierig trank sie, während ich mich zurücklehnte und müde die Augen schloss. Gleichzeitig genoss ich diesen intimen Moment, und die Liebe, die ich empfand, war grenzenlos.

Während Evie trank, dachte ich daran, dass Angel morgen früh mit den anderen Jungs aufbrechen würde. Die Tour stand vor der Tür und unsere kleine Idylle würde ein jähes Ende finden. Die letzten Wochen waren wie im Flug vergangen. Angel hatte sich als wunderbarer Vater erwiesen. Ich hätte mir keinen liebevolleren und hingebungsvolleren Daddy für sie wünschen können, auch wenn er, genau wie ich, manchmal unsicher war. Auch mich trug er praktisch auf Händen, und wenn mein Körper es zugelassen hätte, hätten wir wahrscheinlich jeden Tag gevögelt wie die Karnickel. Er ließ keinen Zweifel daran, wie sehr er mich wollte. Für Sex war es leider noch zu früh. Wir müssten noch ein paar Tage warten, hatte die Ärztin gesagt. Das bedeutete, dass er nicht mehr da sein würde, wenn bei mir alles wieder „in Ordnung“ war und wir noch ein bisschen warten mussten. So blieben uns vorerst nur Küsse und Umarmungen, und ich genoss es sehr, ihn mit meinen Händen und meinem Mund zu befriedigen. So oft, dass ich aufgehört hatte zu zählen und ich schwelgte in der erotischen Macht, die ich offenkundig über ihn hatte. Angel hatte nicht gelogen, er begehrte mich über alle Maßen, und dass mein Körper nach der Geburt nicht mehr derselbe war, störte ihn offensichtlich überhaupt nicht.

Nun war es vorerst vorbei und düstere Gedanken überkamen mich, ich konnte sie nicht verhindern. Sie waren da und brachten neue Unsicherheit. Denn trotz der schönen Zeit seit unserer Rückkehr aus dem Krankenhaus hatten wir uns unsere Liebe noch nicht eingestanden. Ich zweifelte nicht daran, dass ich genau das für ihn empfand: Liebe.

Aber ging es ihm auch so, oder war das mit uns nur eine Phase, in der er Vater, Mutter, Kind spielte? Schließlich hatte er nicht umsonst den Ruf, ein Frauenheld zu sein, und ich fürchtete, dass er den Verlockungen der Tour nicht widerstehen konnte und unsere Beziehung daran zerbrechen würde. Die Szenarien, die ich mir ausmalte, wurden immer düsterer, je länger ich darüber nachdachte. Der Gedanke, dass ich allein zurückbleiben würde, während er es vorzog, wieder seine Freiheit zu genießen, machte mir zu schaffen.

Plötzlich hörte ich ein Geräusch und schaute zur Tür. Mein Herz machte einen kleinen Sprung, als ich Angel sah. Sein Blick war voller Zärtlichkeit, während er uns schweigend beobachtete, und alle Ahnungen und Ängste schienen wie weggeblasen. Als hätte er geahnt, was mich beschäftigte, kam er näher, und in seinen Augen sah ich seine Zuneigung und seinen Willen, für uns da zu sein. Es war, als wollte er mir ohne Worte versichern, dass Menschen sich ändern konnten und sich nicht nur über ihre Vergangenheit definierten. „Es ist zwei Uhr morgens, du musst in drei Stunden aufstehen. Warum schläfst du nicht?“, fragte ich leise.

„Ich habe sie schreien gehört und wollte nachsehen, ob alles in Ordnung ist.“ Er kam ins Zimmer und hockte sich neben mich.

„Gieriges kleines Ding, lässt nichts für Daddy übrig", murmelte er lachend und sah zu, wie Evie selig an meiner Brust saugte. Schließlich war sie satt, ihre Augen fielen zu, und ich hob sie auf meine Schulter und klopfte ihr sanft auf den Rücken, bis sie ihr Bäuerchen machte. Dann legte ich sie wieder in die Wiege und deckte sie mit einem leichten Tuch zu. Wir verließen den Raum, aber anstatt in sein Zimmer zu gehen, folgte er mir in meines.
Als ich ihn fragend ansah, rieb er sich verlegen den Nacken. „Darf ich mich zu dir legen? Es war eine bescheuerte Idee, heute getrennt zu schlafen, damit ich dich morgens nicht aufwecke. Ich bekomme kein Auge zu, wenn du nicht bei mir bist. Ich verspreche dir, dass ich ganz leise sein werde, wenn ich aufstehe."
Da er früh abreisen musste, hatte er ausnahmsweise in seinem eigenen Zimmer übernachtet. Statt zu antworten, nahm ich seine Hand und zog ihn ins Bett. Wir legten uns eng aneinander und ich seufzte, als er seine Arme um mich schlang und sich seine Kraft und Wärme auf mich übertrug. Ab morgen Abend würde ich einen Monat ohne ihn auskommen müssen, und diese Aussicht machte mich alles andere als glücklich. Er betrachtete mich im Mondlicht, das durch die geöffneten Vorhänge ins Zimmer schien, und strich mir sanft über die leicht gerunzelte Stirn. „Hey, was ist los? Hast du Sorgen?"
Zuerst wog ich ab, ob ich ihm die Wahrheit sagen sollte, dann entschied ich mich dafür. Wenn wir als Paar funktionieren wollten, musste ich ehrlich zu ihm sein. Schließlich erwartete ich das Gleiche von ihm. „Ich fühle mich einfach nicht wohl bei dem Gedanken, so lange getrennt zu sein", gestand ich etwas verlegen.
„Du weißt, dass ich geblieben wäre. Du wolltest doch, dass ich fahre", erklärte er ruhig und setzte sich im Bett auf. Ich biss mir auf die Unterlippe. Es war mir peinlich, mich so zu benehmen. „Ich weiß, und ich bin immer noch dafür, aber du wirst mir wahnsinnig fehlen. Um ehrlich zu sein, hätte ich nie gedacht,

dass wir uns so nahekommen würden. Die letzten Wochen waren wie ein Traum und jetzt habe ich das Gefühl, dass er zu Ende geht und wir danach vielleicht nicht mehr daran anknüpfen können."

Angel beugte sich über mich, bis sein Mund über meinem schwebte. „Penny, wenn ich zurückkomme, feiern wir die heißeste Wiedervereinigung aller Zeiten. Wir könnten ein paar Tage ans Meer fahren, mit Evie in den Wellen planschen und ..." Er wackelte vielsagend mit den Augenbrauen und schaute mir in den Schritt. „Bis dahin ist da unten bestimmt alles wieder einsatzbereit, und dann zahle ich dir all die Orgasmen zurück, die du mir in den letzten Wochen beschert hast."

Ein leichtes Lächeln stahl sich auf meine Lippen. Er war wirklich unmöglich, aber genau das liebte ich an ihm. „Es waren wirklich viele, bist du sicher, dass du das schaffst?", bemerkte ich und bekam einen sanften Kuss, bevor er sich wieder von mir löste. „Oh ja, und ich habe vor, mich wirklich gründlich zu revanchieren."

Noch ein Kuss, dann sah er mich intensiv an. „Penny, ehe du dich versiehst, bin ich zurück. Ich kann mir vorstellen, warum dir das nicht gefällt. Aber Baby, seit unserem ersten Mal habe ich keine andere angefasst, auch nicht in der Zeit, als du nicht auffindbar warst. Auf dieser Tour, ohne Groupies auszukommen, wird kein Problem sein. Du musst mir nur vertrauen. Du bist alles, was ich will und brauche."

Seine Worte berührten mein Herz. Er hatte Recht. Ich musste an uns glauben, an ihn, dann würde alles gut werden. „Okay", sagte ich und wurde mit einem weiteren Kuss belohnt. Mehr war diesmal nicht drin. Wir waren beide müde und er brauchte noch ein bisschen Schlaf, bevor er sich in ein paar Stunden auf den Weg machen musste. Die erste Station der Band war das *Bonnaroo Music & Arts Festival* in Manchester, Tennessee.

Geborgen in seinen Armen glitt ich langsam in einen tiefen

Schlaf und fühlte mich sicher und geborgen. In den frühen Morgenstunden wurde ich sanft geweckt. Angel hauchte mir einen Kuss auf die Stirn. „Penny, ich gehe jetzt."

Ich lächelte müde und nickte schläfrig. Gott, ich würde ihn vermissen. „Passt auf euch auf und macht keine Dummheiten."

Er verzog das Gesicht. „Keine Sorge, Albert fucking Haywood wird wahrscheinlich wie eine Klette an uns kleben und jeden unserer Schritte genau beobachten. Keine Chance, dass wir unter seiner Aufsicht etwas anstellen."

Ich kicherte leise, denn keiner der Jungs kam mit Albert klar. Er war ein bisschen eigen und nicht leicht zu mögen. „Nixon hat schon angekündigt, ihn jeden Tag abzufüllen, damit er zu betrunken ist, um auf euch aufzupassen", sagte ich und hoffte, dass es ein Scherz war. Aber bei Nixon wusste man nie, ob er Witze machte oder es ernst meinte.

Ich sank wieder in die Kissen und ließ mich in meinen Träumen an einen süßen Ort der Ruhe und Geborgenheit tragen.

Die Tage vergingen, und während Angel mit den Jungs auf Tour war, dachte ich fast ununterbrochen an ihn. Er rief an, aber nicht wie versprochen jeden Tag, manchmal bekam ich nur eine SMS. Vor allem in den letzten Tagen wurden seine Rückmeldungen immer seltener. Ich versuchte, mich darüber nicht aufzuregen. Ich wusste ja aus eigener Erfahrung, wie hektisch und anstrengend das Tourleben sein konnte. Aber wenn er anrief, waren sein Enthusiasmus und seine Freude deutlich zu spüren. Manchmal wurde ich etwas wehmütig und hatte immer mehr das Gefühl, dass er mich nicht so sehr vermisste wie ich ihn.

Eines Abends, als die Sonne langsam unterging, saß ich mit Evie auf der Terrasse und genoss die wunderschöne Umgebung. Der Wind wehte durch die Büsche und Bäume und trug das Zwitschern der Vögel zu mir herüber.

„Hey, was dagegen, wenn ich dir und dieser süßen kleinen Maus ein wenig Gesellschaft leiste?"

Missy kam auf mich zu und streckte ihre Arme nach Evie aus. Sie war ganz vernarrt in meinen kleinen Engel. Ich konnte es ihr nicht verübeln, ich bekam selbst nicht genug von ihr. „Komm zu Tante Missy", flüsterte sie und kitzelte Evie mit der Nasenspitze an der Wange. Evie begann zu gurgeln und zu quieken. Offensichtlich gefiel es ihr.
„Wolltest du heute nicht mit Georgie ausgehen?", fragte ich und nutzte die freien Arme, um in Ruhe meinen Eistee zu trinken.
„Das hat sich in Wohlgefallen aufgelöst. Eine Cousine kam spontan zu Besuch und Georgie wollte sie nicht gleich am ersten Abend durch halb New York schleppen. Also haben wir es auf morgen verschoben." Sie sah mich an. „Willst du mitkommen? Ich wette, Margaret würde gerne Überstunden machen, wenn sie dafür bei diesem kleinen Schätzchen bleiben kann. Oder ist es noch zu früh? Aber ich glaube, es würde dir guttun, wieder unter Menschen zu sein."
Ein schöner Gedanke, aber nachdem Angel schon gestern nicht anrufen konnte und es laut einer kurzen WhatsApp-Nachricht von ihm auch heute nicht klappen würde, hatten wir für morgen Abend einen festen Telefontermin, den ich auf keinen Fall verpassen wollte. „Das ist lieb von dir, aber da muss ich leider passen. Morgen telefoniere ich endlich wieder mit Angel. Das will ich nicht verpassen."
Missy runzelte die Stirn. „Hast du denn heute nicht mit ihm gesprochen?"
Ich schüttelte den Kopf. „Nein. Es ist im Moment zu hektisch, ich höre nur sporadisch von ihm."
Missys Gesichtsausdruck hatte etwas Alarmierendes, und mir schoss ein unangenehmer Gedanke durch den Kopf. „Hat sich Miles nicht ein wenig rar gemacht?"
Ihre Miene wurde wachsam, als ermahnte sie sich, ihre nächsten Worte sorgfältig abzuwägen. Als sie antwortete, klang sie fast schuldbewusst. „Ehrlich gesagt, nein", gestand sie, und mein Herz sank. Miles schien kein Problem damit zu haben, sich Zeit

für Missy zu nehmen, trotz all der Hektik und dem Stress, von dem Angel gesprochen hatte. Warum konnte er das nicht? Plötzlich fühlte ich mich überfordert und wollte allein sein. Ich räusperte mich und nahm ihr Evie wieder ab. „Tja, ich glaube, ich habe meine Beziehung zu Angel etwas überschätzt. Ich vermute, ich fehle ihm gar nicht so sehr, wie ich gedacht habe. Würdest du mich entschuldigen? Evie braucht jetzt ein Bad."

Missy versuchte nicht, mich aufzuhalten. Sie ahnte wohl, dass ich jetzt Zeit für mich brauchte. Da ich davon überzeugt war, dass Babys bzw. Kinder im Allgemeinen sehr sensibel auf die Stimmungen der Erwachsenen reagieren, verdrängte ich jeden Gedanken an Angel und kümmerte mich, wie angekündigt, um ihr Bad und fütterte sie anschließend. Nachdem ich sie gewickelt hatte, legte ich sie in ihr Bettchen und blieb bei ihr, bis sie friedlich einschlief. Zurück im Schlafzimmer ließ ich die Fassade fallen und versuchte, meine ängstlichen Gedanken zu beruhigen. Nur weil Miles anrief und Angel nicht, bedeutete das nicht automatisch, dass etwas vor sich ging, von dem ich nichts wissen durfte. Er war schließlich kein Gefangener, der über jede Minute seines Tages Rechenschaft ablegen musste, aber es tat trotzdem weh, dass er im Gegensatz zu Miles nicht in der Lage war, ein paar Minuten seiner kostbaren Zeit für mich freizuschaufeln. Inzwischen würde ich jede Wette eingehen, dass sogar Nixon ständig mit Georgie telefonierte, um sie über alles auf dem Laufenden zu halten, und die beiden waren nicht einmal zusammen. Nur Freunde, was immer das bei den beiden heißen mochte.

Unruhig lief ich im Zimmer auf und ab, sah mich schließlich im Spiegel an und versuchte, mich mit Angels Augen zu sehen. War ich wirklich das, was er wollte? Dass er mich begehrte, daran zweifelte ich nicht, aber reichte diese Anziehungskraft aus, um auf alles zu verzichten, was das Leben eines Rockstars zu bieten hatte? Seufzend machte ich mich bettfertig und schlüpfte unter die Decke. Während ich nach oben starrte, überlegte ich, ob ich ihn darauf ansprechen sollte, dass Miles Zeit für Missy fand und er nicht. Aber würde ich dann nicht wie ein eifersüchtiges Miststück aussehen? Ich wollte ihn nicht kontrollieren und Angel war schon immer sehr freiheitsliebend gewesen. Deshalb hatte er zuerst so abweisend auf eine mögliche Schwangerschaft reagiert. Frustriert, weil ich ihm weniger vertraute, als ich sollte, sah ich auf die Uhr. Die Zeit verging wie im Schneckentempo, an Schlaf war nicht zu denken, also schnappte ich mir die Fernbedienung und zappte mich durch das durchwachsene Fernsehprogramm. Nichts, was mich interessierte, und dann tat ich das, was ich sonst immer vermied. Als ich auf meinem Handy die Nachrichten über die Band und das aktuelle Konzert in den sozialen Medien über den Hashtag checkte, stieß ich auf ein Foto von Angel, das offensichtlich gerade erst ins Netz gestellt worden war und ihn auf einer Couch in irgendeiner Villa zeigte. Auf seinem Schoß hockte rittlings eine Frau, die dabei war, ihn mit ihren Lippen fast zu verschlingen. Fassungslos starrte ich auf den Bildschirm und las, wie sich die Spekulationen auf diversen Klatschseiten über Prominente überschlugen. Ich wusste auch, warum. Von einem Comeback war die Rede, denn die Frau, die er da in aller Öffentlichkeit knutschte, war eine aufstrebende Schauspielerin, mit der er einmal eine Affäre gehabt hatte und die er offensichtlich wieder auffrischen wollte. Die Realität traf mich mit einer Mischung aus Wut, Trauer und Verzweiflung. Tränen schossen mir in die Augen.

„Jetzt weiß ich, warum du keine Zeit hast, mich anzurufen, du Arschloch“, flüsterte ich verbittert und knallte das Handy wütend auf den Boden. Kaum war es unbeschadet unten angekommen - der Teppich war einfach zu dick - kam ein Anruf. Aber nicht von Angel, um Schadensbegrenzung zu betreiben, sondern von Miles, der mich sonst nie anrief. Wahrscheinlich hatte er die Szene live gesehen und registriert, dass jemand sie ins Netz gestellt hatte. Jetzt gab es wohl nur zwei Möglichkeiten.

Entweder rief Miles an, um sich zu vergewissern, dass ich es noch nicht bemerkt hatte. Oder Angel hatte mitbekommen, dass seine wilde Fummelei viral ging und Miles vorgeschickt, weil er zu feige war, selbst anzurufen. Entschlossen schaltete ich mein Handy aus. Ich wollte nicht mit Miles reden und schon gar nicht mit Angel. Ein paar Atemzüge lang saß ich nur auf der Bettkante, dann kamen die Tränen und ich ließ ihnen freien Lauf. Gott, ich hätte es kommen sehen müssen. Wie hatte ich auch nur eine Sekunde lang glauben können, dass ich ihm auf Dauer genügen würde? Die Versuchungen waren einfach zu groß für ihn. Angel würde niemals mir allein gehören, und je eher ich das akzeptierte, desto besser.

Kapitel 15

Angel

Die letzten Töne unserer Zugabe verklangen und wir alle schwelgten in der Euphorie dieses unglaublichen Moments. Die begeisterten Rufe der jubelnden Menge ließen meinen Puls in die Höhe schnellen, nachdem wir alles gegeben hatten, und ich starrte auf das Meer von erhobenen Händen unter der Bühne. Der Jubel war ohrenbetäubend und die Leute konnten offensichtlich nicht genug von uns bekommen. Grinsend winkten wir und verschwanden wieder hinter der Bühne.

„Das war der Hammer“, schwärmte Miles und wischte sich mit dem Saum seines Bandshirts den Schweiß von der Stirn. Es war verdammt heiß, und bevor wir zur Afterparty gingen, die eine willkommene Ablenkung von meinen sehnsüchtigen Gedanken an Penny sein würde, mussten wir unbedingt duschen.

Albert fucking Haywood kam schon mit seinem Clipboard auf uns zu und sah aus, als würde Eiswasser durch seine Adern fließen. Nicht eine verdammte Schweißperle war auf seinem Gesicht zu sehen. „Was für ein Konzert“, lobte er, ohne eine

Miene zu verziehen. Wahrscheinlich ging er in den Keller, um zu lachen. Mist, noch ein Grund mehr, Penny zu vermissen. Es war so schlimm geworden, dass ich sogar die täglichen Anrufe reduziert hatte. Sobald ich ihre Stimme durch das Telefon hörte, wurde die Sehnsucht nach ihr und meiner kleinen Prinzessin so groß, dass ich kurz davor war, die Tour vorzeitig abzubrechen. Aber das konnte ich den Fans und auch meinen Bandkollegen nicht antun. Außerdem mussten wir nur noch eine Woche durchhalten, dann konnten wir alle nach Hause.

„Danke, Al“, erwiderte ich schließlich und amüsierte mich über seinen unzufriedenen Gesichtsausdruck.

„Ich heiße Albert, ich mag es nicht, wenn man meinen Namen verunglimpft.“

„In Ordnung, Al“, provozierte ich ihn weiter, doch der Typ hatte sich zu gut unter Kontrolle. Statt wütend zu reagieren, räusperte er sich und wandte sich Miles zu. „Bevor ihr duschen geht, warten noch einige Fans auf die Autogrammstunde.“

Das hat mir immer am meisten Spaß gemacht. Auch wenn der eine oder andere Fan etwas aufdringlich werden konnte, waren 99 Prozent einfach nur froh, mit uns reden zu können, und das war ein tolles Gefühl.

Wir machten uns auf den Weg und wurden bereits von einer nicht unerheblichen Menge an Leuten sehnsüchtig erwartet.

„Nixon, ich will ein Baby von dir“, rief eine junge Frau aus der Menge, und Nix grinste nur, zwinkerte ihr zu und warf ihr einen Luftkuss zu, der sie fast hyperventilieren ließ. Wir signierten Alben, T-Shirts und nackte Haut, schüttelten Hände und posierten für Selfies, bis der Strom der Fans schließlich abebbte. Dann hieß es Abschied nehmen und wir gingen unter lautem Jubel und Applaus in den hinteren Teil des Gebäudes, wo die Fans keinen Zutritt hatten. Nach einer kurzen Dusche wartete Albert auf uns. Er begleitete uns zur bereitstehenden Limousine, die uns zur Afterparty in einer vom Festivaldirektor gemieteten Villa oberhalb der Stadt bringen sollte. Während der

Fahrt wollte ich die kurze Verschnaufpause nutzen, um Penny heute doch noch anzurufen. Ich hatte ein verdammt schlechtes Gewissen, weil ich mich in den letzten Tagen so rar gemacht hatte, aber wenn ich ihr die Wahrheit sagen und gestehen würde, dass allein der Klang ihrer Stimme genügte, um alles hinschmeißen zu wollen, würde sie sich Vorwürfe machen. Penny war ein Mensch, der die Schuld immer bei sich selbst suchte. Dabei war ich derjenige, dem es schwerfiel, ohne sie zurechtzukommen. Die Monate ohne sie waren schon schwer genug gewesen, und jede zukünftige Trennung würde mir genauso zu schaffen machen. Dafür musste ich noch eine Lösung finden.
Ich tastete in meiner Jeans nach dem Handy und griff ins Leere.
„Mist", flüsterte ich kaum vernehmbar, als mir klarwurde, dass ich mein Handy im Umkleideraum vergessen hatte.
„Was ist los?", fragte Albert, der meine Verärgerung sah.
„Mein Handy liegt noch in der Garderobe", antwortete ich und fuhr mir mit beiden Händen genervt übers Gesicht.
Albert fucking Haywood schien sich einen missbilligenden Kommentar zu verkneifen. Er reagierte professionell. „Keine Sorge, ich fahre zurück und nehme es mit. Ich werde es dem Fahrer des Tourbusses geben, damit er es dir aushändigt."
„Danke", erwiderte ich, ärgerte mich aber über die verpasste Gelegenheit, mit Penny zu reden. Bis morgen Abend warten zu müssen, kam mir plötzlich wie eine verdammte Ewigkeit vor. Textnachrichten waren kein Ersatz.
„Du kannst mein Handy benutzen", bot Nixon ungewohnt großzügig an. Normalerweise gab er das Ding nicht aus der Hand. Ich wollte gar nicht wissen, was drauf war. Zuerst war ich versucht, sein Angebot anzunehmen, aber dann erreichten wir das Gelände der Villa und wir hörten schon draußen die dröhnende Musik.
„Ist nicht so wichtig", erwiderte ich. „Das kann bis morgen warten."
Die Party war bereits in vollem Gange, als wir ankamen. Musik

dröhnte aus den überall im Raum verteilten Lautsprechern, es wurde gelacht, geredet und vor allem geflirtet, was das Zeug hielt.

Wir bedienten uns an der Bar, wo es alles gab, was das Herz begehrte. Die Atmosphäre war elektrisierend, aber nichts Neues. Wir hatten das alles schon Dutzende Male erlebt und genossen, aber ich konnte mich nicht wirklich darauf einlassen. Ich war mit meinen Gedanken ganz woanders und wäre viel lieber bei Penny gewesen und nicht hier. Komisch, wenn ich all die schönen Frauen um uns herum betrachtete, fragte ich mich, wann genau sie mir egal geworden waren? Schon nach der ersten Nacht mit Penny oder erst nach Monaten ohne ein Lebenszeichen von ihr?

Ungefähr eine Stunde später, hörte ich, wie eine Frau quietschend vor Begeisterung meinen Namen nannte.

„Angel, oh mein Gott, ich kann nicht glauben, dass du hier bist?"

Die Stimme klang vage vertraut, ich drehte mich um und schluckte, als ich Lynne erkannte, eine wirklich hübsche Schauspielerin, mit der ich vor ein paar Jahren ein paar extrem heiße Nächte verbracht hatte. Es gab wirklich nur wenige Frauen, die es mehr als einmal in mein Bett geschafft hatten. Lynne gehörte dazu, und wenn ich ihren Gesichtsausdruck richtig deutete, hoffte sie auf eine kleine Fortsetzung unserer Affäre.

„Hey, schön dich zu sehen", begrüßte ich sie und konnte nicht verhindern, dass sie mich überschwänglich umarmte. Sie schmiegte sich an mich und machte keine Anstalten, mich wieder loszulassen. Vorsichtig, um sie in der Öffentlichkeit nicht zu beleidigen, schob ich sie von mir weg und blickte in ihre großen, dicht bewimperten blauen Augen. Sie hatte ein Gesicht wie eine Porzellanpuppe, helle Haut, rosige Wangen, alles umrahmt von dunklem Haar. Sie war wirklich eine außergewöhnliche Schönheit, und ich konnte nicht umhin, mich geschmeichelt zu fühlen, weil sie mich nach so langer Zeit

immer noch heiß fand. Schließlich arbeitete sie mit vielen männlichen Filmstars zusammen. „Du siehst wirklich gut aus", sagte sie, nachdem ihr Blick lüstern an mir auf und ab geglitten war. Sie strich mit dem Finger über meinen Bizeps und deutete auf ein dunkles Ledersofa in der Nähe. „Was hältst du davon, wenn wir uns hinsetzen und ein bisschen über alte Zeiten plaudern?"
Ich sah Miles an, der sich gerade mit Killian, dem Sänger von *The Edge of Nowhere*, unterhielt. Er kannte Lynne auch und hatte natürlich mein Wiedersehen mit ihr mitbekommen. Miles schüttelte warnend den Kopf, aber ich fühlte mich etwas benebelt von den vielen Bieren, die ich getrunken hatte, und das Sofa schien mir verlockend. Was sollte schon in der Öffentlichkeit passieren? Außerdem wäre es total unhöflich gewesen, Lynne einen Korb zu geben. Ich gehörte nicht zu den Arschgesichtern, die ihre Ex-Freundinnen wie Luft behandelten, wenn man sie unerwartet wiedersah. Ich ignorierte Miles' Missfallen und setzte mich zu Lynne auf die Couch, um mit ihr zu reden. Oder besser gesagt, sie sprach. Ich hörte amüsiert zu und erinnerte mich daran, dass ich sie damals so süß fand, weil sie ganze Monologe halten konnte, ohne Luft zu holen. Doch im Laufe des Gesprächs kam sie mir immer näher, berührte mich hier und da, schürzte die Lippen und streckte mir ihre beachtlichen Brüste entgegen. Langsam wurde es mir unangenehm und ich suchte Hilfe bei meinen Bandkollegen, indem ich sie ansah. Drew unterhielt sich ein paar Meter von mir entfernt mit einem bekannten Gitarristen. Er schaute nicht einmal in meine Richtung. Nixon steckte gerade seine Zunge in den Hals einer dunkelhaarigen Schönheit. Miles, der immer noch mit Killian sprach, zog ein wenig schadenfroh eine Augenbraue hoch und machte keine Anstalten, mir zu helfen.
„Angel, hörst du mir überhaupt zu?"
Lynne war viel zu nah, sie saß praktisch auf meinem Schoß, und ich wollte mir gar nicht vorstellen, wie das von außen aussah. Ich hatte die Absicht, ihr höflich, aber bestimmt klarzumachen,

dass ich kein Interesse hatte, aber bevor ich reagieren konnte, saß sie plötzlich auf mir und küsste mich, als hinge ihr Leben davon ab. Zu benommen von der Überraschung und dem Bier, das ich getrunken hatte, reagierte ich viel zu langsam. Aus dem Augenwinkel sah ich, wie eine Frau in der Nähe ein Foto oder sogar ein Video von uns machte. Wahrscheinlich war sie nicht die Einzige und mir war sofort klar, dass die Aufnahmen im Internet landen würden. Wo sie jeder sehen konnte, Penny eingeschlossen. Bei dem Gedanken, dass sie diese Bilder entdecken würde, überkam mich ein Gefühl des Grauens. Wie um alles in der Welt sollte ich ihr glaubhaft erklären, dass ich nichts dafür konnte und überrumpelt worden war? Zu allem Überfluss kannte sie Lynne von damals. Ich hatte Penny sogar beauftragt, bei einem Juwelier ein Abschiedsgeschenk für sie zu besorgen. Was Lynne im Vergleich zu den anderen unzähligen One-Night-Stands und Affären aufwertete.

Endlich kam wieder Leben in mich. Ich schob Lynne von mir weg und stand so schnell auf, dass mir schwindelig wurde. „Es tut mir leid, Lynne. Aber ich bin nicht zu haben", sagte ich, entfernte mich, so schnell ich konnte von ihr und ging zu Miles und Killian. Killian pfiff leise durch die Zähne. „Alter, warum lässt du diese Traumfrau da drüben allein sitzen?", fragte er mit einem lüsternen Funkeln in den grünen Augen, als sein Blick über die schmollende Lynne glitt.

„Ich bin mit Penny zusammen", erklärte ich zum ersten Mal in der Öffentlichkeit und Killians Gesichtszüge entglitten für einen Moment.

„Oh wow, das wusste ich gar nicht", erklärte er schließlich. „Glückwunsch. Penny ist eine tolle Frau."

Miles räusperte sich. „Dir ist schon klar, dass du ihr dieses kleine Intermezzo so schnell wie möglich beichten musst, bevor sie es selbst herausfindet. Ruf sie an und erkläre ihr, wie es dazu kam. Und keine Sorge, ich kann bezeugen, dass Lynne dich einfach überfallen hat."

Ich schluckte. „Denkst du denn, sie wird mir das alles glauben?"
„Keine Ahnung, aber mit etwas Glück weiß sie es noch nicht und du kannst es ihr selbst erzählen, bevor sie die Fotos sieht. Vielleicht ist sie dann milder gestimmt."
Jetzt kamen auch Drew und Nixon dazu. Beide hatten gemerkt, dass etwas nicht stimmte. Zum Glück waren wir nicht die einzigen „Stars" auf der Party, so dass sich die Aufmerksamkeit, die wir auf uns zogen, in Grenzen hielt.
„Was ist los?", wollte Drew wissen.
Miles klärte ihn in wenigen Sätzen auf. Klar, dass ich dafür eine ziemlich schmerzhafte Kopfnuss von Drew bekam. „Bist du von allen guten Geistern verlassen? Du Idiot! Warum setzt du dich mit einer heißen Ex auf die Couch? Summer würde mich kastrieren und ich könnte mir vorstellen, dass auch Missy mit einer Gartenschere auf Miles warten würde, um ihn zu entmannen, sobald er über ihre Türschwelle tritt."
Toll, jetzt fühlte ich mich noch beschissener, weil ich Lynne nicht abgewiesen hatte. Ich war wirklich ein Idiot.
„Oh Mann", mischte sich Nixon ein und drehte sich zu Killian um, der uns amüsiert zuhörte. „Sei schlau, mach es wie ich und leg dir keine Freundin zu. Das bringt dir nur Ärger."
„Feste Freundin … Die beiden Worte gehören bei mir auf die absolute Verbotsliste", kommentierte Killian und schüttelte sich, als wäre ihm schon der Gedanke an eine Beziehung zuwider. Wie die anderen Mitglieder von *The Edge of Nowhere* war er mit dieser speziellen Rockstar-Aura ausgestattet, die ihm jede Menge Gelegenheiten zum Sex bot, und seine Reaktion ließ darauf schließen, dass sich daran in absehbarer Zeit nichts ändern würde.
„Leihst du mir dein Handy?", fragte ich Miles, der es mir kommentarlos gab, nachdem er das Display mit der Gesichtserkennung entsperrt hatte. Sofort wählte ich Pennys Nummer und verließ schnell den Raum, um mir eine ruhige Ecke zu suchen. Es klingelte und klingelte, aber sie nahm nicht ab. Entweder

schlief sie schon oder ... Allein die Möglichkeit, dass sie längst Bescheid wusste, machte mich krank. Ich betete, dass sie mir zuhören und glauben würde, sobald ich sie ans Telefon bekam. Als ich sie auch nach dem zehnten Versuch nicht erreichen konnte, wurde das schlimmste Szenario immer wahrscheinlicher. Sie wusste es längst und wollte nichts mehr mit mir zu tun haben.

„Hey, hast du sie erreicht?"

Ich schreckte aus meinen Gedanken hoch und drehte mich um. Es war Drew, der mir gefolgt war. Enttäuscht schüttelte ich den Kopf. „Nein. Sie geht nicht ran und ich glaube, sie hat ihr Handy ausgeschaltet."

„Denkst du, sie hat die Bilder gesehen und zieht ihre eigenen Schlüsse?"

„Hundertprozentig, und ich weiß nicht, was ich tun soll."

„Das ist gar nicht so schwer", sagte Drew. „Früher oder später wird sie mit dir reden, und dann wirst du dich für die idiotische Idee entschuldigen, mit Lynne geredet zu haben, weil du ihr damit falsche Signale gesendet und sie unbeabsichtigt dazu ermutigt hast, dich zu bespringen wie ein Affe eine Bananenstaude."

Unter anderen Umständen hätte ich über seinen letzten Satz gelacht, aber jetzt blieb mir das Lachen im Halse stecken. „Und du glaubst, dass sie mir das abkauft?"

„Nun, es war so, und wenigstens Miles kann es bezeugen. Du warst die ganze Zeit ein braver Junge, und sie weiß selbst, wie irreführend Bilder manchmal sein können. Ich werde mit ihr reden. Sie wird mir glauben."

„Danke, Mann", erwiderte ich und klopfte ihm brüderlich auf die Schulter. „Du bist wirklich gut zu mir."

„Ich will doch nur, dass sie glücklich ist. Und du bist ihre große Liebe, auch wenn ich nicht verstehe, was sie an dir findet", scherzte er.

Ich verzog das Gesicht, verkniff mir aber eine entsprechend

freche Antwort. Schließlich wollte ich es mir mit meinem Kumpel nicht verscherzen.
„Lass sie eine Nacht darüber schlafen und ruf sie morgen an."
Ich hatte keine andere Wahl. Da die Stimmung nach dieser Sache allgemein im Keller war, verließen wir alle die Party ziemlich schnell. Auch Nixon hatte keine Lust mehr und ließ die Gelegenheit, zu vögeln, ungenutzt verstreichen. Er schien auch nicht ganz bei der Sache zu sein. Ich wusste nicht, ob es an seinen Gefühlen für Georgie lag, denen er aus irgendeinem Grund nicht nachgeben wollte, oder an der Tatsache, dass seine Mutter Sandra mit ihrem neuen/alten Ehemann Ray nach New York gezogen war, um näher bei „ihrem Jungen" zu sein.
Ich machte in dieser Nacht kaum ein Auge zu, schaute immer wieder auf mein Handy, das Albert tatsächlich an sich genommen und unserem Fahrer gegeben hatte. In meinem Kopf suchte ich nach den richtigen Worten, um Penny von meiner Unschuld zu überzeugen. Lynne hatte mich körperlich überhaupt nicht gereizt. Ich hatte wirklich nur ein unschuldiges Gespräch mit einer alten Flamme führen wollen, aber ich sah ein, wie dumm diese Idee gewesen war. Hoffentlich kostete mich dieser Fehler nicht die Liebe meines Lebens. Ich verstand nicht, warum ich ihr meine Gefühle nicht schon längst gestanden hatte. Es war so klar und unumkehrbar.
Sobald der Morgen graute, stand ich auf, kippte mir zwei Tassen Kaffee hintereinander rein, um richtig wach zu werden, und als die Zeit endlich passte, versuchte ich erneut, sie anzurufen. Diesmal ging sie nach dem fünften Versuch ran und schrie mich wütend durch die Leitung an. „Wie oft willst du noch anrufen, bis du kapierst, dass ich nicht mit dir reden will? Sprich doch einfach mit Lynne, das hat doch gestern auch funktioniert."
Sie wusste es also. Es war keine Überraschung für mich.
„Penny, ich weiß, ich klinge jetzt wie ein verdammtes Klischee auf zwei Beinen, aber die Bilder zeigen nicht, was wirklich passiert ist, und ich kann es erklären."

Sie schwieg eine Weile, dachte wohl über meine Worte nach, und das gab mir Hoffnung.
„Weißt du Angel, dass du mir mit so einem Spruch kommst, schmerzt fast noch mehr als die Tatsache, dass du es nicht geschafft hast, die Finger von ihr zu lassen. Irgendwann hätte ich dir den Ausrutscher sogar verziehen, weil ich leider so dumm bin und dich liebe, aber dass du es einfach abstreitest und glaubst, ich würde dir das abkaufen, ist so respektlos. Ich bin nicht blind. Sie saß breitbeinig auf deinem Schoß und hat dir ihre Zunge in den Hals gesteckt. Das war doch ziemlich eindeutig."
Verdammt, das würde schwieriger werden, als ich gedacht hatte.
„Sie hat mich geküsst, das stimmt, aber das ging alles von ihr aus."
„Ja, und natürlich hat sie dich gezwungen, mit ihr auf der Couch zu sitzen. Sie ist deine Ex, verdammt noch mal! Ich habe ihr sogar in deinem Namen eine Halskette gekauft und dann lässt du dich beim ersten Wiedersehen von ihr bespringen und willst mir allen Ernstes weismachen, dass du das nicht gewollt hast? Weißt du was? Ich werde für Evie und mich eine Wohnung suchen, und dann werden wir ein Besuchsrecht für dich aushandeln. Aber mich lässt du in Ruhe. Ich habe es so satt, dass alle denken, ich sei eine sichere Bank und sie könnten mit mir machen, was sie wollen. Du willst hübsche Schauspielerinnen vögeln? Bitte, du hast meine Erlaubnis, aber meine Pussy ist ab jetzt tabu für dich."
Dann beendete sie die Verbindung, ohne mir die Chance zu geben, mich zu erklären.
„Scheiße", stieß ich aus und hätte das Telefon am liebsten gegen die nächste Wand geschleudert.
„Ist nicht so gut gelaufen, oder?" Es war Miles, der den Vorhang seiner Koje zur Seite schob und mich ansah. Stumm nickend bestätigte ich seine Vermutung, zu geknickt, um etwas zu sagen. Ich sah alle meine Felle davonschwimmen - und mit

ihnen meine Zukunft. „Hör zu, alles wird gut. Ich habe auch schon eine Idee."
Hoffnungsvoll sah ich Miles an. Schließlich hatte auch er Missy fast verloren. Mit Fuck-ups kannte er sich aus.
„Und was schwebt dir vor?"
„Ich habe gestern Abend schon mit Missy telefoniert und sie über die Situation aufgeklärt. Sie ist in der Villa geblieben und wird mit Penny reden. Aber du musst auch handeln und ihr so nachhaltig beweisen, was sie dir bedeutet, dass sie nie wieder an dir zweifelt."
„Und wie soll ich das machen?"
„Steh endlich in der Öffentlichkeit zu ihr und zu eurem Kind. Sag der ganzen Welt, dass du sie liebst, dass sie dein Mädchen ist und dass du nur mit ihr glücklich werden kannst." Er hielt kurz inne und sah mich mit leicht gerunzelter Stirn an. „So ist es doch, oder? Oder?"
„Natürlich", empörte ich mich. „Penny und Evie sind mein ein und alles."
„Dann solltest du es sie wissen lassen."
Er hatte Recht, Penny musste begreifen, dass sie meine Nummer eins war. Heute, morgen, und auch noch in fünfzig Jahren, wenn ich schon längst zu alt und zu tattrig war, um einen hochzukriegen. Und ich wusste schon, wie ich es anstellen würde.

Kapitel 16

Penny

Die Welt drehte sich weiter, mein persönliches Drama interessierte niemanden außer mich selbst, und da ich anscheinend unfähig war, aus meinen Fehlern zu lernen, wiederholte sich das Muster immer wieder, nur mit anderen Protagonisten. Diesmal waren es nicht meine Eltern, meine Schwestern oder ein betrügerischer Ex, sondern Angel, der mich an der Nase herumgeführt hatte. Nach einer unruhigen Nacht öffnete ich meine vom Weinen verquollenen Augen und atmete zitternd aus, als sich der Kummer sofort wieder in mir ausbreitete. Das Sonnenlicht drang durch den Spalt der geschlossenen Vorhänge. Am liebsten wäre ich einfach liegen geblieben, aber Evie würde sicher nicht mehr lange schlafen, und ich wollte wenigstens geduscht und angezogen sein, bevor ich sie stillte. Schweren Herzens stand ich auf und ging leise zur Verbindungstür, um einen Blick ins Kinderzimmer zu werfen. Meine Kleine schlief noch tief und fest, sie ahnte nichts von dem Schmerz, der wegen ihres Daddys in mir tobte. Wenigstens hatte ich sie. Jemanden, den

ich lieben und verwöhnen konnte, mit allem, was mich ausmachte, und wenn ich es nicht vermasselte und die Fehler meiner Eltern wiederholte, würde Evie mich ihr Leben lang mit der gleichen Intensität zurücklieben. Für sie musste ich mich zusammenreißen. Die Liebe und die Verantwortung für mein Kind hielten mich aufrecht, ich durfte nicht in Selbstmitleid versinken, egal wie sehr mich die Erinnerung an das Foto von Angel mit seiner Ex quälte. Leider war es in meinem Kopf allgegenwärtig und dass er mir dann mit seinen lahmen Ausreden und Unschuldsbeteuerungen kam, tat weh. Hielt er mich für so dumm und verzweifelt, dass ich lieber seine Lügen glaubte, als die Tatsachen anzuerkennen? Mit dem Babyphone ging ich ins Bad und spulte automatisch wie ein Roboter meine Morgenroutine ab, um mich auf den Tag vorzubereiten. Nach einer superschnellen Dusche putzte ich mir die Zähne und konzentrierte mich auf die praktischen Dinge des Tages.
Trotz des heftigen Durcheinanders in meinem Inneren musste ich einen Weg finden, mit Angels Betrug umzugehen und mein Leben in Zukunft ohne ihn zu gestalten. Ich schwor mir, dass mich diese erneute Niederlage nicht brechen würde. Für Evie wollte ich ein Vorbild sein, das ihr Unabhängigkeit vorlebte, damit sie nach jedem Sturz wieder aufstehen konnte. Männer wie Angel waren offensichtlich nicht als Partner in einer Beziehung geeignet, ich brauchte ein Leben frei von Betrug und Lügen, und wenn er den Verlockungen der Tour nicht einmal einen Monat widerstehen konnte, dann hatte er mich auch nicht verdient.
Evie wachte auf, kurz nachdem ich das Bad verlassen hatte. Ich wickelte und stillte sie, bevor ich in die Küche ging, um mir Tee und ein leichtes Frühstück zu machen. Margaret kam immer erst am späten Vormittag, worüber ich heute besonders froh war, denn ich wollte einfach mit meinen Gedanken allein sein.
„Na, willst du mir ein bisschen zusehen?“, murmelte ich und kitzelte Evie unter dem Kinn. Ich stellte die Babyschale ab,

während sie brabbelnd mit beiden Händen nach den Figuren des Mobiles griff. Das würde sie eine Weile beschäftigen. Ich setzte den Wasserkocher auf, und während er heiß wurde, öffnete ich den Kühlschrank und holte etwas Joghurt und eine Schale mit frischen Beeren heraus, über die ich ein paar Nüsse und Haferflocken streute. Ich hatte keinen Hunger, aber da ich stillte, brauchte ich die Nährstoffe. Sobald der Tee aufgebrüht war, füllte ich eine Tasse und stellte sie zu meinem Frühstück auf den Tisch. Die Babyschale platzierte ich direkt neben mir, so dass ich Evie die ganze Zeit im Auge behalten konnte. Ihre Aufmerksamkeit war immer noch durch das Mobile in Anspruch genommen, so dass ich in aller Ruhe essen konnte. Mit jedem Bissen spürte ich, wie die Energie in meinen Körper zurückkehrte.

Ich hatte die Schüssel noch nicht halb geleert, als Missy in die Küche kam. Da es erst sieben Uhr morgens war, musste sie die Nacht in Miles' Zimmer verbracht haben. Als ich sie so sah, verstand ich, warum Miles so verrückt nach ihr war. Sie hatte die Fähigkeit, jedem ein Lächeln ins Gesicht zu zaubern und die Stimmung zu heben, egal wie düster der Tag zuvor auch gewesen sein mochte.

„Hey“, grüßte sie. „Ist es in Ordnung, wenn ich mich zu dir setze?“

Bestimmt wusste sie von Miles, was gestern passiert war, und musste nach mir sehen. Warum ich mir so sicher war? Sie übernachtete immer in ihrem eigenen Häuschen, wenn Miles nicht in der Stadt war und nicht hier in der Villa.

„Natürlich“, antwortete ich schließlich und lächelte ihr schwach zu, als sie näher kam. Sie trug ein luftiges weißes Sommerkleid, das ihre zierliche Figur betonte. Ihr goldbraunes Haar fiel ihr in weichen Wellen über die Schultern und glänzte im Morgenlicht wie flüssiges Gold, genau wie ihre hellbraunen Augen. Miles war wirklich ein Glückspilz, und anscheinend war er klug genug, sie zu schätzen, nach all dem Drama, das sich zu Beginn ihrer

Beziehung abgespielt hatte. Bevor sie sich mir gegenüber auf den Küchenstuhl setzte, ging sie für einen Moment neben Evie in die Hocke und streichelte ihre zarte Wange. Das Schweigen zwischen uns war bezeichnend, und als ich es nicht mehr aushielt, brach es aus mir heraus.

„Ich nehme an, du weißt, was passiert ist“, sagte ich ohne Umschweife. Ihr Gesichtsausdruck verriet alles, sie nickte und sah mich mit liebevoller Besorgnis an.

„Ja, ich habe Miles gebeten, mich anzurufen, weil ich im Internet Bilder von Angel mit einer Frau gesehen habe. Ich wollte unbedingt wissen, was es damit auf sich hat.“

„Das ist nicht schwer zu verstehen“, warf ich ein, bevor sie weiterreden konnte. „Er ist wieder ganz der Alte und hat nicht einmal den Anstand, mich heimlich zu betrügen. Nein, er lässt die ganze Welt an seinem Vergnügen teilhaben.“

Missy wartete, bis ich meine Tirade beendet hatte, bevor sie über den Tisch griff und ihre Hand auf meine legte. „Genau deshalb bin ich gestern Abend geblieben und nicht wie geplant nach Hause gefahren. Ich wollte dich nicht verpassen, um mit dir zu reden. Auf dem Foto sieht alles ganz klar aus, aber Miles hat mir eine ganz andere Version erzählt, die du unbedingt hören solltest.“

„Missy, sie hat auf seinem Schoß gesessen und ihn geküsst. Bitte misch dich da nicht ein!“

„Aber das muss ich“, widersprach sie entschieden. „Miles hat mir bei seinem Leben geschworen, dass Angel dich nicht betrogen hat und es auch nicht vorhat. Auf der ganzen Tour hat er kein Groupie angerührt. Natürlich hat er mit ihnen geredet, Autogramme gegeben und Selfies gemacht, aber Miles hat mir versichert, dass darüber hinaus nichts passiert ist. Du kennst ihn gut genug, um zu wissen, dass er Angel nicht schützen würde, wenn er dir wirklich fremdgehen würde. Wenn du Angel etwas vorwerfen kannst, dann seine Naivität gegenüber seiner Ex. Sie war ohne sein Wissen auf der Party und hat ihn angesprochen.

Er wollte sie nicht demütigen, indem er sie ignoriert und wahrscheinlich hat sie das als Einladung verstanden. Miles sagte, sie hätten sich ganz normal unterhalten, als sie sich plötzlich auf ihn gesetzt und ihn geküsst hat. Die Leute um ihn herum machten Fotos, bevor er sie wegschieben konnte. Was er dann auch umgehend getan hat."

Missys Stimme wurde mit jedem Wort eindringlicher. Und so, wie sie es erzählte, klang es wirklich ganz anders, als ich es mir gestern in meiner Enttäuschung vorgestellt hatte. Konnte es wirklich wahr sein? Hatte ich Angel zu Unrecht beschuldigt und voreilig Schluss gemacht?

Sobald ich begriff, dass ich ihm Unrecht getan und ihm nicht einmal die Chance gegeben hatte, mir alles in Ruhe zu erklären, überkam mich eine Welle schwerer Scham: „Oh Gott", flüsterte ich und vergrub mein Gesicht in meinen Händen. „Ich bin so eine Idiotin."

Endlich wagte ich es wieder, Missy in die Augen zu sehen. In ihrem Gesicht lag nichts als Verständnis.

„Du bist keine Idiotin, nur jemand, der in der Vergangenheit oft verletzt wurde. Glaub mir, ich hätte an deiner Stelle nicht anders reagiert. Denk an meine Anfänge mit Miles, da war auch nicht alles eitel Sonnenschein. Angel ist kein Heiliger, aber er ist verrückt nach dir, und wenn Miles sagt, er schaut keine andere mehr an, dann stimmt das."

Diese Erleichterung war befreiend. Gleichzeitig fühlte ich mich schrecklich wegen meiner voreiligen Schlüsse und jetzt, im Nachhinein, bereute ich mein gestriges Verhalten.

„Glaubst du, er wird mir verzeihen, dass ich so eine dumme Kuh war?"

Der bange Unterton in meiner Stimme brachte sie zum Lächeln. „Ich bin mir sicher, dass du dich nicht darum sorgen musst. Aber um ganz sicherzugehen, solltest du dir das Konzert heute Abend im Livestream ansehen. Miles hat mir vorhin geschrieben und mich gebeten, dir das auszurichten."

Das verwirrte mich. „Warum das?“ Ein geheimnisvolles Lächeln spielte um ihre Lippen. „Oh, das wirst du schon sehen“, antwortete sie nicht weniger rätselhaft und die Neugier brachte mich fast um.
„Du verrätst mir nicht, was mich erwartet, oder?“
Jetzt lächelte sie von ganzem Herzen. „Nein. Versprich mir, dass du es dir anschaust!“
Nichts auf der Welt konnte mich davon abhalten.

***

Zuerst war ich versucht, Angel anzurufen, um mich zu entschuldigen und ihm endlich die Gelegenheit zu geben, den Ablauf des gestrigen Abends aus seiner Sicht zu schildern. Unzählige Male griff ich zum Hörer, traute mich aber am Ende doch nicht, weil ich mich für meine Vorverurteilung schämte. Schließlich war ich nicht erst seit gestern im Geschäft und wusste, wie schnell Bilder die Wahrheit verfälschen konnten. Hoffentlich änderte mein Verhalten nicht seine Sicht auf unsere Beziehung. Es war sicher nicht lustig, als Betrüger abgestempelt zu werden, nur weil man eine bewegte sexuelle Vergangenheit hatte. Ein weiterer Grund für meine Zurückhaltung war sein Schweigen. Den ganzen Tag hatte er kein einziges Mal versucht, mich zu erreichen. Ich wollte keine voreiligen Schlüsse über die Gründe ziehen und kümmerte mich daher um Evie. Ein Termin beim Kinderarzt stand an, der sehr erfreulich verlief. Mein kleiner Engel war kerngesund und altersgemäß entwickelt. Anschließend gingen wir zum Babyschwimmen. Der Austausch mit den anderen Müttern tat gut und lenkte mich ein wenig von meinen Sorgen ab. Endlich kam der Abend, Evie war müde von den vielen Aktivitäten und schlief nach dem Stillen und Wickeln schnell ein. Bei eingeschaltetem Babyphone machte ich es mir mit dem Laptop auf dem Bett gemütlich und wieder überkam mich ein Kribbeln im Bauch, weil ich nicht wusste, was mich

erwartete. Die Kamera schwenkte über das Konzertgelände, die Bühne war leer, man sah nur die Roadies, die ihre Arbeit verrichteten und alles für den Auftritt vorbereiteten. Die Geräuschkulisse des wartenden Publikums glich dem Summen in einem Bienenstock. Plötzlich wurde es lauter und die ersten brachen in Jubel aus, als Angel und die anderen die Bühne betraten, sexy und göttlich wie immer. Ich unterdrückte einen Seufzer. Angels goldenes Haar schimmerte im Licht der untergehenden Sonne, und die Atmosphäre knisterte förmlich vor Erwartung. Das war sogar durch den Bildschirm spürbar. Miles begrüßte das frenetisch jubelnde Publikum, ohne viele Worte zu verlieren. Sie legten direkt mit ihrem ersten Song los und der energiegeladene, treibende Rhythmus war mitreißend. Sie spulten ihr Programm ab, flirteten mit den Fans, heizten die Stimmung an und als sich der letzte Song dem Ende näherte, war ich zwar verdammt stolz auf die Jungs und schmachtete Angel an wie ein liebeskrankes Schaf, aber ich fragte mich auch, warum ich mir dieses Konzert unbedingt ansehen sollte. Die Antwort sollte ich gleich bekommen. Bevor sie die Bühne für die nächste Band verließen, wandte sich Miles an das Publikum.
„Leute, bevor die nächste Band die Bühne rockt, möchte unser Bassist Angel noch ein paar Dinge loswerden. Seid so lieb und unterstützt ihn, denn sein Mädchen ist sauer auf ihn und er möchte ihr ein paar Worte sagen."
Eine Mischung aus Jubel und Buhrufen brach aus, und ja, die Buhrufe kamen fast ausschließlich von Frauen, die nicht glauben wollten, dass Angel anscheinend eine Freundin hatte. Er trat ans Mikrofon und mein armes Herz schlug fast doppelt so schnell wie normal, als er zu sprechen begann.
„Hey Leute, ich habe es noch nicht offiziell gemacht, aber ich bin seit ein paar Monaten in festen Händen und ich möchte diesen besonderen Moment nutzen, um meiner Freundin etwas zu sagen, was ich ihr schon lange hätte sagen sollen. Aber ich war zu feige oder zu unsicher, und jetzt, wo ein paar dumme

Gerüchte im Umlauf sind, habe ich beschlossen, die Geheimniskrämerei zu beenden und ihr vor aller Welt etwas zu gestehen, was ich ihr lieber unter vier Augen gesagt hätte."

Angel lächelte jungenhaft und fuhr fort. „Ihr wisst alle, dass ich nie ein Kind von Traurigkeit war." Gelächter ging durch das Publikum bei dieser Untertreibung. „Ja, ich bin kein Heiliger, aber es stimmt, was man sagt: Wenn man die Richtige getroffen hat, verblassen alle anderen Frauen neben ihr."

Wieder ertönte vereinzeltes hörbar enttäuschtes Buhen und Angel machte ein zerknirschtes Gesicht. „Tut mir leid, Ladys, aber ich bin nicht mehr zu haben. Leider ist mein Mädchen heute Abend nicht hier und ich glaube, sie ist gerade ziemlich sauer auf mich."

Jetzt blickte er direkt in eine Kamera, die ganz nah an sein Gesicht heranzoomte, so dass ich ihm in die Augen sehen konnte. „Penny, ich hoffe, du sitzt jetzt wirklich vor dem Bildschirm und hörst dir das an, denn du sollst wissen, wie viel du mir bedeutest. Baby, ich liebe dich schon so verdammt lange, auch wenn mir das erst vor ein paar Monaten so richtig bewusst geworden ist. Es tut mir leid, dass ich es dir noch nicht gesagt habe, es ist längst überfällig. Also noch einmal: Ich liebe dich und andere Frauen existieren für mich nicht mehr."

Oh. Mein. Gott.

Tränen schossen mir in die Augen und ich konnte nicht anders, als vor Glück zu lächeln. Warum musste er ausgerechnet jetzt so weit weg sein?

„Penny, du bist meine beste Freundin und die Liebe meines Lebens. Und ich hoffe, du verzeihst mir, dass wir es am Anfang wegen meiner Sturheit nicht leicht miteinander hatten. Wenn ich jetzt hier vor all diesen Leuten stehe und sage, dass du mir die Welt bedeutest, dann ist das mein voller Ernst."

Im Hintergrund brach Jubel aus, die Begeisterung der Menschen war deutlich zu spüren. Seine ruhige Beichte brachte mein Herz endgültig zum Stolpern. Wieder wünschte ich mir, hinter der Bühne zu sein, um ihn zu umarmen und zu küssen, sobald er aus dem Rampenlicht trat. Stattdessen lagen fast dreihundert Meilen zwischen uns, und es würde noch eine ganze Woche dauern, bis er nach Hause kam.

Er räusperte sich und wandte sich wieder dem Publikum zu. „Okay, das war's. Jetzt ist es Zeit für *The Edge of Nowhere*. Die Jungs können es kaum erwarten, euch einzuheizen."

Die Band verließ die Bühne und ich saß da, völlig überwältigt und auch ein wenig ungläubig, denn ich hatte nicht damit gerechnet, dass Angel sich so klar zu seinen Gefühlen bekennen würde. Einige Frauen wären vielleicht sauer gewesen, weil er es so öffentlich getan hatte, aber das verletzliche Mädchen in mir, das immer mit anderen verglichen und als unzulänglich abgestempelt worden war, jubelte vor Freude über seine Offenheit. Jetzt wussten es alle. Angel liebte mich so, wie ich war. Es schüttelte mich, wenn ich daran dachte, dass meine Minderwertigkeitskomplexe mich so verunsichert hatten, dass ich in der ersten schwierigen Situation an ihm gezweifelt hatte. Er war ein Musiker und eine Rampensau durch und durch, sehr kommunikativ und er flirtete gerne. Das war ein Teil seiner Persönlichkeit, und wenn ich darauf bestand, so akzeptiert zu werden, wie ich war, musste ich ihm das auch zugestehen. Situationen wie auf der Party würden sich wiederholen. Die Frauen waren verrückt nach ihm, warfen sich ihm an den Hals. Ich musste einfach darauf vertrauen, dass er nicht darauf einging. Das Vibrieren meines Smartphones auf dem Nachttisch unterbrach meine aufgeregten Gedanken, ich griff danach und blickte direkt auf Angels Konterfei, das ich als Hintergrundbild für seine Nummer eingestellt hatte. Sofort nahm ich das Gespräch an. „Angel ..."

„Hey, Süße", begrüßte er mich und ich spürte mit einem angenehmen Flattern im Bauch seine Erleichterung, wieder mit mir reden zu können. „Hast du den Live-Stream gesehen?"

Ein Hauch von Unsicherheit schwang in seiner Stimme mit und

ich erlöste ihn. „Jede Minute und ich liebe dich auch“, brach es aus mir heraus. Ich wollte keine Sekunde mehr verlieren, keine Missverständnisse aufkommen lassen, sondern ihm ehrlich sagen, was ich für ihn empfand.

„Und ich liebe dich ...“ Er hielt kurz inne, bevor er weitersprach. „Du bist die einzige Frau, die ich will, und ich schwöre bei meinem Leben, dass ich nicht ein einziges Mal in Versuchung geraten bin. Alles, woran ich denken konnte, warst du.“

„Und was war mit Lynne?“ Obwohl Missy mir meine Ängste bezüglich dieser Frau längst genommen hatte, musste ich es aus Angels Mund noch einmal hören.“

Er seufzte tief, und ich konnte mir vorstellen, wie er sich ratlos den Nacken rieb, wie er es immer tat, wenn er nach den richtigen Worten suchte. Komisch, wie viele Angewohnheiten man an einem Menschen bemerkte, wenn man ihn lange genug kannte.

„Das mit Lynne war wirklich nur ein Missverständnis, aber ... dass es überhaupt dazu kommen konnte, muss ich auf meine Kappe nehmen. Hätte ich dich gleich nach unserer Abreise aus Avon Lake offiziell als meine Freundin vorgestellt, wäre das nie passiert. Lynne ist sehr offensiv, aber sie hat kein Interesse an Männern in Beziehungen. Sie wäre nie auf meinen Schoß gesprungen, wenn sie von dir gewusst hätte. Du hast also jedes Recht, sauer auf mich zu sein. “

„Wir haben beide beschlossen, es nicht öffentlich zu machen, damit ich Evie in Ruhe zur Welt bringen kann. Schon vergessen?“, erinnerte ich ihn sanft. „Ich muss mich auch bei dir entschuldigen“, fuhr ich fort, entschlossen, alle Ungereimtheiten aus der Welt zu schaffen, damit wir neu anfangen konnten. „Die Tatsache, dass ich dir nicht einmal die Chance zu einer Erklärung gegeben habe und dass ich erst durch Missy von deiner Unschuld überzeugt werden konnte, gibt mir ein wirklich schlechtes Gefühl. Ich war wieder in meiner Selbstmitleids- und Opferrolle gefangen. Es tut mir ehrlich leid.“

„Wir sind eben beide nicht perfekt." Er seufzte. „Ich wünschte, du wärst hier. Ich sehne mich so nach dir, ich konnte dich in den letzten Tagen nicht einmal anrufen, sonst hätte ich die Tour abgesagt und wäre direkt zu dir und unserer Kleinen nach Hause gefahren."
Deshalb hatte er sich so rar gemacht. Ich merkte, wie wichtig es war, miteinander zu reden oder einfach seine Ängste auszusprechen. Sie waren oft unbegründet.
„Ich wäre jetzt auch gerne bei dir", gab ich zu.
„Was hast du denn an?"
Ein Lächeln huschte über meine Lippen. „Ich würde jetzt gerne sagen, dass ich ein elegantes und sexy Nachthemd trage, aber das wäre gelogen."
Sein leises Lachen wärmte mein Herz. Ich liebte dieses Geräusch. „Schatz, du weißt, dass ich dich auch in einem gestreiften Pyjama und einem Still-BH sexy finde. Aber warte, bis ich wieder bei dir bin. Dann zeige ich dir, wie sehr du mich anmachst und wie verdammt egal es mir ist, was du trägst. Ich werde es dir sowieso innerhalb von Minuten ausziehen und jeden Zentimeter von dir anbeten."
Sein Tonfall wurde mit jedem Wort tiefer und sinnlicher, was sich sofort auf mich auswirkte. Seit einigen Tagen war meine Sexualität wieder erwacht und ich konnte es kaum erwarten, mich wieder unter Angels Körper zu winden. Ich vermisste Sex, obwohl die Küsse und Liebkosungen der letzten Wochen auch schön gewesen waren. Ich wollte ihm gerade antworten, als Evies Weinen über das Babyphone ertönte. Auch Angel hörte es.
„Ugh, ich schätze, wir müssen den Telefonsex, den ich für uns geplant hatte, verschieben."
Ich stieß einen klagenden Laut aus. „Noch eine ganze Woche. Ich weiß nicht, wie ich das aushalten soll."
„Keine Sorge, ehe du dich versiehst, stehe ich vor dir und dann ..."
Er verstummte vielversprechend, und da Evies Weinen von

kläglich zu ungeduldig wechselte, war es besser, das Gespräch zu beenden. „Ich muss zu ihr", sagte ich. „Danke für heute Abend und ich liebe dich."

„Ich dich auch", antwortete er.

Daraufhin legte ich auf und ging zu meiner immer ungnädiger schreienden Tochter.

Kapitel 17

Angel

Nach dem Gespräch mit Penny fühlte ich mich, als wäre mir eine tonnenschwere Last von den Schultern genommen worden. Ich spürte einen Adrenalinschub wie noch nie, der diesmal nichts mit dem gelungenen Auftritt zu tun hatte, sondern nur mit meinem Mädchen. Sie liebte mich auch! Okay, im Grunde hatte ich das schon lange gewusst, aber es aus ihrem Mund zu hören, war etwas ganz anderes. Ich hätte Bäume ausreißen können, so sehr hob es meine Stimmung.

Miles klopfte mir auf die Schulter. „Komm, lass uns in die Garderobe gehen."

Ich nickte und steckte mein Handy ein. Der gesamte Backstagebereich bestand aus einem Labyrinth improvisierter Gänge zwischen provisorisch aufgebauten Zelten, die von anderen Bands genutzt wurden. *The Edge of Nowhere* hatten gerade ihren Auftritt und die Jungs rissen die Fans genauso zu Begeisterungsstürmen hin wie wir. *Die werden noch ganz groß rauskommen*, dachte ich nicht ohne Stolz. Immerhin waren sie bei unserem Label unter Vertrag. DAMN-Records war noch klein, aber dank Keiths Geschäftssinn bereits auf einem vielversprechenden Weg.

Inmitten des Trubels erreichten wir unsere Garderobe oder besser gesagt unser Zelt. Seufzend ließ ich mich auf einen der Stühle fallen.

„Scheiße, bin ich kaputt“, stöhnte ich und rieb mir das Gesicht. Trotz des Glücksgefühls, das mich durchströmte, machte sich Müdigkeit breit, nachdem ich letzte Nacht vor lauter Sorgen kein Auge zugetan hatte. Aber an Ausruhen war nicht zu denken. Nach dem Gespräch mit Penny, das so gut gelaufen war, hatte ich noch etwas zu erledigen.

„Hey, ich muss was mit euch besprechen.“

Nixon, der lässig mit übereinandergeschlagenen Beinen auf einem Stuhl saß, zog eine dunkle Augenbraue hoch. „Du klingst so ernst? Willst du die Band verlassen?“

„Keine Sorge, so schnell werdet ihr mich nicht los. Jedenfalls nicht auf Dauer, aber ... du hattest trotzdem den richtigen Riecher. Ich würde - euer Einverständnis vorausgesetzt - die Tour hier abbrechen. Es wären sowieso nur noch zwei Auftritte und die könnte Zander übernehmen. Wäre ja nicht das erste Mal und er kennt alle unsere Lieder.“

Tatsächlich ist Zander schon einmal für mich eingesprungen, als ich wegen einer Grippe flach lag. Zu der Zeit spielten *The Edge of Nowhere* noch als Vorband für uns und es bot sich an. Da wir auf den Festivals kein komplettes Konzert spielten, sondern maximal 4-6 Songs, wäre es für Zander sicher kein Problem, für mich zu übernehmen.

„Ihr seid meine Brüder und ich liebe es, mit euch auf der Bühne zu stehen, aber nach dem Drama will ich einfach nur zu meinen Mädchen.“

Drews stieß sich von der Tischkante ab, an die er sich gelehnt hatte, und kam auf mich zu, um mir auf die Schulter zu klopfen. „Du brauchst dich nicht zu rechtfertigen. Geh nach Hause, nimm sie in den Arm und küss sie um den Verstand. Manchmal muss man seine Prioritäten überdenken. Zander wird sicher einspringen und wir sehen uns in einer Woche."

Die anderen stimmten ihm zu und ich war dankbar, diese Jungs meine Brüder nennen zu dürfen. Jetzt musste ich nur noch einen frühen Flug nach Hause finden, damit ich morgen Nachmittag bei Penny sein konnte.

***

Es war später Vormittag in New York, als das Flugzeug sanft auf der Landebahn aufsetzte. Alle Passagiere verließen die Maschine. Da ich nur Handgepäck hatte, schlängelte ich mich durch die Ankunftshalle zum Taxistand und stieg ein. Der Fahrer, ein älterer Mann mit freundlichem Gesicht, begrüßte mich und fragte mich nach meinem Ziel. Ich nannte ihm die Adresse der Villa und er fuhr los.

Als wir vor dem Tor anhielten, gab ich ihm das Geld für die Fahrt und bedankte mich mit einem großzügigen Trinkgeld. Dann stieg ich aus, ging mit meiner Zugangskarte zum Tor und hielt sie vor das kleine Sensorfeld. Ein Piepton ertönte, das Schloss entriegelte sich mit einem leisen elektronischen Klicken und das Tor öffnete sich langsam und fast geräuschlos.

Ich betrat das Grundstück und ging die lange Auffahrt zum Haus hinauf. Links und rechts von mir erstreckte sich der Garten, dem ich eigentlich nie viel Aufmerksamkeit geschenkt hatte, ich war einfach kein Naturbursche, aber heute hatten das Gezwitscher und der Blumenduft in der Luft etwas angenehm Beruhigendes. Normalerweise betrat ich das Haus durch die imposante Eingangstür, aber ich hatte das Gefühl, dass ich Penny und unsere Kleine wahrscheinlich draußen finden würde. Sie brachte sie so oft wie möglich an die frische Luft, und tatsächlich, als ich um die Villa herumging und den hinteren Teil erreichte, sah ich sie in der Nähe des Pools auf einer Liege sitzen,

geschützt unter einem riesigen Sonnenschirm. Unsere Tochter lag friedlich in ihren Armen, ihre winzigen Finger umklammerten die luftige Bluse, die sie trug. Sobald ich sie sah, überkam mich ein warmes Gefühl, und ich blieb stehen, um sie einige Sekunden lang anzusehen. Mein Herz schlug schneller, und ich konnte förmlich spüren, wie sich die Liebe zu den beiden in mir bis in den letzten Winkel meiner Seele ausbreitete.
Als ob sie sich beobachtet fühlte, blickte sie auf und machte große Augen, als sie mich erkannte. „Angel ..."
Nach dem ersten Moment der Überraschung breitete sich ein strahlendes Lächeln auf ihrem Gesicht aus und ich konnte nicht anders, als zurückzulächeln. Schritt für Schritt überbrückte ich die kurze Distanz und setzte mich neben sie auf die Liege. „Hey ..." Da ich es keine Sekunde länger aushielt, beugte ich mich über ihre Lippen und küsste sie sanft. Nicht so leidenschaftlich, wie ich es gerne getan hätte, denn sie hatte Evie auf dem Arm und ich wollte die Kleine nicht erdrücken. Penny legte ihre Hand an meine Wange und seufzte, als ich mich von ihr löste. „Was machst du denn hier? Solltest du nicht auf dem Weg zum nächsten Festival sein?"
In ihrer Stimme lag eine Mischung aus Benommenheit und Erstaunen, als wäre sie sich nicht sicher, ob dies nicht ein Traum war und sie jeden Moment aufwachen würde.
„Zander springt für mich bei den letzten beiden Konzerten ein. Ich musste dich und unsere Kleine einfach sehen, vor allem nach dem Scheiß, der passiert ist. Ich wollte dir zeigen, dass ihr das Wichtigste für mich seid. Nicht die Band, nicht die Musik. Ich könnte auf beides verzichten, wenn ich müsste, aber ohne dich und Evie zu sein ... unmöglich."
Sobald ich den letzten Satz beendet hatte, füllten sich ihre wunderschönen grünen Augen mit Freudentränen. „Oh Angel, ich weiß nicht, was ich sagen soll."
Unsere Tochter, die bis dahin friedlich geschlafen hatte, wachte auf und begann zu weinen. Ich nahm sie auf den Arm und

drückte ihr unzählige kleine Küsse auf das winzige Gesicht. Evie beruhigte sich, legte ihre Hände auf meine Wangen und machte niedliche Schmatzgeräusche. Ihre Augen waren so klar und unschuldig, und in diesem Moment wusste ich, dass es für mich keine schönere und wichtigere Aufgabe im Leben gab, als für diese beiden da zu sein. Die Verantwortung, die ich so sehr gefürchtet hatte, war nun endlich willkommen, und das war ein verdammt gutes Gefühl.

Penny kicherte derweil, denn Evie fand immer mehr Gefallen daran, mit ihren kleinen Händen mein Gesicht zu erkunden. Unsere Blicke trafen sich über Evies Kopf hinweg, und dieser Moment war so überwältigend schön, dass mir vor Rührung fast der Atem stockte. Hier gehörte ich hin, zu Penny und unserer Kleinen. Alles andere war zweitrangig.

Evie wurde wieder unruhig. „Ich glaube, sie hat wieder Hunger", murmelte Penny und küsste unsere Tochter auf den Kopf, bevor sie mich ansah. „Kommst du mit oder willst du dich ausruhen? Deine Anreise muss ziemlich hektisch gewesen sein."

„Jetzt, wo ich euch wieder habe, lasse ich euch nicht mehr aus den Augen", antwortete ich und erntete ein strahlendes Lächeln von ihr.

Gemeinsam gingen wir ins Haus und betraten kurz darauf das liebevoll eingerichtete Kinderzimmer. Keiner von uns wusste, wie lange wir hier in der Villa wohnen würden. Im Moment fühlten wir uns alle wohl hier und mir gefiel der Gedanke, dass eigentlich immer jemand da war, aber irgendwann würden wir wohl in etwas Eigenes ziehen. Vor allem, wenn Miles und Missy auch Nachwuchs bekamen und uns hier die Zimmer ausgingen. So wie Missy unsere kleine Prinzessin anhimmelte, würde es wohl nicht lange dauern, bis sie mit Miles selbst so ein kleines Bündel in die Welt setzte. Wir erreichten die Wickelkommode und da Penny geschickter und vor allem schneller im Windeln wechseln war, überließ ich ihr diese Aufgabe. „Du machst das,

als hättest du schon zehn Kinder auf die Welt gebracht", kommentierte ich beeindruckt und stolz darauf, wie souverän sie mit Evie umging. Sie war wirklich in ihrer Rolle als Mutter angekommen. So wie sie eigentlich alles schaffte, wenn sie sich etwas vornahm. Das fand ich ziemlich sexy, genauso wie die Art, wie sie ihre volle Unterlippe vorschob, wenn sie sich auf etwas konzentrierte.
„So!", rief sie und hob Evie hoch, um ihr einen schmatzenden Kuss auf die Wange zu drücken. Mit einer trockenen Windel war die Laune unserer Tochter wieder besser und sie gurgelte fröhlich vor sich hin. „Hast du Hunger?", fragte Penny liebevoll und setzte sich in den bequemen Sessel neben der Wiege. Sie öffnete ihre Bluse und ihren BH und legte Evie an ihre Brust. Ihre kleinen Finger legten sich auf die cremige Haut, als hätte sie Angst, jemand könnte ihr die Milch wegnehmen, und sie begann zu saugen. Währenddessen wurde mein Mund immer trockener und meine Hose immer enger. Verdammt, war ich neidisch! Nicht auf die Milch, sondern darauf, diese wunderbaren Titten mit Lippen und Händen zu erkunden. Es dauerte eine Weile, aber schließlich war Evie satt, und ich nahm sie Penny ab und lief mit ihr zur Wiege. Evie schlief bereits, als ich sie in ihren Strampelsack legte. Penny überprüfte das Babyphone und streckte mir mit einem verheißungsvollen Blick die Hand entgegen. Ich ergriff sie und ließ mich nach nebenan in ihr Zimmer führen. Leise schloss ich die Tür und dann gab es kein Halten mehr. Ich drückte sie gegen die Wand und holte mir den Kuss, nach dem ich mich seit fast einem Monat gesehnt hatte. Meine Zunge tauchte widerstandslos in die warme Hitze ihres Mundes ein und suchte die ihre.
Ich wusste nicht, wie lange wir uns küssten, bevor mir die Luft ausging. Ihre Hände wanderten zu meinen Haaren und wühlten in den Strähnen. Um ihr näher zu sein, schob ich einen Schenkel zwischen ihre Beine und rieb meine Erektion an ihr. Penny stöhnte auf und warf ihren Kopf zurück, um mir Zugang zu

ihrem Hals zu verschaffen. Ich bewegte meinen Mund dorthin. Ich küsste, saugte und biss. Währenddessen rieb sie sich an meinem Bein, ich spürte die Wärme ihrer Pussy durch den dünnen Stoff ihrer leichten Sommerhose und merkte, wie drängend sie sich bewegte. Meine Süße wollte kommen und da ich noch keine Anstalten machte, sie aufs Bett zu werfen, machte sie es sich selbst an meinem Schenkel. Scheiße, war das heiß!
Ich biss ihr wieder in den Hals. „Ja, benutze mich, ich will dich kommen sehen", hauchte ich gegen ihre Haut und zog ihre Bluse am Saum hoch. Bereitwillig hob Penny ihre Arme und unterbrach sogar ihre Bewegung, damit ich sie ihr ausziehen konnte. Sie griff hinter sich, öffnete ihren BH und zog ihn aus. Stöhnend umkreiste ich eine Brustwarze mit der Zunge, wagte es aber nicht, daran zu saugen, solange Penny unsere Tochter stillte. Die andere erhielt die gleiche Behandlung, und obwohl die Berührungen ihrer Brüste sanft blieben, warf sie ihren Kopf von links nach rechts und wurde immer erregter. Meine Willenskraft versagte. Ich wollte sie ursprünglich ein wenig hinhalten, damit sie richtig geil wurde, aber meine eigene Lust machte mir einen Strich durch die Rechnung. Quälend langsam zog ich ihr die Sommerhose herunter. Sie fiel zu Boden und ich griff unter den Bund ihres Slips. „Wahnsinn, du bist schon so unglaublich nass für mich", stieß ich mit kehligem Unterton hervor und fuhr mit einem Finger durch ihre feuchten Falten.
Penny wimmerte und drückte ihre Hüften gegen meine Hand. „Bitte", stöhnte sie und ich genoss es, sie so bedürftig nach meiner Berührung zu erleben. Mein Daumen rieb über ihre geschwollene Klitoris und ich beobachtete, wie sie dabei erschauerte. Ich ließ den Daumen sanft kreisen, wobei mir nicht entging, wie sich ihre Hüften meinem langsamen Rhythmus anpassten und sich mitbewegten. Mir war klar, sie brauchte mehr, brauchte meinen Schwanz tief in ihr, aber ich wollte es noch ein bisschen hinauszögern und ließ lediglich meinen Zeigefinger in sie hineingleiten. Penny keuchte und griff mit beiden Händen

in mein Haar. Mein Finger arbeitete sich in sie hinein und wieder heraus, während ich weiter ihre Klit rieb und erneut ihren Mund suchte. Ihr Stöhnen war wie Musik. Musik, die meinen Schwanz so hart werden ließ, dass meine Kleidung unangenehm drückte. Aber ich war zu sehr auf sie fokussiert, um mich darum zu kümmern. Ich ging auf die Knie. „Ich muss dich schmecken", murmelte ich und zog ihr das Höschen runter. Penny sank gegen die Wand, ihre Finger lagen locker auf meinem Haar und ihre Lider senkten sich.

„Augen auf, Süße. Ich will, dass du zusiehst, wie ich dich kommen lasse."

Meinen Worten ließ ich umgehend Taten folgen. Mit der Zungenspitze suchte ich mir den Weg zwischen ihre Falten und fand die darin verborgene geschwollene Perle, die ich sachte umflatterte und züngelte. Gelegentlich bewegte ich eine Hand nach oben und spielte mit ihren Brüsten. Ich wusste, sie würde jeden Augenblick soweit sein, als sie anfing sich hemmungslos an meinem Gesicht zu reiben. Sie zerrte an meinen Haaren und zog mich nach oben. „Bitte Angel, ich brauche dich so sehr. Halt mich nicht länger hin."

Ihre Hand legte sich über meine Erektion und drückte sachte zu. Ich war so schmerzhaft hart und geil, dass mir ein grollendes Knurren bei ihrer Berührung entfuhr. „Bett, jetzt!"

Sie nickte eifrig, ihre Begeisterung war fast niedlich. Ich hob sie auf meine Arme wie eine Braut und trug sie hinüber. „Wie möchtest du es, mein Schatz?"

Es war das erste Mal nach der Geburt und sie sollte sich so wohl wie möglich fühlen. „Von hinten ...", stöhnte sie und positionierte sich ungewohnt freizügig auf Händen und Knien. Scheiße, sie musste richtig heiß auf mich sein. Penny war beim Sex anfangs immer etwas schüchtern und brauchte eine Weile, um sich fallen zu lassen. Das hier ... wow, das war einfach fordernd und gierig und ich war der verdammt größte Glückspilz auf dieser Erde. Was hatte ich nur je getan, um diese Frau zu

verdienen? Ich zog mir das T-Shirt über den Kopf, öffnete meine Jeans und holte meinen Schwanz heraus. Später konnte ich mich immer noch ganz ausziehen, aber jetzt musste ich erst einmal mein Mädchen glücklich machen. „Im Nachttisch sind Kondome", rief sie hektisch atmend. Ich holte eines, zog es über und drückte mit der Spitze gegen ihren Eingang. Sie presste dagegen. Ermutigt ließ ich mich vorsichtig in sie gleiten. Ihr Seufzen verriet ihre Befriedigung und ich drang langsam tiefer. Ein tiefes Stöhnen entfuhr mir, weil sie sich immer noch so eng um meinen Schwanz anfühlte. Nachdem ich ihr etwas Zeit gegeben hatte, sich an meine Größe zu gewöhnen, bewegte ich mich etwas kräftiger und schneller. Wieder und wieder schob ich mich in ihre Enge, Penny drückte ihre Stirn gegen die Matratze und kam mir bei jedem Stoß entgegen. Ich griff ihr in die Haare und zwang sie, sich aufzurichten, damit ich ihren Hals küssen konnte, während ich sie fickte. Als ich sicher war, dass sie keine Schmerzen hatte, stießen meine Hüften im Stakkato gegen ihren Hintern, und der Druck in mir wurde unerträglich.
„Scheiße, so gut ... so verdammt gut", brach es aus mir heraus. Ich griff nach einer ihrer Brüste und massierte sie, während die andere Hand auf ihrer Taille ruhte und ich wie im Wahn immer wieder in ihre hungrige Muschi stieß. Ein Schleier der Lust legte sich vor meine Augen, als sie sich krampfhaft um mich zusammenzog. Ihr Inneres wurde so feucht und glitschig, dass ich vor Lust fast ohnmächtig wurde. Sie kam stöhnend. Ich stieß noch ein paar Mal zu und entleerte mich hemmungslos in langen, befriedigenden Schüben in das Kondom. Völlig erschöpft schlang ich beide Arme um Penny und ließ mich mit ihr aufs Bett fallen. Währenddessen blieb ich in ihr, noch nicht bereit, ihre Wärme zu verlassen. Erschöpft küsste ich eine feuchte Spur an ihrem Hals hinauf zu ihrer Wange.
„Ich liebe dich", flüsterte ich ihr zu und freute mich über ihre glückliche Antwort.
„Ich liebe dich noch mehr."

Wortlos rollten wir uns zusammen, die Gesichter einander zugewandt. Ich küsste sie auf die Nasenspitze, auf die Augenlider und schließlich noch einmal auf den Mund. Diesmal sehr zärtlich, und obwohl ich noch nie ein Fan von Küssen gewesen war, konnte ich von Pennys Lippen nicht genug bekommen. Ich liebte diese ersten Minuten nach dem Sex, diese intime Vertrautheit und dieses unglaubliche Gefühl der Befriedigung, das sich mit jeder Minute, die ich mit Penny verbrachte, tiefer in mir festsetzte. War das Glück? Wenn ja, wollte ich die Gefühle, die sie in mir weckte, nie mehr verlieren. Ich würde Penny wie einen Schatz hüten und sie für all die Stunden entschädigen, in denen sie meinetwegen gelitten hatte.

„Du hast mir so gefehlt", flüsterte ich und griff nach ihrem Nacken, weil ich sie berühren musste.

„Du mir auch."

Sie sprach leise, klang müde, aber auch verdammt glücklich. Sie kroch ein Stück näher an mich heran, bis ihre nackten Brüste gegen meinen Oberkörper drückten. Obwohl mein Freund da unten schon wieder hart wurde, hielt ich mich zurück und nahm sie fest in die Arme, damit sie sich an meine Brust schmiegen und langsam in einen hoffentlich schönen Traum hinübergleiten konnte. Es fiel mir nicht schwer, geduldig zu warten, bis sie wieder aufwachte. Penny war es wert. Schließlich hatten wir noch ein ganzes gemeinsames Leben vor uns.

Epilog

Angel

Die Band hatte nach dem Sommerfestival ein paar Wochen frei und wir beschlossen, den Rest des Sommers mit unseren Familien in unserer Heimatstadt Burlington zu verbringen. Missy und Miles waren seit gestern bei seinen Leuten. Zusammen mit Nixon, der nicht allein in der Villa bleiben wollte, um seiner Mutter Sandra und vor allem ihrem Mann Ray aus dem Weg zu gehen. Diese Entscheidung bedeutete, dass er Georgie für eine Weile nicht sehen konnte, was das Ausmaß seiner Abneigung gegen Ray deutlich machte. Normalerweise versuchte er, so viel Zeit wie möglich mit ihr zu verbringen, aber in letzter Zeit schien er nicht nur seine Mutter und seinen Stiefvater auf Distanz zu halten, sondern auch Georgie. Diese fragte sich natürlich, was sie falsch gemacht hatte, aber sie ließ ihm seinen Freiraum und versuchte nicht, ihm eine Begründung zu entlocken.
So wurde Nixon kurzerhand bei Miles' Familie einquartiert. Da er als Teenager ohnehin viel Zeit bei den Huntingtons verbracht

hatte, war Miles' Elternhaus so etwas wie sein zweites Zuhause. Drew würde in zwei Tagen mit Summer nachkommen, um sie seiner Familie vorzustellen. Ich hatte gemischte Gefühle. Was, wenn er in Burlington auf Emberlee traf und alte Wunden aufriss? Seit der Trennung von Emberlee hatte Drew sie weder gesehen noch gesprochen, und irgendwie wurde ich das Gefühl nicht los, dass er sich und allen anderen etwas beweisen wollte. Andererseits waren Jahre vergangen, Emberlee war längst verheiratet, und dass er ihr nicht mehr aus dem Weg gehen wollte, konnte auch bedeuten, dass er bereit war, sie und das schlechte Gewissen, das er ihr gegenüber immer noch haben musste, hinter sich zu lassen. Vielleicht konnten wir dann wieder über sie reden oder Kontakt zu ihr haben, ohne dass Drew ausflippte. Ich vermisste das Mädchen. Sie war unser allererster Fan und so etwas wie unser Bandmaskottchen, bis Drew ihr das Herz gebrochen hatte. Scheiße, war das lange her. Auf dem Weg nach Hause kamen viele alte Erinnerungen hoch, die meisten davon wirklich schön und ich freute mich schon richtig auf unseren Urlaub.

Zügig näherte ich mich dem Ortsschild von Burlington und griff über die Mittelkonsole nach Pennys Hand, die locker auf ihrem Oberschenkel lag. „Geht es dir gut?“

Sie drehte den Kopf zu mir und lächelte. „Hmm ... Ich freue mich, deine Eltern zu sehen, und ehrlich gesagt gefällt mir der Gedanke, ein paar Abende ausgehen zu können, ohne mir Sorgen, um Evie machen zu müssen.“

Meine Eltern hatten bereits angekündigt, dass sie auf ihr geliebtes Enkelkind aufpassen würden, damit wir etwas Zeit zu zweit verbringen konnten. So sehr ich meine kleine Evie-Maus auch liebte, ich genoss es, Penny ab und zu ganz für mich allein zu haben.

Je länger wir zusammen waren, desto verrückter war ich nach ihr. Mein Mädchen strahlte vor Glück und Zufriedenheit, während unsere Kleine hinten in ihrer Babyschale schlief und von

der ganzen Fahrt nichts mitbekam. „Bist du sicher, dass das nicht zu viel für deine Eltern ist?“, fragte Penny plötzlich und ich hätte fast gelacht.
„Sie sind doch erst Anfang fünfzig. Da brauchst du dir keine Sorgen zu machen.“
Abgesehen davon waren meine Eltern ganz vernarrt in ihr erstes Enkelkind. Sie waren kurz nach der Geburt zu uns gekommen, um Evie zu sehen, und es war für sie unglaublich mühsam, ihre Existenz geheim zu halten, bis Penny und ich bereit waren, dieses Glück mit der ganzen Welt zu teilen. Sie wollten es allen erzählen und ihren Stolz zeigen. Apropos Eltern... Auch Pennys Erzeuger schienen sich langsam mit ihrem Lebensweg anzufreunden. Sie waren damals in Avon Lake nicht direkt abgereist, sondern noch einen Tag geblieben, um Penny in der Klinik zu besuchen, und nach der Geburt kamen sie ebenfalls zu Besuch. Obwohl man es bei einer so eleganten und kühl wirkenden Frau wie Pennys Mutter kaum glauben konnte, war sie total in Evie verliebt. Diese Gefühle übertrugen sich auch auf Penny. Sie behandelte ihre Tochter nun nachsichtiger, und ich spürte, wie gut Penny diese neue Form der Zuwendung tat. Was mich betraf, so konnte ich gut ohne Pennys Eltern leben, aber es war nun einmal ihre Familie, und die konnte man sich bekanntlich nicht aussuchen. Wir erreichten Burlington. Die Stadt lag am malerischen Lake Champlain, umgeben von den majestätischen Green Mountains im Hintergrund. Die Innenstadt war geprägt von historischen Gebäuden mit roten Backsteinfassaden und einem klassischen New England Flair. In einer autofreien Einkaufsstraße reihten sich kleine Boutiquen, Kunsthandwerksläden und gemütliche Cafés aneinander, im Sommer unterhielten Straßenkünstler die Passanten. Trotzdem versprühte Burlington eine charmante Kleinstadtatmosphäre.
Ich fuhr weiter an der Uferpromenade entlang, bis ich über die gut ausgebauten Straßen in die Wohngegend meiner Eltern

gelangte. Sofort fühlte ich mich wieder zu Hause, und obwohl ich - zumindest in dieser Phase meines Lebens - das Leben in der Großstadt bevorzugte, konnte ich mir vorstellen, eines Tages mit Penny in Burlington zu leben. Aber wer wusste schon, was die Zukunft bringen und wohin sie einen führen würde. Schließlich erreichten wir das Haus meiner Eltern in der Maple Lane. Das Haus mit dem roten Ziegeldach und der Veranda war mir auch Jahre nach meinem Auszug noch vertraut. In dieser Straße war ich aufgewachsen, unweit davon standen Miles und Drews Elternhäuser und Nixons ehemaliges Zuhause, in dem jetzt Fremde wohnten. Ja, wir kannten uns alle schon ewig, und wenn es nach mir ginge, würde der Kontakt zu den Jungs nie abreißen.

Ich parkte den Wagen am Bordstein, schnallte mich ab und drehte mich zu Penny um. „Bist du bereit für deine zukünftigen Lieblingsschwiegereltern?"

Penny, die gerade dabei war, sich abzuschnallen, blickte mit Erstaunen in den Augen auf, denn sie hatte meine bewusst gewählte Formulierung durchaus verstanden.

„Schwiegereltern?" Sie schluckte, ihr Ton klang ungläubig.

„Schau nicht so entsetzt, Schatz, das ist noch kein Heiratsantrag", klärte ich sie schnell auf, da sie etwas überfordert schien. „Den würde ich dir nie im Auto machen. Aber ja, verdammt, irgendwann in naher Zukunft werde ich vor dir auf die Knie fallen und dich bitten, meine Frau zu werden. Und ich hoffe, dass du mich dann zu einem anständigen Mann machst, der nicht in wilder Ehe leben muss."

Sie brach in Gelächter aus. „Du bist unmöglich, hol lieber unser Gepäck, damit wir reingehen können", erwiderte sie und nahm mich offensichtlich nicht mehr ernst. Während sie ausstieg und Evie aus dem Auto holte, beobachtete ich sie mit einem leichten Lächeln auf den Lippen. Ich dachte an den Ewigkeitsring mit den unzähligen kleinen Diamanten, die den gesamten Umfang der Ringschiene einfassten. Mit etwas Glück würde ich ihn ihr am kommenden Wochenende nach meinem geplanten Heiratsantrag bei einem romantischen Abendessen anstecken. Damit wäre ich dann ganz offiziell der glücklichste Mistkerl auf diesem Planeten.

E-n-d-e

Ihr Lieben, danke, dass ihr bis zum Schluss dabeigeblieben sei. Hoffentlich hat euch der zweite Teil der Rockstar Bachelors mit Angel und Penny viel Freude bereitet. Vielleicht seid ihr beim dritten Roman in der Reihe (Drew & Emberlee) auch wieder dabei.

Herzlichst, eure Vivian Hall

Leseprobe „Be quiet, my Angel“

Schwester Barbara nickt mir kühl zu und mustert mich kurz von Kopf bis Fuß. Ein verächtlicher Zug umspielt ihren Mund, als ihr Blick auf mein Handgelenk fällt. Unter dem dunklen, langärmeligen Hemd blitzen meine Tätowierungen hervor. Beide Arme und große Teile von Brust und Rücken sind mit Tinte bedeckt.

Sei froh, dass du nicht alles siehst, du würdest vor Schreck in Ohnmacht fallen.

„Kommen Sie, ich zeige Ihnen, wo Sie alles finden.“

Nachdem ich mich respektvoll von der Äbtissin verabschiedet habe, folge ich ihr und schaue mich während des Rundgangs genau um. Akribisch präge ich mir alle Wege und Gänge ein.

„Die Gartengeräte sind draußen in einem Schuppen“, sagt Schwester Barbara am Ende des Rundgangs. „Haben Sie Erfahrung im Gärtnern?“

„So viel und so wenig wie jeder andere“, antworte ich aalglatt. „Fürs Büsche schneiden wird es reichen.“

Sie brummt etwas, und ich spüre, wie unangenehm ihr meine Gesellschaft ist. Als ob etwas in ihr ahnt, wer oder was ich bin. Wir betreten den großen Garten. Es ist Nachmittag und ich sehe einige Schülerinnen auf den Bänken sitzen, Bücher oder Skizzenblöcke auf dem Schoß. Die meisten schauen nicht einmal auf, die, die es tun, bekommen bei meinem Anblick große Augen.

„Dieser Garten ist nur für die Mädchen. Außenstehende haben hier nichts zu suchen“, erklärt Schwester Barbara mit strenger Stimme. „Damit sie regelmäßig an die frische Luft kommen und sich Gottes Herrlichkeit in der Natur nahe fühlen können. Sprechen Sie nicht mit ihnen, wenn es nicht unbedingt nötig ist. Sollten wir jemals herausfinden, dass Sie sich ihnen gegenüber ungebührlich und unmoralisch verhalten, müssen Sie das Kloster sofort verlassen."

„Ich würde mir eher die Augen ausstechen, als Ihr Missfallen zu erregen", erkläre ich augenzwinkernd.

Ich schlage bewusst einen flirtenden Ton an und siehe da, die Wangen der spitzgesichtigen Ordensfrau färben sich leicht rosa. Es ist mir wichtig, dass man mir hier nicht mit Misstrauen begegnet, damit ich mich möglichst unbehelligt auf dem Gelände bewegen kann.

Sie räuspert sich und drückt mir einen Schlüssel in die Hand. „Der ist für den Geräteschuppen da drüben. Da ist die Heckenschere drin und alles, was Sie sonst noch brauchen. Ich lasse Sie jetzt Ihrer Arbeit nachgehen. Spätestens um 18 Uhr sollten Sie das Kloster verlassen haben."

Mit einem kurzen Nicken lässt sie mich stehen und ich gehe zum Schuppen. Dabei sehe ich mich unauffällig nach Vittoria Greco um.

Vier Mädchen sind gerade im Garten, Vittoria kann ich nicht unter ihnen entdecken. Mein Blick trifft auf eine Rothaarige, die älter wirkt als die anderen. Sie lächelt mich aufreizend an und lässt ihren Blick über mich gleiten. Dabei fährt sie sich mit der Zunge über die Unterlippe. Trotz ihrer Schuluniform strahlt sie Sinnlichkeit aus.

Sie lässt mich kalt und es fällt mir nicht schwer, sie zu ignorieren. Das Letzte, was ich jetzt gebrauchen kann, ist eine Schülerin, die sich wie eine Klette an mich hängt, weil sie sich nach Abwechslung vom langweiligen und strengen Klosteralltag sehnt. Ich habe meine Hausaufgaben gemacht und mich erkundigt, was für Mädchen auf diese Schule gehen. Neben einigen Töchtern von hochrangigen Mafiosi gibt es auch einige Schülerinnen von reichen Geschäftsleuten und Politikern. Viele von ihnen sind nicht so unschuldig und behütet aufgewachsen wie die beiden Mädchen aus dem Greco-Clan. Apropos. Auch Vittorias Cousine ist hier. Die beiden

stehen sich wohl sehr nahe und ich fürchte, das könnte zum Problem werden. Wenn Vittoria sich ihrer Cousine anvertraut, ist es gut möglich, dass diese ihr ins Gewissen redet und sie davon abhält, sich so kurz vor ihrer Hochzeit mit einem einfachen Gärtner einzulassen. Ich behalte das im Hinterkopf.
Mit schnellen Schritten gehe ich auf den Schuppen zu und kurz darauf betrete ich ihn. Mit einem Rundblick verschaffe ich mir einen Überblick und verlasse kurz darauf das Holzhäuschen mit der Heckenschere in der einen und einem Gartenabfallsack in der anderen Hand.
Um meine Tarnung zu wahren, schneide ich die Büsche wie befohlen zurück. Dabei schaue ich mich unauffällig weiter um und nach etwa 30 Minuten betritt eine junge Frau den Garten und geht zielstrebig auf eine der freien Bänke unter einer Trauerweide zu. Sie ist es. Vittoria Greco. Sie setzt sich, ein Buch in der Hand, und schlägt es auf. Den Blick gesenkt, beginnt sie zu lesen, ohne auf ihre Umgebung zu achten. Das gibt mir Gelegenheit, sie unauffällig zu beobachten, und ich muss zugeben, dass das Foto in Kyrills Akte ihr in keiner Weise gerecht wird. Sie ist klein und schlank, hat aber genügend Rundungen, an denen sich ein Mann beim Ficken festhalten kann. Schön gerundete Hüften und straffe Brüste, die sich unter der geschlossenen weißen Bluse abzeichnen. Die Jacke der grauen Schuluniform trägt sie nicht, dafür ist es zu warm. Die Bluse ist in den knielangen Faltenrock gesteckt. Die schwarzen Schuhe sind flach, graue Wollstrümpfe schmiegen sich an die perfekt geformten Waden. Der Inbegriff einer Lolita, einer fleischgewordenen Männerfantasie. Nur ganz so jung ist sie nicht. Laut Akte ist sie neunzehn Jahre alt. In Mafiakreisen gilt sie wahrscheinlich schon fast als alte Jungfer, und ich wundere mich, dass ihr Vater sie nicht pünktlich zu ihrem achtzehnten Geburtstag verheiratet hat. Ich vermute, Graciano wollte noch nicht. Im Schatten des Baumes sitzend, hebt sich ihr honigblondes Haar effektvoll vom dunkleren Hintergrund ab. Das zarte

Gesicht mit der Stupsnase ist leicht gebräunt und zeigt alle Emotionen, die das Lesen in ihr auslöst. Das Buch muss ihr gefallen, immer wieder lächelt sie und beißt sich auf die Lippe. Wahrscheinlich, um sich das Lachen zu verkneifen. Dieser Mund ...

Ich stelle mir vor, wie sie vor mir auf die Knie sinkt und ihre Lippen auf meinen wartenden Schwanz legt. Wie sie mit der Zunge über die feuchte Eichel fährt, um die ersten Tropfen meiner Lust aufzusaugen.

Nur mit Mühe kann ich die Fantasie unterdrücken, die mich so plötzlich überkommt. Was zum Teufel ist los mit mir? Ich ficke regelmäßig und genieße es auch, aber Sex hat noch nie mein Leben oder meine Gedanken dominiert und normalerweise überkommt mich während eines Auftrags auch kein Kopfkino, in dem mir mein zukünftiges Opfer einen bläst.

Aber Vittoria hat schon beim ersten Anblick ihres Bildes etwas in mir ausgelöst, das ich weder benennen noch mit Worten erklären kann. Sie scheint zu spüren, dass sie beobachtet wird, hebt den Kopf und schaut sich mit einem leichten Stirnrunzeln um. Ich wende meinen Blick nicht ab, als sie mich entdeckt, und ich könnte schwören, dass ihr für einen Moment der Atem stockt, als ich ihren Blick festhalte. Ich lächle nicht, verziehe keine Miene, sondern beobachte sie intensiv aus der Ferne. Ich bin beeindruckt, dass sie nicht wegschaut oder schüchtern den Blick senkt. Sie hält mir stand, und da ich weiß, wie einschüchternd ich wirken kann, wenn ich jemanden mit unbewegter Miene anstarre, ist das durchaus ein Zeichen von Charakterstärke. Vittoria Greco ist kein Feigling, jedenfalls nicht im landläufigen Sinne. Nach wenigen Augenblicken widme ich mich wieder dem Busch und schneide ihn in Form. Ich will Vittoria nicht erschrecken, heute soll sie mich nur wahrnehmen und neugierig werden.

Ab und zu schaue ich in ihre Richtung. Sie ist noch da, aber ich sehe, dass sie sich nicht mehr auf ihr Buch konzentrieren kann.

Ihr Gesichtsausdruck ist unruhig, soweit ich das von meiner Position aus erkennen kann, und ihre Finger, die vorher ruhig das Buch gehalten haben, zucken ein wenig, als würde sie es am liebsten zuklappen und sich einer anderen Ablenkung zuwenden. Zum Beispiel mir bei der Arbeit zuzusehen. Sie gibt sich Mühe, mich nicht allzu offen zu beobachten, aber mir entgeht nicht, dass sie mir immer wieder verstohlene Blicke zuwirft. Wäre ich eitel und nicht in einem von Nonnen geführten Kloster, würde ich jetzt mein langärmeliges Hemd ausziehen und ihr meinen durchtrainierten Oberkörper präsentieren. Das allein würde wohl schon reichen, um ihre jungfräulichen Gedanken zu verderben. Ich erlaube mir ein leichtes Lächeln, als ich sie anschaue. Ertappt senkt sie den Blick auf ihr Buch, ihre Wangen röten sich zunehmend. Sie schluckt und beißt sich auf die volle Unterlippe wie vorhin. Der Anblick treibt mir das Blut in den Unterleib, ich spüre, wie ich hart werde und bin froh, dass ich hinter dem Busch stehe und diese unwillkommene körperliche Reaktion verbergen kann. Hölle und Verdammnis! Ich, der sonst nie menschliche Gefühle zeigt, werde plötzlich von ihnen überwältigt.
Mit einem tiefen Atemzug erinnere ich mich daran, warum ich hier bin. In ein paar Tagen wird sich ihr Gesicht vor Angst verzerren, wenn sie mich sieht. Denn sie wird begreifen, dass ich nicht zu den Guten gehöre, sondern das Monster bin, das sie nachts in ihren Träumen heimsucht. Ich bringe Tod und keine Freude. Das wird Vittoria Greco bald am eigenen Leib erfahren. Doch bis es so weit ist, muss ich die unwillkommenen Gefühle, die sie in mir auslöst, abschalten. Um mich davon zu befreien, stelle ich mir vor, wie ich meine Hände um ihren Hals lege und so lange zudrücke, bis ihr die Luft ausgeht, ihre schönen Augen zu tränen beginnen und ihr Körper gegen den Sauerstoffmangel ankämpft.
Mit Entsetzen stelle ich fest, wie sehr mich der Gedanke, sie zu erwürgen, abstößt. Es ist ein qualvoller Tod, weder langsam

noch menschlich. Was treibt Kyrill nur dazu, ihr ein solches Ende bereiten zu wollen? Und warum zum Teufel denke ich überhaupt darüber nach? 58 Menschen habe ich in meiner Laufbahn getötet, und bei keinem meiner Opfer habe ich auch nur einen Hauch von Reue empfunden. Ich habe nichts gespürt, deshalb bin ich so gut in meinem Job. Professionelle Distanz ist das A und O. Wenn ich die bei Vittoria nicht wahren kann, wird das zu Problemen führen.

Falls ihr die sozialen Medien nutzt, könnt ihr mir auf Instagram oder Facebook folgen. Ich würde mich sehr freuen.

Instagram: hall.vivian
Facebook: Vivian Hall-Autorin

Printed in Poland
by Amazon Fulfillment
Poland Sp. z o.o., Wrocław

45130646R10154